AFFAIRE CLASSÉE

UNE ENQUÊTE DE L'HORLOGER

PIERRE SCHREIBER

Édité par
IN LIBRIS VERITAS

Copyright © 2024 by In Libris Veritas pour Pierre Schreiber

ISBN : 978-2-494130-10-4

Version brochée vendue au prix unique de 19,90 €

1re édition

Dépôt légal : novembre 2024

Internet : www.pierreschreiber.com

Couverture : Pierre Schreiber

Cette œuvre est protégée par le droit d'auteur.

Le code de la propriété intellectuelle interdit les copies ou reproductions destinées à un usage collectif. Toute reproduction intégrale ou partielle faite par quelque procédé que ce soit, sans le consentement de l'auteur ou de ses ayants droit, est illicite et constitue une contrefaçon sanctionnée par les articles L335-2 et suivants du Code de la propriété intellectuelle.

Ne jamais oublier, ne jamais abandonner.

— DEVISE DE LA DIVISION DES AFFAIRES
NON ÉLUCIDÉES DE LA GENDARMERIE
FRANÇAISE

TABLE DES MATIÈRES

PARTIE I
Nouveaux horizons   1

PARTIE II
Sordide et compagnie   73

PARTIE III
Affaire de famille   125

PARTIE IV
Repartir à zéro   169

PARTIE V
Mettre les voiles   221

PARTIE VI
Une innocence coupable   265

Vous avez aimé ce roman ?   319
Remerciements   323

PARTIE I
NOUVEAUX HORIZONS

1

Juin 2013

L'inquiétude que l'on nourrit pour ses enfants est la chose la plus dévastatrice au monde, pensait Louis Bouvier, dans sa grande maison de la campagne Montpelliéraine. Le mois de juin aurait dû être celui où l'on préparait les vacances d'été. Il avait prévu quelques activités à faire avec Anaïs et Quentin, ses petits-enfants qui habitaient également sur les bords de la Méditerranée, et qui adoraient passer du temps chez leur grand-père. Sophie, la fille cadette de Louis, la mère des enfants, était institutrice. Durant les congés estivaux, elle mettait elle aussi beaucoup d'énergie à faire découvrir à ses petits les mille et une merveilles de la côte Bleue. Elle savait que son père était très attaché aux enfants. Surtout depuis la mort de sa femme, la mère de Sophie, emportée par un cancer foudroyant plusieurs années auparavant.

Louis était prostré sur une chauffeuse du salon de la grande maison vide. Les yeux dans le vague, il fixait sans les voir les cadres photo alignés sur les étagères de la bibliothèque. Les visages heureux de Sophie, Anaïs et Quentin s'étalaient sur le papier glacé. Il ne parvenait pas à admettre qu'ils aient disparu sans explication crédible. Celle qu'il avait reçue, le matin même, lui paraissait complètement loufoque. Il tournait et retournait la lettre entre ses doigts noueux, sans comprendre ce qu'elle signifiait exactement.

La déflagration avait eu lieu dix jours auparavant, le 4 juin, quand le directeur de l'école dans laquelle enseignait Sophie avait appelé Louis, un soupçon de panique dans la voix.

— Monsieur Bouvier, je suis désolé de vous déranger, nous sommes inquiets pour votre fille et vos petits-enfants. Personne ne s'est présenté à l'école ce matin, et personne n'a téléphoné pour expliquer leur absence.

— Vous avez appelé mon gendre ? avait réagi Louis.

— Monsieur Leclerc ne répond pas non plus. Une collègue de votre fille est passée chez eux, mais le domicile semble vide. Les volets sont fermés.

Louis Bouvier avait immédiatement perçu l'imminence d'une catastrophe. Sophie et sa famille habitaient à Gigean, une commune du sud-ouest de Montpellier où tout le monde se connaissait. L'école élémentaire Haroun Tazieff était située à quelques encablures de la maison, et il n'y avait aucune raison que Sophie ne prévienne pas au moins ses voisins si les enfants ou elle-même avaient été victimes de quoi que ce soit qui les aurait obligés à rester alités.

— Je vais joindre Marc, avait déclaré Louis. Je vous tiens au courant.

Le grand-père avait multiplié les appels sur le portable de son gendre, sans succès, avant de décider que la situation était suffisamment inquiétante pour prévenir la police.

Dix jours plus tard, dévoré par l'angoisse, son cœur s'emballant chaque fois que le téléphone sonnait, il désespérait de voir l'attente se prolonger. Il fallait que les gendarmes mettent les bouchées doubles pour retrouver Marc, Sophie, Anaïs et Quentin.

Marianne Brunel était enquêtrice à la Section de Recherches de Montpellier. Originaire de la région parisienne, elle était heureuse d'avoir obtenu cette affectation prestigieuse dans une région où elle pouvait également se livrer à sa seconde passion : la petite balle blanche. C'était du reste sur un parcours de golf des environs qu'elle avait croisé la route de Louis Bouvier. Lorsque ce dernier avait été confronté à la disparition de sa famille, il n'avait pas hésité à la contacter directement au motif que la Brigade Territoriale auprès de laquelle il avait effectué un signalement n'avait pas semblé prendre sa plainte au sérieux.

Marianne s'était alors saisie elle-même de l'enquête, jugeant que ce type de disparition inquiétante relevait parfaitement des compétences de la Section de Recherche. Elle s'était transportée à Gigean et avait entamé une enquête de voisinage pour tenter de comprendre ce qui avait pu arriver à cette famille. À ce moment-là, elle ne réalisait pas encore que l'affaire Leclerc constituerait, pour de longues années, l'enquête de sa vie.

Les premières investigations n'avaient rien donné. Un voisin avait entendu la voiture du père démarrer très tôt le matin du 4 juin. « Entre 6 h et 6 h 30, avait-il déclaré. Je fume toujours une cigarette en prenant mon café dans le jardin. D'habitude, tout est calme dans le quartier. Je suis le premier à partir travailler vers 7 h. Ce jour-là, je me suis dit que Marc devait avoir un rendez-vous important. Ou bien qu'il partait en voyage. »

Marianne avait ensuite interrogé le directeur de l'école élémentaire. L'homme s'était montré coopératif, mais il n'avait rien pu dire d'autre que ce qu'il avait déjà appris à Louis Bouvier : ni Sophie ni les enfants ne s'étaient présentés à l'école ce matin-là. La mère de famille ne répondait pas à son portable, tandis que celui de son mari était visiblement éteint.

Marianne avait laissé passer quarante-huit heures, puis elle avait obtenu l'autorisation de procéder à une fouille du domicile de la famille Leclerc.

La première perquisition avait eu lieu le vendredi 7 juin 2013, trois jours après la disparition. Louis Bouvier était présent sur les lieux, et il avait aidé les gendarmes en surmontant la peur panique qu'il éprouvait à l'idée qu'il soit arrivé quelque chose aux enfants. Il avait confirmé à Marianne que rien ne semblait en désordre dans la maison. Pas de vaisselle abandonnée dans l'évier, aucune trace de lutte ou de départ précipité, les lits étaient faits et les effets personnels de la famille apparemment en place.

— Y a-t-il des affaires particulières qu'ils auraient emportées, s'ils avaient décidé de partir plusieurs jours ? avait demandé Marianne à Louis Bouvier.

— Je ne sais pas. Je ne connais pas l'exhaustivité de leur garde-robe. Apparemment les portables ne sont pas dans la maison.

Marianne avait noté ce détail, puis elle avait fait procéder à un traçage de la téléphonie. Malheureusement, à cette époque, les résultats avaient mis plusieurs semaines à lui parvenir.

« Louis Bouvier, à l'appareil. Vous avez du neuf ? »

La voix du vieil homme était épuisée. Nous étions dix jours après la disparition, et rien dans l'enquête de Marianne Brunel ne permettait de privilégier une hypothèse plutôt qu'une autre. De toute son âme, elle aurait voulu lui apporter de bonnes nouvelles, mais elle était bien obligée d'admettre qu'elle n'avait aucune piste sérieuse.

— Toujours rien, monsieur Bouvier. On cherche du côté de la vie de votre fille. Je devrais recevoir les éléments de la téléphonie d'un jour à l'autre. Je vous appellerai à la minute où j'ai quelque chose.

Marianne se sentait désemparée devant ce mystère qui

s'épaississait de jour en jour. Elle hésitait à répondre aux appels quotidiens de Louis, mais à vrai dire, elle n'avait pas le cœur à le laisser seul face au drame qui le touchait profondément.

— J'ai reçu quelque chose, ce matin, lâcha le vieil homme, d'une voix où perçait la tristesse autant que le scepticisme.

— De quoi s'agit-il ?

— D'une lettre de mon gendre...

Il s'éclaircit la gorge et lut à Marianne le contenu d'une missive qui ne devait pas faire plus d'une centaine de mots.

« *Mon cher Louis, voici quelques lignes pour te donner de nos nouvelles. [...] nous avons décidé de tout quitter pour la Californie. Comme tu le sais, je travaille depuis plusieurs années sur des logiciels révolutionnaires. L'un de mes clients m'a fait une proposition que je ne pouvais pas refuser. Un projet secret, une opportunité unique. [...] j'ai décidé d'emmener toute la famille avec moi. Nous allons découvrir la vie à l'américaine, mais comme le projet sur lequel je travaille est confidentiel, nous ne sommes pas autorisés à communiquer avec nos proches. [...] ne t'inquiète pas pour nous. Nous rentrerons bientôt [...]* »

— Qu'est-ce que cela signifie ? demanda Marianne, partagée entre la surprise et la méfiance. Cette explication vous paraît-elle crédible ?

— Je ne sais pas quoi en penser. Mon gendre travaille en effet sur des projets importants. Je reconnais que c'est un crack de l'informatique, et pour tout dire, je n'ai jamais trop su pour quel genre de clients il travaillait. Mais si ce qu'il dit est vrai, je ne comprends pas pourquoi Sophie ne m'a pas contacté elle-même. Elle sait que je me fais du souci pour elle et pour les enfants...

La voix de Louis se brisa. Il eut besoin de quelques secondes pour parvenir à formuler la suite :

— J'ai peur de comprendre... si elle n'entre pas en communication avec moi, c'est qu'elle n'est pas en mesure de le faire... Que lui a-t-il fait ? Et aux enfants ?

Il éclata en sanglots et Marianne eut le cœur brisé face à cet homme sur lequel s'abattait un drame insoutenable. Le métier de gendarme vous plaçait fréquemment face à ce genre de situations humaines difficiles, mais la disparition de sa famille, pour un homme qui était déjà frappé par le deuil, devait figurer tout en haut du classement de l'indicible.

— Ne tirons pas de conclusions hâtives, tenta de le rassurer Marianne. Je vais faire analyser la lettre. Nous trouverons certainement une explication logique.

Elle éprouva une profonde tristesse à l'idée de laisser une fois de plus Louis Bouvier face à tant de questions sans réponse. Pourtant, elle raccrocha. L'enquête devait avancer, et elle sentait peser sur ses épaules la responsabilité de découvrir la vérité. Au plus vite.

Marianne Brunel était une lieutenante à l'instinct développé et à la persévérance sans faille. Respectée par ses collègues pour sa capacité à envisager les hypothèses selon tous les angles, elle savait que pour résoudre une enquête, il fallait courir plusieurs lièvres à la fois. Dans le cas présent, elle avait requis la localisation des téléphones de la famille, perquisitionné le domicile, et enfin, interrogé toutes les personnes qui côtoyaient les Leclerc à Gigean. Personne n'avait la moindre idée de ce qui avait pu arriver à cette famille.

Chaque année en France, plusieurs dizaines de milliers de personnes disparaissaient. Ou plutôt, elles étaient déclarées disparues par leurs proches. Dans l'immense majorité des cas, il s'agissait de fugues de mineurs, ou parfois d'adultes qui choisissaient de changer de vie sans en avertir leur entourage. La plupart étaient vite retrouvés ou localisés. Pour cette raison, les gendarmes et les policiers se précipitaient rarement pour ouvrir une enquête.

Mais dans le cas présent, une famille entière s'était tout

simplement volatilisée. Et le flair de Marianne lui indiquait que l'explication du départ précipité en Californie ne tenait pas.

Depuis les locaux de la Section de Recherche, elle décida de mobiliser son groupe d'enquête pour accélérer les investigations. Pour avoir une chance de retrouver la famille Leclerc, encore fallait-il savoir où chercher.

— Fred, on va retourner fouiller la maison, déclara-t-elle à son adjoint, un brigadier athlétique, de quelques années plus jeune qu'elle. On a forcément laissé passer un indice.

Frédéric Masson était entré dans la gendarmerie par tradition familiale. Il appréciait de travailler sous les ordres de Marianne, même si son père, colonel encore en activité, avait tiqué lorsqu'il lui avait annoncé que son chef serait une femme.

— Comme tu veux. De toute façon, on n'a pas d'autre piste.

Marianne le mit au courant de la lettre reçue par Louis Bouvier. Pas plus qu'elle, il ne crut que la solution du mystère se trouvait dans les explications fumeuses de Marc Leclerc. Mais au moins, ils avaient un élément auquel se raccrocher pour orienter la fouille.

Assistés de deux autres gendarmes, ils se rendirent pour la seconde fois au domicile des disparus. La maison était moderne, mais relativement modeste. Un mur blanc entourait un jardin de deux ou trois cents mètres carrés dans lequel était posée une piscine hors-sol. Des volets en aluminium gris occultaient les ouvertures de l'étage. Au rez-de-chaussée, une grande baie vitrée laissait filtrer la lumière dans un salon aux proportions harmonieuses. Personne n'était entré ici depuis leur dernier passage, constata Marianne en décollant le scellé apposé sur la porte d'entrée. La mention « *Ne pas pénétrer — enquête en cours* », visible depuis la rue, avait confirmé au voisinage qu'un drame se jouait chez les Leclerc. Pourtant, personne ne s'était présenté à la gendarmerie pour signaler la moindre information.

— Qu'est-ce qu'on cherche ? demanda Fred, une fois à l'intérieur.

— N'importe quoi qui conforterait l'hypothèse d'un départ à l'étranger. Essayez de déterminer si les passeports ont été emportés, par exemple.

Les deux gendarmes auxiliaires s'occupèrent des chambres de l'étage, tandis que Fred se dirigea vers la cuisine. Marianne resta dans le salon et commença par s'imprégner de l'atmosphère. Une légère odeur florale flottait dans l'air. Elle constata qu'elle émanait d'un flacon de parfum d'ambiance dans lequel trempaient des bâtonnets de bois. Dans un coin de la pièce, un robot aspirateur attendait sagement que quelqu'un lui donne l'ordre de commencer son travail. En revanche, l'indicateur de batterie était rouge, indiquant qu'il n'avait pas été rechargé depuis plusieurs jours. Une mince couche de poussière recouvrait le carrelage ainsi que la table de la salle à manger. Personne n'était entré ici depuis longtemps, jugea-t-elle. Mais dans le même temps, le logement ne donnait pas l'impression d'avoir été récuré pour effacer les éventuelles traces d'un crime. Elle se dirigea vers le jardin.

Celui-ci était également bien entretenu. Un olivier encore jeune trônait au centre, entre la piscine et la palissade extérieure. Même si elle n'y croyait pas beaucoup, elle chercha à distinguer des traces montrant que quelqu'un avait récemment retourné la terre. Pour enfouir des corps, par exemple. Mais elle ne trouva rien.

Le visage de Fred apparut dans l'encadrement de la fenêtre de la cuisine.

— Chef, j'ai peut-être quelque chose, annonça-t-il.
— De quoi s'agit-il ?
— Viens voir.

Marianne le rejoignit à l'intérieur. Fred désigna l'étagère basse d'une armoire Ikea destinée à entreposer des provisions.

Il pointait une forme brunâtre qui ressemblait à un os, visiblement constituée d'une matière plastique.

— Un os à mâcher, constata Marianne. On dirait un jouet.

— C'en est un. Mais pour chien. Quelqu'un nous a déjà parlé du chien de la famille Leclerc ?

Ce détail leur avait échappé jusque-là. Aucun animal n'ayant été trouvé dans la maison ou dans le jardin lors de la première perquisition, ils n'avaient pas imaginé que les Leclerc puissent avoir un chien, qui aurait dans ce cas lui aussi disparu.

Marianne et Fred passèrent en revue le rez-de-chaussée et le garage. Ils acquirent la conviction que l'animal ne vivait jamais à l'intérieur. Mais dans le jardin, ils trouvèrent une gamelle ainsi qu'une réserve de croquettes.

— Merde, jura Marianne, pourquoi personne ne nous a signalé ce chien ?

— Sans doute parce qu'on ne le leur a pas demandé...

— Ouais, OK... On n'a plus qu'à découvrir ce qui est arrivé à l'animal.

Le chien des Leclerc fut finalement l'élément qui fit basculer l'enquête. Mais à ce moment-là, Marianne ne le savait pas encore.

Dans les heures qui suivirent, les gendarmes apprirent que la famille Leclerc possédait un berger allemand qui répondait au nom d'Hector. L'animal fut décrit par les voisins comme doux et intelligent, sans qu'ils sachent toutefois où il se trouvait.

Marianne ordonna à ses adjoints de se renseigner par tous les moyens pour savoir ce qu'Hector était devenu. Refuges de la SPA, cliniques vétérinaires, associations de protection des animaux, les gendarmes appelèrent tout ce que la région comptait de structures susceptibles d'avoir recueilli Hector.

Et la réponse, porteuse d'espoirs, mais aussi de craintes, tomba peu avant la fin de la journée.

Lise, la directrice bénévole de l'Arche des Animaux, à La Grande-Motte, accueillit les gendarmes avec un mélange de bonne volonté et d'appréhension. Son refuge était parfaitement en règle, mais il n'était jamais agréable d'être interrogée par la police au sujet d'un chien qu'elle venait de recueillir.

— Quand vous a-t-on amené Hector ? demanda Marianne, en essayant d'adopter un ton conciliant.

— Il y a trois jours. Des promeneurs l'ont retrouvé errant à proximité de l'étang du Méjean. Il était déshydraté. Visiblement, il a passé plusieurs jours sans être nourri. Vous voulez le voir ?

— Ce ne sera pas nécessaire. J'ai bien peur qu'il ne puisse pas nous dire ce que sont devenus ses maîtres. Vous pensez qu'il a été maltraité ?

— Il n'a pas de blessure. Il souffre juste de sous-nutrition. Je suis sûre qu'il sera remis sur pattes d'ici quelques jours. J'espère que nous lui trouverons vite une famille d'accueil.

Marianne réfléchit rapidement. Que la famille Leclerc ait volontairement disparu ou qu'elle ait été enlevée, Hector ne faisait visiblement pas partie du plan. C'était à la fois rassurant et perturbant. Puis, elle se remémora ce qu'elle connaissait des bergers allemands, une race de chien connue pour son extrême fidélité à ses maîtres, mais aussi pour son flair infaillible. Un frisson lui parcourut l'échine.

— Vous pouvez nous indiquer l'endroit où Hector a été retrouvé ? demanda-t-elle à la jeune Lise.

— Oui, les promeneurs ont été précis et je connais par cœur l'étang de Méjean. C'est une réserve naturelle et protégée exceptionnelle.

Marianne et Frédéric se firent conduire sur les berges de la lagune, à l'endroit précis où avait été recueilli le chien. Une fois sur place, la lieutenante remercia Lise, puis la congédia. Au fond d'elle-même, elle eut l'intuition que ce qui allait suivre n'était pas une scène destinée aux yeux rêveurs de la jeune protectrice des animaux.

2

De nos jours

Sur la base de Nîmes-Garons, l'ambiance était à la fête. Les drapeaux français ainsi que ceux de la Sécurité Civile flottaient fièrement au-dessus des hangars. Une foule de collègues, d'amis et de membres de sa famille s'était rassemblée pour célébrer un jalon marquant dans la carrière de Thomas de Lartigue : sa huit-millième heure de vol. Des rires et des discussions animées emplissaient l'air, tandis que des serveurs circulaient avec des plateaux de coupes de champagne et de canapés. Les yeux étaient tournés vers le ciel, attendant le moment où le Canadair jaune et rouge se présenterait à la verticale du terrain. Sans doute grâce à l'intervention du général de Lartigue-père, ancien conseiller auprès du Président de la République, l'événement avait pris la tournure d'un meeting aérien de première ampleur.

Un feulement rauque déchira le ciel cristallin. Morgan Baxter sentit la main de Lou se serrer très fort dans la sienne.

— C'est l'avion d'oncle Thomas ? demanda la petite protégée de l'horloger, la voix inquiète.

— Non pas encore. C'est le *Rafale Solo Display*. Son pilote est un as, tu vas voir ! L'armée de l'Air a accepté qu'il fasse un passage pour célébrer Thomas. Regarde, c'est très impressionnant.

La petite fille jeta un regard inquiet à son frère Tom. Le garçonnet ne perdait pas une miette de ce qui se passait dans les airs. Derrière eux, leurs parents, Viktor et Alicia, étaient tout aussi impressionnés, mais également reconnaissants à Morgan de les avoir invités à cette fête. Les voisins de l'horloger au vallon des Auffes étaient presque devenus des amis. Suffisamment en tout cas pour que cet homme, d'ordinaire distant et froid, les considérât comme des membres de sa tribu.

Le Rafale à la robe sombre parcourue d'éclairs blancs effectua un passage lent au-dessus de la piste. Son pilote déroula ensuite une présentation en vol de plusieurs minutes, enchaînant les boucles, retournement et autres barriques avec une agilité stupéfiante.

— Oncle Thomas a aussi piloté ce chasseur, demanda Lou ?

— Oui, je crois qu'il a terminé sa carrière militaire sur cet avion. Mais il a essentiellement volé sur Mirage 2000. Puis, il a intégré la patrouille de France, et enfin la Sécurité Civile.

Lou ne comprenait pas vraiment les subtilités du parcours de pilote militaire du mari de Roxane, mais au nombre de personnes présentes pour le célébrer, elle comprit que sa carrière avait été hors du commun.

Le Rafale effectua un dernier virage à droite, avant de disparaître de la vue des spectateurs. Trois minutes plus tard, une formation aérienne inédite fit son apparition. En tête, le Rafale volait presque à la verticale, calant sa vitesse grâce à la poussée de ses réacteurs sur celle, plus lente, des avions suivants. Cinquante mètres derrière lui, huit Alpha-Jet de la Patrouille de France volaient en formation, déployant un panache de fumée bleu-blanc-rouge dans leur sillage. Enfin, légèrement en contrebas, le Canadair piloté par Thomas suivait le défilé en effectuant de légers battements d'ailes pour saluer le public.

Des clameurs s'élevèrent de la foule, tandis que Thomas, par la fenêtre ouverte du Canadair, déploya un drapeau sur lequel un seul mot était inscrit : merci.

Tandis que les aéronefs atterrissaient un par un, Morgan et les enfants se dirigèrent vers l'estrade installée en bout de piste. Morgan observa d'un œil humide les pilotes aligner leurs appareils, puis Thomas descendre du Canadair dans sa belle combinaison orange. Un défilé aérien comprenant des avions aux performances aussi disparates n'était pas un exercice raisonnable, mais toutes les unités dans lesquelles Thomas avait servi avaient tenu à être présentes pour l'occasion.

Roxane s'approcha de son père et le prit par la taille.

— Tu es heureux d'être là ? demanda-t-elle, même si la réponse se lisait dans les yeux de l'horloger.

— Bien sûr, ma grande ! Pourquoi ne le serais-je pas ?

— Je ne sais pas... tout ce monde... cette foule.

Il esquissa un sourire.

— Ils sont là pour célébrer ton mari. Je les aime déjà, dit-il avec un curieux mélange de confidence et de constatation factuelle.

— Alors, tu ne partiras pas comme un voleur, se réjouit-elle. Je peux aller retrouver Thomas sans crainte que tu aies disparu à mon retour.

— Va, ma chérie, je ne bouge pas d'ici.

Morgan s'installa avec les invités au premier rang, devant l'estrade ornée de fleurs. Thomas se tenait droit et fier devant l'assemblée, le visage encore marqué par l'émotion procurée par le vol en formation. À ses côtés, Roxane, élégante et sereine, observait la scène avec fierté. Elle aperçut Anne-Laure, la compagne de son père à présent, rejoindre son siège réservé au côté de l'horloger.

Le commandant de la base prit la parole pour ouvrir la cérémonie.

— Mesdames et messieurs, nous célébrons aujourd'hui un événement remarquable. Thomas de Lartigue, notre cher pilote de Canadair, a atteint les huit-mille heures de vol devant nos yeux. Un cap qui témoigne de son dévouement et de son courage tout au long de sa carrière. Je tiens à remercier les pilotes et les autorités qui ont rendu cette célébration possible sur notre belle base de Nîmes-Garons [...]

À la fin du discours, les applaudissements retentirent. Thomas s'avança devant le micro.

— Merci à tous de votre présence, commença-t-il, sa voix vibrant d'une assurance tranquille. Ces huit-mille heures de vol représentent non seulement un accomplissement personnel, mais elles témoignent aussi du soutien indéfectible de ma famille et de mes collègues durant toutes ces années.

Il se tourna vers Roxane, un sourire tendre au coin des lèvres.

— Je tiens à rendre hommage à ma femme, dit-il, ému. Elle est une source constante d'inspiration et de force. Ensemble, nous formons un couple moderne où les sacrifices pour la carrière de l'un n'effacent pas les ambitions de l'autre. Roxane continue de servir l'intérêt général avec passion et détermination, et je suis immensément fier d'elle.

Les regards se tournèrent vers Roxane, qui rougit légèrement, mais maintint son sourire. Thomas poursuivit :

— Je veux également adresser un mot spécial à mon beau-père, le colonel Morgan Baxter, dit l'horloger. Sa sagesse et son engagement dans la transmission de ses connaissances sont inestimables. Il a non seulement été un mentor pour mon épouse, mais il joue désormais un rôle crucial en tant que formateur pour le GIGN, et formateur de Tom et Lou.

L'horloger hocha la tête, mais son teint prit une couleur carmin. Roxane n'avait jamais vu son père rougir. Elle en nourrit une grande émotion. Tom et Lou rougirent également d'être l'objet de l'attention d'une assistance aussi impressionnante.

À la fin du discours de Thomas, le public se leva et l'applaudit longuement. Le chef de la base prit une nouvelle fois la parole pour rappeler que le jubilé de son pilote ne constituait pas la fin de sa carrière, mais seulement une étape qui déboucherait sur de nombreuses autres heures de vol au service de l'intérêt général et de la France.

Thomas hocha gravement la tête, puis quitta l'estrade sous une nouvelle salve d'applaudissements. Il fila dans le bâtiment réservé aux pilotes pour enfiler une tenue plus adaptée à la suite de la réception.

Roxane était aux anges. Elle recevait avec un plaisir non dissimulé les louanges destinées à Thomas.

— Oh là là, ma chérie, quelle carrière ! Tu peux être fière de ton mari ! exulta Béatrice, une coupe de champagne à la main.

— Je le suis, maman. Je suis contente qu'il ait finalement renoncé à passer dans le civil. Nos belles forêts menacées ont encore besoin de son savoir-faire et de son agilité.

— Nos forêts, mais aussi la nation tout entière, ajouta Morgan, qui s'était approché sans se faire remarquer.

Béatrice regarda son ex-mari avec incrédulité. Elle n'avait jamais réellement compris cet homme austère, à la façon de penser tellement iconoclaste. En femme du monde inquiète à l'idée qu'un silence s'installe dans une conversation, elle cherchait en permanence à combler les vides par une remarque plus ou moins superficielle. Mais avec l'horloger, elle ne savait jamais quoi répliquer.

— Ah Morgan, tu es là, remarqua-t-elle, comme si la nouvelle pouvait constituer une surprise. Tu es venu avec ta nouvelle amie. Présente-la-nous donc ! Nous n'avons même pas eu le temps de discuter lors du mariage de Roxane.

Morgan ne se froissa pas. Depuis leur divorce, il avait essentiellement vécu seul, tandis que Béatrice avait très rapidement refait sa vie avec Édouard, un chirurgien marseillais. Le remariage de la mère de Roxane avait constitué une bonne nouvelle pour lui : il préférait de loin que Béatrice se sente en sécurité dans les bras (et dans l'hôtel particulier !) d'Édouard, plutôt qu'elle ne se lamente auprès de sa fille des difficultés de l'existence. C'était plus agréable à vivre pour Roxane.

Sans se retourner il attrapa la main d'Anne-Laure qui se tenait derrière lui et l'attira autour du cercle.

— Nous avons travaillé ensemble du temps du GIGN, dit-il sobrement. Puis nous nous sommes revus par hasard il y a quelques mois. Le moment était venu de faire un morceau de chemin ensemble.

Il ne fallait pas compter sur l'horloger pour se lancer dans de plus amples explications. Béatrice mourait d'envie de tout savoir de la nouvelle compagne de son ex-mari, mais Morgan n'entendait pas détailler son pédigrée. Non par ressentiment à l'égard de Béatrice, mais simplement parce que sa vie intime n'appartenait qu'à lui.

— Je suis heureuse de vous revoir, Anne-Laure, dit Béatrice en serrant la main de la jeune femme.

— Plaisir partagé, madame. C'est une belle cérémonie à laquelle nous assistons aujourd'hui. Vous devez être fière de votre gendre.

La discussion mondaine ne s'éternisa pas. Béatrice et Édouard avaient plusieurs dizaines d'autres personnes à saluer, alors que Morgan était uniquement venu pour sa fille et pour Thomas. Tandis qu'Anne-Laure se dirigea vers la piste avec Lou et Tom, pour leur montrer les avions alignés sur le tarmac, l'horloger s'éloigna avec Roxane.

— Tu es prête, ma grande ? demanda-t-il lorsqu'ils furent seuls.
— Un peu stressée, mais c'est normal, j'imagine. Ça doit faire cela chaque fois que l'on change d'affectation, non ?
— Je n'ai jamais eu peur. Je prenais toujours mes mutations comme de nouveaux challenges à relever. Je suis certain que tu vas briller au sein de la DIANE. C'est bien que Roque t'ait finalement laissé partir.

Les discussions avec l'ancien chef de Roxane avaient duré de longs mois. Après qu'elle eut exprimé le souhait de quitter la Section de Recherche de Marseille, le colonel Roque, qui se sentait lié à la famille Baxter à bien des égards, avait tergiversé. Il aurait aimé conserver Roxane au sein de son unité où elle faisait des merveilles, mais il avait fini par comprendre que son désir de changement était profond. Elle ne reviendrait pas sur sa décision. Il avait alors envisagé pour elle de nombreuses affectations qui lui permettraient de s'assurer qu'elle resterait dans la région, avant de se décider à présenter sa candidature au sein de la DIANE. La Division des Affaires Non Élucidées appartenait au Service Central de Renseignement Criminel de la Gendarmerie nationale. Spécialisée dans la résolution de « cold case » présentant une complexité particulière, la DIANE était basée en région parisienne. Roxane avait toutefois obtenu l'autorisation de pouvoir continuer à résider dans le sud de la France. Elle effectuerait simplement de nombreux aller-retour en TGV entre le siège de sa nouvelle unité et les lieux où se dérouleraient ses enquêtes.

— J'ai hâte de découvrir mon nouvel environnement, en tout cas. Tu montes toujours à Paris avec moi, demain ?
— C'est prévu, confirma Morgan. J'anime une conférence à Satory. On discutera dans le train. File retrouver ton mari.

Roxane approuva d'un hochement de la tête. Une partie d'elle-même se sentait rassurée que son père l'accompagne pour prendre sa nouvelle affectation. Comme lorsqu'elle était petite, et qu'il s'arrangeait pour l'accompagner à l'école le jour de la rentrée. Bien sûr, elle était autonome à présent, mais la coïncidence qui avait voulu que Morgan accepte de remettre un pied dans son ancienne unité, au moment où elle-même prenait sa nouvelle affectation, tombait bien.

— D'accord papa, on parlera de tout ça demain. Profitez bien de la fête avec Anne-Laure.

L'horloger regarda sa fille s'éloigner. Elle changeait, mais rien ne changeait, pensa-t-il en son for intérieur. Même mariée, même devenue une enquêtrice chevronnée, elle resterait à jamais sa petite fille. La prunelle de ses yeux sur laquelle il veillerait, discrètement, jusqu'à son dernier souffle.

3

Juin 2013

Après le départ de Lise, la responsable du refuge qui avait recueilli Hector, la lieutenante Marianne Brunel et le brigadier Frédéric Masson restèrent de longues minutes à observer la lagune.

Le soleil de fin d'après-midi se reflétait sur les eaux calmes, créant des éclats dorés sur la surface marécageuse. Les roseaux, hauts et denses, bordaient les rives, leur extrémité se balançant doucement sous la brise légère. À quelques mètres de là, un abri en bois destiné à observer les oiseaux, à moitié effondré, ajoutait une touche de désolation à ce paysage autrement paisible.

Hector avait été retrouvé errant près de cet endroit, ses pattes couvertes de boue et ses yeux exprimant une profonde tristesse. Cette race de chien, particulièrement intelligente et travailleuse, était capable d'effectuer des prouesses dans bien des domaines comme le pistage ou le sauvetage. De nombreuses unités spécialisées les utilisaient pour une multitude de tâches. Marianne connaissait les entraînements rigoureux auxquels ils étaient soumis, qui leur permettaient notamment de suivre sur des dizaines de kilomètres la trace de personnes disparues. Pour elle, une seule raison pouvait expliquer la présence d'Hector dans cette lagune isolée : plutôt que d'attendre passivement le retour à la maison de ses maîtres, il avait suivi leur trace.

— Ils sont certainement là, quelque part, dit-elle sombrement, en embrassant du regard les bords de l'étang.

— Je demande l'appui des plongeurs ? demanda Fred.

— Appelle aussi la brigade cynophile. J'ai peur de ce qu'on va trouver.

La mobilisation des unités spécialisées de la gendarmerie pouvait parfois prendre plusieurs jours. En fonction des opérations sur lesquelles elles étaient engagées, il n'était pas rare que la priorisation se décide au plus haut niveau, selon des critères qui pouvaient être frustrants pour les enquêteurs de terrain. En l'occurrence, le patron de la Section de Recherches de Montpellier avait su se montrer convaincant et l'attente ne dura que quelques heures.

En fin de journée, cinq plongeurs de la brigade Nautique de l'Hérault, accompagnés de techniciens de la Cellule d'Identification Criminelle et de gendarmes du PSIG, installèrent leur matériel sur les bords de l'étang du Méjean. Les plongeurs en combinaison néoprène se préparèrent à entrer dans l'eau trouble de l'étang. Leur équipement comprenait des bouteilles d'oxygène, des masques de plongée et de puissantes lampes étanches pour explorer les fonds boueux. Sur la rive, les techniciens de la CIC installèrent des tentes mobiles destinées à analyser les éventuels indices. Armés de gants en latex, de pinces et de sachets plastiques hermétiques, ils se tenaient prêts à prélever des échantillons de sol et d'eau. Le substitut du procureur avait également fait le déplacement. Il patientait à l'écart, partageant un gobelet de café chaud avec Marianne dont les traits reflétaient la tension extrême.

— Quelle piste privilégiez-vous ? demanda-t-il à l'enquêtrice pour meubler l'attente.

— Le chien a suivi leur trace jusqu'ici. Il reste une chance qu'ils aient simplement embarqué dans un bateau qui les attendait pour s'enfuir. Mais si, comme je le pense, ils ont été enlevés, on ne va pas tarder à trouver quelque chose...

Le ton de Marianne était lugubre. Son expérience en matière d'investigation criminelle la poussait à penser qu'une famille qui disparaissait sans explication était neuf fois sur dix victime d'un enlèvement suivi d'un assassinat. Le substitut, lui, considérait cette affaire comme des centaines d'autres : tant qu'il n'avait pas de suspect à interroger, il laissait les enquêteurs faire leur travail.

— Qui a signalé la disparition ? interrogea-t-il.

— Louis Bouvier, le père de Sophie Leclerc. C'est également lui qui a reçu la lettre de son gendre au sujet d'un prétendu départ en Californie.

Le procureur touilla son café à l'aide d'un stylo Bic. Il le prenait tellement sucré qu'il devait régulièrement s'assurer que la poudre ne s'accumule pas au fond. Les techniciens de la CIC avaient allumé de gros projecteurs sous leurs tentes, et le procureur regardait la scène d'un œil distrait. La seule chose qui l'intéressait était la personnalité des protagonistes déjà identifiés, parmi lesquels se trouvait forcément le coupable.

— Ce monsieur Bouvier pourrait-il être impliqué ? relança-t-il.

— Si je peux me permettre, monsieur le procureur, nous n'avons pas encore de crime avéré. Il est un peu tôt pour se pencher sur les coupables potentiels.

Marianne Brunel avait prononcé ces mots d'une voix policée. Elle ne concevait de discuter avec les magistrats que lorsqu'elle disposait d'éléments concrets. En l'espèce, elle était habitée par la conviction que la disparition des Leclerc se terminerait mal, mais son dossier était vide.

— De vous à moi, réagit le procureur, la voix lasse, nous savons bien comment tout cela se soldera. Un drame familial pour des questions d'héritage ou je ne sais quoi. Dans ce cas, nous savons tous les deux que la personne qui signale la disparition doit être considérée comme le principal suspect. C'est statistique.

— Louis Bouvier ne me semble pas présenter le profil d'un tueur, monsieur. Son angoisse est sincère et il a longuement insisté pour que nous ouvrions une enquête, puis pour que nous creusions le plus petit indice qui se présenterait à nous. Si nous trouvons quelque chose ici, il faudra envisager d'autres pistes.

Le procureur fit une moue perplexe. Il avait hâte de rentrer chez lui, et se demandait combien de temps allaient durer les recherches. Cette lieutenante était charmante, mais il n'allait pas lui tenir la jambe toute la nuit.

— Bon, je vous laisse, décida-t-il soudain. Appelez-moi si vous avez du neuf.

Marianne fut soulagée de ne pas avoir à poursuivre la conversation avec le magistrat pendant que les plongeurs draguaient le fond de l'étang. Elle lui serra la main, puis rejoignit Fred qui poursuivait ses recherches dans son véhicule banalisé.

— Tu as quelque chose ? lui demanda-t-elle.

— Je continue à fouiller le passé de la famille. Rien de bien croustillant pour le moment. On sait déjà à peu près tout. Une famille banale qui mène une vie banale...

Fred était assis sur le siège passager. Une jambe en dehors de l'habitacle, il tenait sur ses genoux un ordinateur portable sur lequel le logo était dissimulé par un autocollant de la section de Recherches. Il était connecté à internet et collectait pour le moment des informations publiques.

— Résume-moi toujours, l'encouragea Marianne.

— Rien de nouveau... Sophie Leclerc est institutrice de CM1 à l'école Haroun Tazieff. Les enfants sont scolarisés au même endroit. Anaïs, l'aînée en CM1, mais pas dans la classe de sa mère. Et Quentin en CE1. Les époux Leclerc sont mariés depuis 10 ans et ont toujours vécu dans la région. Sur leurs réseaux sociaux, on trouve des photos de sortie en mer sur de petits voiliers, et des fêtes de famille. Pas grand-chose d'autre.

— Quelle est la profession du père ?

— Ingénieur-informaticien, un truc comme ça. Son profil LinkedIn mentionne une société, Data Concept, dont il est le fondateur et apparemment le seul employé. Il doit être freelance.

— C'est ce que m'a dit son beau-père, en effet. Il aurait été engagé par un client américain et aurait pu décider d'emmener toute la famille en Californie...

— Aucune idée. Ce que je peux te dire en revanche, c'est que les comptes de sa société ne sont pas mirobolants. Visiblement, il ne fait pas de bénéfice et il se verse un salaire tout ce qu'il y a de plus raisonnable.

Marianne n'était pas très avancée. Ces renseignements décrivaient une famille simple, menant une vie modeste. Elle savait aussi que derrière la façade lisse d'une existence ordinaire, se cachaient parfois d'inavouables secrets qui pouvaient faire basculer un destin. « Où êtes-vous, monsieur et madame Leclerc ? » émit-elle à voix basse, pour elle-même. « Et qu'avez-vous fait des enfants ? »

À dix mètres sous la surface, les plongeurs de la brigade Nautique progressaient lentement. Les faisceaux de leurs lampes se découpaient dans les eaux sombres de l'étang du Méjean. La vase en suspension limitait la vue à quelques mètres. Le silence du monde sous-marin était seulement troublé par le bruit régulier des bulles d'air échappées de leurs détendeurs. Ils avançaient méthodiquement, leurs yeux scrutant chaque centimètre du fond vaseux.

Soudain, l'un d'eux cessa brusquement de palmer. Un mètre devant lui, dans la lueur de sa torche, quelque chose avait attiré son attention. Il s'accroupit lentement et utilisa sa main gantée pour dégager délicatement la protubérance. Là, sous la fine couche de boue, ce qui ressemblait à une forme humaine apparut.

Le plongeur fit signe à un collègue de se rapprocher. Ensemble, ils dégagèrent ce qui se révéla être un bras humain. Puis ce fut le reste du corps... Celui d'un enfant d'une dizaine d'années, à en juger par sa taille. Le second plongeur marqua l'endroit à l'aide d'une cordelette, sur laquelle était fixé un petit ballon qui se gonfla et remonta à la surface.

Lorsque Marianne vit le signal depuis la rive, son cœur s'accéléra. Elle dut toutefois patienter dix minutes supplémentaires avant que deux plongeurs ne remontent le corps d'une fillette qui, dans son esprit, ne pouvait être qu'Anaïs Leclerc.

Sous l'eau, les plongeurs continuèrent leur travail minutieux. Ils tombèrent bientôt sur un second corps, celui d'une femme. Et enfin, quelques mètres plus loin, sur celui d'un garçonnet, lui aussi enchevêtré dans la vase et lesté de morceaux de cailloux.

La remontée des malheureuses victimes dura près d'une heure. Durant tout ce temps, Marianne et Fred laissèrent les équipes spécialisées travailler sans poser de questions. Une chape de plomb tomba sur le morceau de lagune. Maintenant conscients de l'horreur de leur découverte, les techniciens prenaient toutes les précautions pour préserver les corps et les preuves matérielles. Marianne, le visage fermé, observait chaque étape en silence. Les corps, enveloppés dans des bâches de protection, furent déposés sur la rive, là où les techniciens de la Cellule d'Identification Criminelle prirent le relais.

Le silence était total, à l'exception du clapotis de l'eau et des murmures des gendarmes. Lorsque les cinq plongeurs refirent surface, Marianne Brunel s'approcha d'eux.

— Vous n'avez pas trouvé de quatrième corps ? demanda-t-elle, la voix grave.

— Pas dans ce périmètre en tout cas, confirma le chef d'équipe, visiblement marqué. Si vous avez une autre victime, ce n'est pas dans ce cloaque qu'il faut chercher.

Frédéric Masson se tenait à côté de Marianne. Il posa doucement la main sur son épaule.

— On ramène les corps à l'institut de médecine légale, dit-il doucement.

— Oui, et on va trouver Marc Leclerc, confirma-t-elle, chamboulée. Il doit répondre de ce qui s'est passé ici...

Au plus profond d'elle, malgré son expérience, une douleur intense émergea. Ce qui l'attendait s'annonçait comme un parcours ardu pour une enquêtrice en investigation criminelle : elle devrait assister aux autopsies indispensables pour déterminer les causes de ces morts, puis elle devrait annoncer la terrible nouvelle à la famille.

À cet instant précis, elle se jura de ne jamais abandonner la quête du coupable de ce drame effroyable.

4

« Ne jamais oublier, ne jamais abandonner. »
La devise de la Division des Affaires non Élucidées s'étalait en lettres blanches au-dessus d'une porte en épais bois sombre. Située dans les locaux du pôle judiciaire de la Gendarmerie Nationale, en grande banlieue parisienne, la DIANE constituait une unité à part. Lorsqu'elle y était venue une première fois pour le processus de sélection, Roxane avait trouvé les infrastructures modernes et l'ambiance studieuse. Cette fois, elle fut saisie d'une légère appréhension au moment de rencontrer sa nouvelle cheffe. La lieutenante-colonelle Marianne Brunel était passée, comme Roxane, par une section de Recherches régionale avant d'atterrir à la tête de ce service central. Plusieurs fois décorée au titre des réussites féminines hors du commun, elle avait la réputation d'avoir fait sienne la devise de l'unité : ne jamais oublier, ne jamais abandonner.
Roxane patienta quelques minutes dans l'antichambre du bureau de Marianne Brunel. Elle fut surprise de constater que celui-ci était un modeste cube aux parois vitrées, trônant au milieu de l'espace ouvert dans lequel travaillaient les agents de

la DIANE. La porte était entrebâillée et Roxane put entendre sa nouvelle cheffe terminer une conversation téléphonique d'une voix douce mais ferme. Elle la vit ensuite se lever et se diriger vers elle, l'air avenant. Un sourire sincère barrait son visage.

— Lieutenante Baxter, bienvenue à la DIANE !

— Merci, colonelle. Je suis heureuse d'intégrer votre unité.

— Voilà pour le côté formel, enchaîna Marianne. Autant vous mettre au parfum tout de suite : ici, nous nous appelons tous par nos prénoms, peu importe le grade. En revanche, je n'ai pas encore réussi à faire tomber le vouvoiement. Cela vous convient-il, Roxane ?

— Très bien, col... je veux dire, très bien, Marianne.

— Parfait, je vais vous présenter à vos nouveaux collègues.

Les deux femmes entamèrent une tournée des bureaux au cours de laquelle Roxane put constater combien l'ambiance de cette unité était différente de ce qu'elle avait connu auprès du colonel Roque. La DIANE se voyait confier des affaires que les Américains appelaient des *cold cases*. À cause de leur complexité ou parce que leur caractère sériel n'avait pas pu être établi, ces affaires avaient parfois été clôturées par la justice. Une ordonnance de non-lieu pouvait avoir été rendue, mais elles n'étaient pas prescrites au regard de la loi. Comme un devoir de vérité et de justice à l'égard des victimes et de leurs familles, la recherche et l'arrestation des coupables étaient confiées à la DIANE. Les agents travaillaient essentiellement depuis les bureaux de Pontoise, mais Marianne Brunel incitait ses collaborateurs à se rendre sur le terrain aussi souvent que possible.

De retour dans son bureau, la cheffe d'unité entra directement dans le vif du sujet.

— Même si nos affaires sont parfois très anciennes, nous n'avons pas une minute à perdre pour découvrir la vérité. J'exige de mes agents une grande rigueur et une persévérance sans faille. Mais je suis sûre que vous l'avez déjà compris, Roxane.

— L'exigence et la détermination font en effet partie de mes valeurs profondes.

— Je sais, j'ai étudié votre dossier dans le détail. Et je connais aussi la formation que vous avez reçue, comment dirais-je... en dehors de celle de la gendarmerie.

— Vous faites allusion à mon père ?

— En effet. Le colonel Baxter jouit d'une réputation parfois ambigüe, mais à mes yeux, il s'agit d'un très grand gendarme.

Roxane ne commenta pas. Les faits d'armes de l'horloger, mais aussi ses démêlés récents avec ses anciennes autorités faisaient de lui un personnage à part. Tantôt un atout pour Roxane, mais parfois aussi un frein au développement de sa propre carrière. Elle avait pris le parti de ne plus s'exprimer sur ce que faisait ou ne faisait pas son père. C'était mieux ainsi, avait-elle décidé.

— Bref, reprit Marianne, vous êtes ici au titre de vos seules qualités, et ce sont ces qualités que je vous demande de mettre en œuvre dans le cadre de la première affaire que je vais vous confier.

— Entendu, Marianne. Avant de me briefer sur le dossier, puis-je vous demander quelles sont les méthodes que vous mettez en œuvre pour rouvrir une enquête ?

— Nous commençons par examiner en détail le dossier, à la recherche d'éléments ou de pistes qui auraient été négligées. Nos agents sont encouragés à retourner sur le terrain autant que nécessaire pour recueillir de nouveaux témoignages ou vérifier des indices. Le travail de bureau est essentiel, mais rien ne remplace le contact direct avec les lieux et les personnes concernées. D'ailleurs, la première affaire que je vous confie va nécessiter que vous sillonniez votre région... Puisque tel est votre souhait.

Roxane avait en effet posé comme condition à sa nouvelle affectation, le fait de pouvoir rester basée près de Nîmes. Cela avait été accepté.

— Merci, colonelle, de quoi s'agit-il ?

— Je vous le répète une dernière fois : appelez-moi par mon prénom. En réalité, il s'agit d'un dossier qui me tient particulièrement à cœur depuis plus de dix ans. C'est l'affaire de la famille Leclerc. En 2013, Sophie Leclerc et ses deux enfants, Anaïs et Quentin, ont été retrouvés assassinés dans l'étang du Méjean. Le père, Marc Leclerc, a disparu sans laisser de traces. À l'époque, nous n'avons pas pu établir de preuves concluantes pour l'inculper, et nous ne l'avons pas non plus retrouvé. L'affaire a été classée faute de nouveaux éléments.

— C'est une affaire complexe, si je me souviens bien. J'en ai entendu parler à l'époque où j'étais encore en formation à l'école des officiers.

— Elle a hanté mes nuits pendant des années. Les victimes méritent la justice et leurs familles méritent des réponses. C'est pourquoi je vous la confie, Roxane. Vos états de service parlent d'eux-mêmes. Je suis convaincue que vous avez les compétences nécessaires pour découvrir la vérité. Je vous conseille de vous plonger dans le dossier sans tarder. Ne lisez pas tout d'un coup, laissez-vous guider par votre instinct et vos premières impressions. Prenez le temps de comprendre les dynamiques familiales et les éventuelles motivations de Marc Leclerc. Et n'hésitez pas à me faire part de vos doutes. Il est évident que nous avons laissé passer quelque chose, à l'époque.

Pour une entrée en matière, on peut dire que Roxane était plongée dans le bain dès le départ. Marianne lui expliqua qu'elle avait elle-même dirigé cette enquête en 2013, mais que le fait qu'elle soit à présent la cheffe de Roxane ne devait pas empêcher celle-ci de remettre en cause son travail de l'époque. Roxane fut touchée par cette marque de confiance. Même si Marianne avait échoué dix ans auparavant, elle ne cherchait pas à dissimuler son échec en enterrant le dossier. C'était la marque d'une éthique irréprochable.

Roxane avait hâte de se plonger dans le dossier. Elle avait une quinzaine d'années à l'époque des faits, et elle n'avait pas encore décidé de devenir gendarme. Son père était toujours au GIGN, mais le couple de ses parents battait déjà de l'aile, si bien que l'année 2013 fut la dernière que la famille Baxter passa en région parisienne. En juin, lorsque les corps de Sophie Leclerc et de ses parents avaient été retrouvés, Roxane préparait son déménagement à Aix-en-Provence avec Béatrice.

En rangeant dans sa sacoche une partie des documents transmis par Marianne, elle se remémora ce qu'elle avait ressenti en entendant parler de ce fait divers à la radio. Tout le monde s'était accordé sur le fait que la priorité était de retrouver Marc Leclerc afin qu'il s'explique sur l'épouvantable assassinat. L'âme adolescente et idéaliste de Roxane avait pensé qu'il était inacceptable que le crime reste impuni. Les drames familiaux étaient les plus difficiles à accepter, et comprendre comment un père de famille avait pu s'en prendre à ses propres enfants dépassait l'entendement. Les médias avaient échafaudé plusieurs hypothèses pour expliquer le drame, mais très vite, Marc Leclerc demeurant introuvable, ils étaient passés à autre chose. Les faits divers étaient comme les saisons : l'un chassait l'autre avec une régularité millimétrée.

— Y a-t-il une hypothèse que vous avez privilégiée à l'époque ?

— J'ai une idée, oui, mais je m'en méfie, répondit Marianne. Encore une fois, Roxane, je vous suggère de reprendre le dossier à zéro, comme si les faits venaient de se produire. Pour résoudre un *cold case*, il ne faut pas se laisser polluer par l'enquête initiale. Vous devez tout remettre en cause.

— Mais votre expérience peut m'être utile, insista-t-elle.

— J'ai attendu longtemps avant de confier cette affaire à quelqu'un, Roxane. Je dirige la DIANE depuis deux ans, mais ce n'est que maintenant que je ressors le dossier. Il n'a pourtant pas cessé de me hanter durant toutes ces années...

Le regard de Marianne se perdit quelques instants par la fenêtre de son bureau. Roxane comprit que l'affaire Leclerc était un test. De sa résolution dépendrait la suite de sa carrière au sein de la DIANE. La pression qu'elle ressentit à cet instant la galvanisa plutôt qu'elle ne la paralysa.

— Dans ce cas, vous avez peut-être des conseils à me donner quant à la méthode à suivre ? demanda-t-elle.

Marianne se concentra à nouveau sur leur conversation.

— L'essentiel est de garder l'esprit ouvert. Ne tenez rien pour acquis, même les éléments qui semblent évidents. Relisez les dépositions et interrogez de nouveau les témoins clés. Le temps peut altérer les souvenirs, mais il peut aussi ramener à la surface de nouveaux éléments. Parfois, les personnes impliquées sont plus enclines à parler après quelques années, lorsqu'elles se sentent en sécurité ou moins impliquées émotionnellement. Examinez minutieusement les preuves matérielles. La technologie a évolué, et des techniques modernes comme l'ADN ou les analyses numériques peuvent révéler des détails passés inaperçus à l'époque. Faites réexaminer les indices par nos experts en criminalistique. Comprenez bien le contexte de l'époque, à la fois social et familial. Quelles étaient les relations entre les membres de la famille Leclerc ? Quels étaient les enjeux financiers, personnels ou professionnels ? Les motivations possibles peuvent changer la perception d'un suspect. Mais surtout, faites confiance à votre instinct d'enquêtrice. Si quelque chose vous semble bizarre ou hors de propos, creusez. Les détails apparemment insignifiants peuvent mener à des révélations importantes.

Roxane enregistra ces conseils. Elle réalisait que devenir

une enquêtrice de *cold cases* nécessitait de laisser de côté, au moins momentanément, ses réflexes de gendarme de terrain et d'action. À cet instant, sa motivation à relever le défi était à son maximum.

Dans le TGV qui la ramenait vers Nîmes, elle retrouva son père.
— Comment s'est passée ta journée, ma grande ? demanda l'horloger.
— C'est un peu court pour une prise de fonction, mais plutôt bien. Et toi ?
— RAS. Une demi-journée sur la psychologie de crise, notamment celle des différents types de preneurs d'otages. J'étais content de retourner à Satory. Mais parle-moi plutôt de ton nouveau boulot.

Roxane n'insista pas. Que son père ait finalement accepté de collaborer de nouveau avec la gendarmerie constituait un événement marquant. Lui qui avait toujours refusé de renouer avec sa précédente vie pour se consacrer à ses montres, avait finalement décidé de devenir formateur à temps partiel au sein du GIGN, son ancienne unité. À dire vrai, Roxane y voyait l'influence discrète d'Anne-Laure. Son père avait changé depuis que cette femme était entrée dans son quotidien.

— Je crois que cette mission va me plaire, enchaîna-t-elle. Ma patronne, Marianne Brunel, m'a accueillie avec bienveillance. Ça me change de Roque.

L'horloger émit un grognement approbateur.
— J'ai entendu parler d'elle. Un officier de grande valeur, d'après ce qu'on m'a dit. À quelle fréquence devras-tu monter à Paris ?
— C'est moi qui déciderai. Ce sera en fonction des nécessités de mes enquêtes. Pour commencer, on m'a confié un

dossier dont les faits se sont déroulés en Occitanie. Je pense que j'en ai pour plusieurs mois.

— De quelle affaire s'agit-il ?

Roxane regarda autour d'elle. Le wagon de première classe n'était pas complètement plein, mais il était clair que les autres passagers, s'affairant devant leur ordinateur ou en cours d'assoupissement, pouvaient les entendre. Elle se pencha à l'oreille de Morgan et chuchota.

— La disparition de la famille Leclerc en 2013. Ça te parle ?

L'horloger mit quelques secondes à mobiliser ses souvenirs.

— 2013... si je me souviens bien... c'était l'année précédant celle où je suis parti me former en Suisse. J'ai presque tout oublié des affaires criminelles de cette époque, mais celle-ci me reste en mémoire. Sans doute parce que l'on n'a jamais retrouvé le père de famille.

— Qui est sans doute le coupable ! Je dois tout reprendre depuis le début pour le retrouver. Cette affaire m'excite déjà.

L'horloger fit une moue bizarre.

— Ces affaires de pères de famille qui suppriment les leurs sont toujours fascinantes, dit-il. Souviens-toi de l'affaire Dupont de Ligonnès ou encore celle de Jean-Claude Roman... des dizaines de livres ont été écrits sur ce sujet.

La remarque éveilla l'intérêt de Roxane. Il n'était pas rare, en effet, que dans des affaires marquantes, les journalistes ou même le grand public prennent le relais des enquêteurs officiels. Elle se demanda s'il existait des livres consacrés à l'affaire Leclerc, susceptibles de contenir des indices ou des hypothèses écartées à l'époque. Elle prit note d'approfondir cette piste.

Les paysages bourguignons défilaient à grande vitesse derrière les fenêtres du train. Tandis que l'horloger s'assoupit en quelques minutes, Roxane réfléchissait à son affaire. Elle n'osa pas sortir le dossier dans ce train bondé d'inconnus, aussi passa-t-elle mentalement en revue les éléments factuels dont elle avait connaissance. À hauteur de Lyon, tandis qu'elle était elle aussi en train de s'assoupir, son père se réveilla brusquement.

— Jacques Calas, prononça-t-il à haute voix, comme s'il s'était agi d'une révélation.

— Hein ?

— Jacques Calas. C'est le nom du journaliste qui a enquêté sur ton affaire. J'ai lu son livre, il y a quelques années. Tu devrais le rencontrer, ma grande.

5

Thomas avait transformé une pièce en bureau pour son épouse dans la maison qu'ils occupaient à côté de la base de Nîmes-Garons. Dans ce qui avait été la grange à foin d'un mas agricole, il avait posé des cloisons et un parquet blond aux lattes lisses et douces. Le mur du fond, percé d'un bloc de climatisation, était couvert de rayonnages clairs sur lesquels Roxane avait entreposé ses livres. L'ancienne porte à battants avait été remplacée par une baie vitrée lumineuse qui donnait sur la piscine. Dans ce cocon qui aurait parfaitement convenu à un romancier, Roxane pouvait s'enfermer de longues heures pour travailler sur ses enquêtes. Thomas était très fier du métier de sa femme. Le fait qu'elle puisse l'exercer en partie depuis leur domicile était une bénédiction rendue possible par les habitudes qui avaient changé depuis la pandémie. Le télétravail s'était généralisé jusque dans les services de la gendarmerie.

Une tasse de thé et un croissant à la main, il frappa doucement à la porte.

— Tu peux entrer sans frapper ! protesta Roxane.

Thomas pénétra dans la pièce et déposa le plateau sur la table basse.

— C'est moins romantique qu'un petit-déjeuner au lit, mais je me suis dit que tu devais avoir faim avant d'entamer ta journée de travail.

Roxane s'était levée aux aurores. Elle s'était immédiatement enfermée dans son bureau et avait commencé la matinée par une séance d'assouplissement et de musculation. En short et brassière de sport, elle terminait de s'étirer les quadriceps. Elle s'interrompit pour passer ses bras autour du cou de Thomas. Elle posa un baiser sur ses lèvres.

— Je suis vraiment chanceuse d'avoir un mari aussi extraordinaire, dit-elle en riant.

— Parce que tu le mérites, sourit Thomas. Bon, je dois filer, j'ai un vol d'instruction ce matin.

— Sois prudent, mon amour. De mon côté, je vais passer la journée à prendre connaissance du dossier. Je t'envoie un message si je dois sortir.

La scène matinale de ce jeune couple tout juste marié avait quelque chose de rafraîchissant et de romantique. Pourtant, l'un comme l'autre exerçait un métier à risque. Un métier où le danger, la violence et parfois la mort faisaient partie du quotidien.

Roxane regarda son mari s'éloigner, puis elle se concentra sur son affaire. Elle sortit de son sac le dossier confié par Marianne et l'étala sur son bureau.

Les pièces de procédure de l'affaire Leclerc n'étaient finalement pas si nombreuses que cela, constata-t-elle. Sa cheffe lui ayant conseillé de ne pas lire tout le dossier dès le début, afin de ne pas être polluée par le point de vue des enquêteurs de l'époque, elle se demanda si les documents qu'elle avait entre les mains étaient bien tous là. Elle se changea, régla la climatisation sur vingt-deux degrés, puis s'installa confortablement dans un fauteuil moelleux pour entamer la lecture. Elle décida de découvrir les pièces dans l'ordre dans lequel elles avaient été classées.

La première sous-chemise contenait des échanges entre la section de Recherches de Montpellier et différents opérateurs téléphoniques. Ceux-ci indiquaient que la famille possédait seulement deux téléphones portables en 2013. Les enfants étant trop jeunes pour avoir le leur, l'un était au nom de Sophie, et assez logiquement, l'autre était utilisé par Marc Leclerc. La liste des appels passés ou reçus au cours des jours précédant le drame était relativement courte, même si certains numéros avaient été surlignés. En revanche, la conclusion de cette partie des investigations était nette : les deux téléphones avaient été coupés dans la journée du 4 juin 2013. Ils n'avaient jamais plus été localisés par la suite.

Roxane eut la tentation de regarder dans d'autres parties du dossier si son téléphone avait été retrouvé sur le corps de Sophie Leclerc, ou éventuellement à proximité, sur les rives de l'étang du Méjean. Elle en resta à sa discipline précédente : découvrir le dossier dans l'ordre dans lequel il avait été classé.

Elle parcourut le procès-verbal rédigé par la section de Recherches de Montpellier au sujet des interlocuteurs réguliers du couple Leclerc. Elle chercha sans trop y croire la trace d'éventuelles communications avec un amant ou une maîtresse qui aurait pu constituer un suspect potentiel. Mais elle ne trouva rien. La vie de Sophie et de Marc semblait tout ce qu'il y avait de plus rangé. Du moins sur ce point.

Dans la même chemise, Roxane fit une découverte plus intéressante : le relevé téléphonique de Marc Leclerc signalait que dans la journée du 6 juin, un interlocuteur particulier avait cherché à joindre le père de famille à plusieurs reprises. S'il s'était agi d'un contact régulier, cet appel n'aurait pas été surligné. Mais en l'occurrence, l'appel émanait du standard automatique de la société *UltraSûr*. Roxane connaissait les systèmes d'alarme fournis par cette compagnie qui équipaient également leur maison. Elle n'était pas au courant en revanche des procédures qui justifiaient un appel du central *d'UltraSûr*. Plutôt que de vérifier dans la suite du dossier si une intrusion au domicile des Leclerc avait éventuellement été signalée, elle consulta le dossier d'abonnement que Thomas avait rangé avec leurs papiers administratifs. Elle composa le numéro de l'assistance client.

— UltraSûr, bonjour, comment puis-je vous aider ?

— Bonjour, je suis madame de Lartigue, commença-t-elle. Mon mari vient d'installer une alarme chez nous. Je veux être certaine d'avoir bien compris son fonctionnement.

— Bien sûr, madame de Lartigue. Tout d'abord, afin de sécuriser cet appel, pouvez-vous me fournir votre date de naissance ainsi que le code d'identification de votre abonnement ?

Roxane fournit l'information, puis un code à six chiffres que Thomas lui avait communiqué lors de la mise en service.

— Parfait, madame. Que voulez-vous savoir ?

— Je me demandais... d'après ce que j'ai compris, l'alarme s'active et se désactive à l'aide du badge magnétique que je passe devant le boitier, n'est-ce pas ?

— C'est exact. Vous devez posséder autant de badges qu'il y a de personnes dans votre foyer. Plus éventuellement un ou deux pour votre femme de ménage ou votre jardinier. Chaque badge possède un numéro d'identification unique, si bien que nous pouvons savoir exactement qui a désactivé le système.

— Oui, oui, tout cela est très clair. En revanche, je m'interrogeais... dans quel cas êtes-vous susceptible de nous appeler ?

— La procédure est simple, madame de Lartigue. Dès que les capteurs d'ouverture situés sur votre porte et vos fenêtres s'activent, vous avez trente secondes pour déconnecter l'alarme. Si ce n'est pas le cas, nous déclenchons automatiquement un appel pour savoir si l'intrusion est bien régulière. Vous devez alors nous fournir votre code.

— Et que se passe-t-il si l'appel n'aboutit pas, ou si nous vous répondons que nous ne sommes pas à notre domicile ?

— Si vous ne répondez pas, nous appelons les autres numéros fournis dans votre abonnement, puis nous renouvelons nos appels jusqu'à ce que quelqu'un décroche. Dans l'intervalle, l'alarme se déclenche et les caméras se mettent en route. Nous envoyons également une ronde de nos agents de sécurité. Si une intrusion suspecte est détectée, nous alertons la police.

Roxane imagina ce qui avait pu se passer pour que *UltraSûr* appelle Marc Leclerc, le 6 juin 2013. Avaient-ils finalement envoyé une ronde ? se demanda-t-elle. L'appel de la société de surveillance n'avait pas abouti sur le portable de Marc, et de surcroit, aucun appel n'avait été émis en direction du téléphone de Sophie. Une seule chose pouvait expliquer cela.

— J'ai une dernière question, poursuivit-elle. Si nous tardons à désactiver l'alarme, mais que nous le faisons au bout d'une minute par exemple, que se passe-t-il ?

— Si rien d'anormal n'est signalé et que l'alarme est finalement déconnectée à l'aide de votre badge, même au-delà du délai de trente secondes, la procédure s'arrête. Ai-je répondu à vos questions, madame de Lartigue ?

Roxane remercia le préposé puis raccrocha. Elle dessina mentalement le scénario de l'événement. Marc Leclerc avait dû revenir chez lui, deux jours après la disparition. Il avait tardé à déconnecter l'alarme, mais avait fini par le faire. Dans le même temps, il n'avait pas reçu l'appel *d'UltraSûr*, puisqu'il s'était probablement débarrassé de son portable, une fois son crime accompli.

Cette fois, elle décida de prendre connaissance du dossier selon sa propre logique. Peu importait la manière dont il avait été classé, elle devait se fier à son intuition, comme le lui avait recommandé Marianne. Elle rechercha la sous-chemise qui contenait l'enquête de voisinage.

Les voisins connaissaient assez peu les Leclerc. Ils dressaient cependant le portrait d'une famille paisible et sans histoire. Les enfants étaient décrits comme bien élevés, saluant poliment les adultes, et n'étant pas particulièrement bruyants lorsqu'ils jouaient dans le jardin. Sophie, en tant qu'institutrice à l'école élémentaire, n'était connue que des personnes ayant eu des enfants scolarisés dans sa classe. Elle était décrite comme sérieuse et attentionnée à l'égard des petites têtes blondes dont elle avait la charge. On ne lui connaissait pas de réelle amie au village, même si elle effectuait parfois des virées shopping avec l'une ou l'autre de ses collègues.

La personnalité de Marc, en revanche, paraissait un peu moins lisse. Il travaillait sans arrêt, et lorsqu'il n'était pas en déplacement, les voisins l'apercevaient régulièrement assis dans le jardin ou derrière la baie vitrée du salon, son ordinateur portable posé sur les genoux. Les gens qui le fréquentaient le décrivaient comme un ingénieur-informaticien légèrement obsessionnel. Par ailleurs, il était notoirement passionné par la voile de plaisance. Un voisin expliqua qu'il ne manquait jamais une occasion de sortir en mer pour partager avec les siens une partie de navigation depuis l'un des ports des environs. Roxane prit note de creuser ultérieurement ce sujet. Peut-être que Marc Leclerc possédait un voilier avec lequel il aurait pu s'enfuir, par exemple ?

Elle décida de revoir méthodiquement les témoignages des voisins. Suivant son intuition concernant la visite de Marc chez lui le 6 juin, elle se concentra sur les passages mentionnant la présence du père de famille dans les environs *après* la disparition. Elle trouva des informations apparemment incompatibles avec son scénario.

Lors de son interrogatoire par les gendarmes, le plus proche voisin des Leclerc déclarait qu'il avait entendu Marc quitter son domicile très tôt, le matin du 4 juin. L'homme, un marchand de glaces possédant une boutique dans une zone touristique du bord de mer, expliquait l'avoir vu devant chez eux, vers six heures trente. Le père de famille n'avait paru ni stressé ni particulièrement pressé. Le hasard avait voulu que ce même voisin ait croisé Marc une seconde fois, ce jour-là. Tandis qu'il ouvrait son glacier, vers 9 h 30, il l'avait aperçu marchant sur le bord de mer, aux abords du port de plaisance. Là encore, son comportement avait paru parfaitement normal.

Roxane réalisa qu'à cette heure, l'absence à l'école de Sophie et des enfants avait déjà été constatée, et que, selon les dires du directeur, Marc Leclerc ne répondait pas à son portable.

Dans un autre procès-verbal, une seconde voisine évoquait la date du 6 juin. Elle déclarait n'avoir observé aucun mouvement autour de la maison des Leclerc depuis le 3 juin au soir. Le 6 juin en revanche, alors que la disparition avait été signalée et que tout le monde commençait à être inquiet, elle avait observé un véhicule banalisé s'arrêter devant la maison. Un homme en était descendu et était entré chez les Leclerc. Elle avait pensé qu'il s'agissait de la première visite des enquêteurs au domicile de la famille. Roxane consulta le compte-rendu de perquisition rédigé par Marianne Brunel à l'époque.

Elle constata que le premier passage des gendarmes avait eu lieu le vendredi 7 juin, le lendemain du signalement. Ensuite, elle nota que l'heure évoquée par la voisine correspondait au moment où la société *UltraSûr* avait émis ses appels sur le portable de Marc. Quelqu'un était donc entré chez les Leclerc le 6 juin en fin de journée, et si l'on en croyait le témoignage de la vieille dame, il ne s'agissait pas du père de famille. Qui qu'elle soit, cette personne avait un peu tardé à déconnecter le système d'alarme.

« Bon sang, » s'exclama Roxane à voix haute, « Marc Leclerc devait avoir un complice ! » L'excitation monta en elle à l'idée d'avoir découvert la première faille dans l'enquête de 2013. Marianne et son équipe s'étaient, à juste titre, focalisées sur la traque du fugitif dans les semaines et mois qui avaient suivi. Mais ils étaient totalement passés à côté de la piste d'un éventuel complice.

Son portable sonna à cet instant.

— C'est moi, ma chérie. Tu avances comme tu veux ?

Roxane sourit. Son mari était parti depuis deux heures à peine et il prenait déjà de ses nouvelles. Elle perçut derrière lui les bruits animés de la base de la Sécurité Civile.

— Je progresse, mais en restant à la maison, le nez dans mon dossier, j'ai un peu l'impression de lire un roman policier. J'ai hâte de me confronter aux protagonistes.

— J'imagine que ce sera moins fréquent avec ton nouveau job. Depuis tout ce temps, les faits, les témoins et les suspects doivent être loin.

Thomas avait émis cette idée comme une banalité, simplement heureux de parler à son épouse. Roxane réalisa toutefois ce que signifiait le fait d'enquêter sur un *cold case*. En effet, les événements avaient eu lieu plus de dix ans auparavant. Tout ce qu'elle découvrait aujourd'hui s'était évaporé depuis longtemps dans les brumes du temps qui passait. Si elle voulait résoudre cette affaire, puis les autres qui lui seraient confiées, elle devrait trouver un moyen de convoquer le passé, pensa-t-elle.

— Je vais consacrer ma journée à me plonger dans le dossier. Mais dès que j'aurais trouvé quelque chose, je retournerai sur le terrain. Désolé, mon chéri, tu n'as pas épousé une femme au foyer !

Thomas rit de bon cœur.

— Et ça me va parfaitement. J'aurais détesté une femme dévouée à la cuisine et au repassage, tu peux me croire.

— Je te crois, et je t'aime, dit Roxane avant de raccrocher.

Roxane consacra les heures qui suivirent à lire les nombreux comptes-rendus rédigés entre juin et décembre 2013 par Marianne et son équipe. Elle se rendit compte que la section de Recherches avait effectué quelques investigations sur le contexte de cette affaire, mais que les enquêteurs avaient surtout passé beaucoup de temps à tenter de retrouver Marc Leclerc. Soumis à la pression des médias qui se demandaient comment un homme pouvait disparaître sans laisser de traces, après avoir assassiné sa famille, ils s'étaient lancés à corps perdu sur ses traces. N'ayant pas réussi à localiser son téléphone, ses moyens de paiement ou même sa carte Vitale, ils en avaient conclu que le fugitif avait probablement changé d'identité et ouvert de nouveaux comptes bancaires.

Cette conclusion, logique et commode, présentait aux yeux de Roxane un inconvénient majeur : c'était la seule que les enquêteurs avaient suivie à l'époque. Or, elle savait que dans une enquête criminelle, il fallait suivre plusieurs pistes. S'accrocher à la seule qui « paraissait logique » conduisait irrémédiablement à un échec.

Elle se souvint alors des paroles échangées avec son père, dans le TGV qui les ramenait de Paris. « Jacques Calas », le nom de l'écrivain qui avait rédigé un livre sur l'affaire Leclerc. Voilà un homme qui avait peut-être suivi une ou plusieurs autres pistes, pensa-t-elle.

Plutôt que de télécharger son ouvrage sur sa liseuse, elle décida de l'appeler directement.

L'écrivain ne se fit pas prier longtemps avant d'accepter de la rencontrer.

6

Le trajet jusqu'aux collines ardéchoises dura un peu moins de deux heures. Roxane arriva à Vogüé, un petit village pittoresque, en début d'après-midi. Les rues étroites et grossièrement pavées étaient bordées de maisons en pierre aux volets colorés, tandis que la rivière, parcourue par des touristes en canoé, serpentait doucement. Le tout dégageait un charme ancien et paisible.

Elle gara sa voiture devant la librairie, prenant soin de ne pas déborder sur la chaussée, très étroite à cet endroit.

En entrant, elle fut accueillie par une odeur mêlée de café et de livres anciens. Les étagères étaient remplies de volumes variés, allant de la littérature classique aux ouvrages régionaux. Derrière le comptoir, un homme d'âge moyen, à la barbe poivre et sel bien taillée et aux lunettes rondes, l'observait.

— Vous êtes Jacques Calas ? demanda-t-elle.

— Lui-même. Ma biographie officielle ne mentionne pas que je suis également libraire, mais que voulez-vous, même brillants, les livres ne suffisent pas à faire vivre un auteur, de nos jours ! Venez, allons dans ma retraite d'écrivain.

Calas précéda Roxane le long d'un escalier abrupt qui

débouchait sur une petite pièce décorée de façon éclectique : des affiches de films anciens, des piles de livres, et contre le mur du fond, des notes manuscrites éparpillées sur un bureau en bois massif. Une grande fenêtre offrait une vue imprenable sur le château-fort des Vogüé.

— Puis-je vous offrir quelque chose à boire ? Un café, peut-être ?

— Ce sera parfait, merci.

Roxane était surprise par l'environnement. Elle se serait attendue à ce qu'un écrivain spécialisé dans les enquêtes judiciaires travaillât dans un bureau climatisé équipé d'un ordinateur. Rien de tout ça, ici. L'auteur semblait écrire à l'ancienne, sur des piles de feuillets volants, entouré de livres dans leur version originale et de carnets de notes ouverts.

Jacques Calas prépara deux tasses de café à l'aide d'une cafetière italienne posée sur une petite cuisinière à gaz.

— Alors comme ça, vous travaillez pour la DIANE ? entama l'écrivain en lui tendant une tasse ébréchée.

— En effet. Mon unité est spécialisée dans la reprise des affaires non résolues. Nous le devons aux familles et à la société en général.

— L'affaire Leclerc est votre première enquête ?

Le ton n'était pas agressif, mais Roxane y décela une pointe d'ironie.

— La première que l'on m'a confiée dans le cadre de mes nouvelles fonctions, oui. Mais j'ai déjà résolu de nombreuses affaires lorsque j'étais enquêtrice à la section de Recherches de Marseille.

— Vous avez lu mon livre ? demanda Calas d'un ton un peu brutal.

— Pas encore. Je suis ici pour comprendre votre point de vue et peut-être obtenir des informations qui ne figurent pas dans le dossier officiel. Je le lirai lorsque vous m'aurez suggéré un angle pour orienter mes investigations.

Calas s'adossa à son fauteuil, les mains autour de la tasse de café, l'air pensif.

— Espérons que vous serez plus avisée que vos collègues. Ces bourricots n'ont jamais pris la peine de m'écouter. La procédure, rien que la procédure, c'était le leitmotiv de la directrice d'enquête, à l'époque. Comment s'appelait-elle, déjà ?

— Marianne Brunel. C'est ma patronne, à présent.

— Je comprends mieux. Cette affaire a dû la miner, tout comme elle m'a obsédé. Mais comme elle est trop orgueilleuse pour admettre qu'elle aurait mieux fait de m'écouter, elle m'envoie une stagiaire.

Roxane ne réagit pas au sarcasme. Face à un homme à l'égo manifestement gonflé, il valait mieux faire profil bas, dans un premier temps. De toute façon, soit Calas avait des suggestions à lui faire, et dans ce cas elle les écouterait, soit il s'agissait d'un énième hurluberlu persuadé d'avoir raison contre la terre entière, et elle aurait juste perdu une journée. Le café était bon, en tout cas, apprécia-t-elle en cherchant le meilleur angle d'attaque.

— Je veux repartir de zéro. Je remets systématiquement en question les conclusions précédentes. Soyez-en sûr. Qu'est-ce qui vous a poussé à écrire ce livre sur l'affaire Leclerc ?

Jacques Calas pinça les lèvres.

— La quête de vérité, je suppose, grimaça-t-il. Et une certaine compassion pour les victimes. Je pressentais que cette affaire cachait plus que ce que laissait entendre l'enquête. La famille Leclerc est un mystère à elle seule... Mais encore une fois, les enquêteurs se sont concentrés sur une seule personne : Marc. Dites-moi, qu'avez-vous appris dans le dossier officiel ? Ces gendarmes prétentieux ont toujours refusé de me le communiquer. Même lorsque l'affaire a été classée et que mon livre est sorti.

Roxane sentit que l'écrivain la testait. Si elle voulait obtenir des éléments nouveaux, il allait falloir qu'elle livre elle aussi quelques confidences. Elle parcourut du regard les rayonnages de la pièce.

— Vous vous documentez beaucoup à travers les livres, constata-t-elle. Vous avez aussi eu accès aux différents protagonistes de cette histoire ?

— Hmm, je les ai presque tous rencontrés, oui. Mais je vous ai posé une question, mademoiselle. Auriez-vous l'obligeance de bien vouloir y répondre ?

Cette fois, il était temps de remettre Calas à sa place, décida Roxane. Qu'il l'appelle « mademoiselle » pour souligner son inexpérience passait encore, mais il semblait surtout en vouloir aux autorités qui l'avaient écarté de l'enquête. Et malgré le caractère informel de leur rencontre, elle représentait la gendarmerie. Elle posa sa tasse et croisa les doigts pour souligner qu'elle n'était pas impressionnée.

— Écoutez, monsieur Calas, dit-elle d'une voix tranchante. Vous avez raison de penser que l'enquête initiale n'a pas abouti. Elle n'a pas permis de faire la lumière sur la mort de Sophie Leclerc et de ses enfants. Les enquêteurs, dont je ne faisais pas partie à l'époque, ont échoué... Tout comme vous, du reste. Malgré votre enquête parallèle et votre livre, il ne me semble pas que vous soyez parvenu à retrouver Marc Leclerc. En conséquence, nous sommes sur un pied d'égalité vous et moi. Nous devons tout reprendre depuis le début et tenter de rendre justice aux victimes. Vous me suivez ?

Jacques Calas fut déstabilisé, mais il tenta de le dissimuler. Comme Roxane, il désirait découvrir enfin la vérité, et pour y parvenir, il ne pouvait pas continuer à brusquer la jeune lieutenante.

— Vous avez raison, concéda-t-il en tentant de se montrer aimable. Nous pouvons collaborer efficacement si nous partageons nos informations. Commencez donc par lire mon livre. Tout ce que je sais y figure. Nous en discuterons ensuite.

— Je vais le lire, en effet, mais contrairement aux apparences, le temps presse. Plus vite je connaîtrai la thèse que vous développez dans votre ouvrage, mieux je pourrai orienter mes investigations. En retour, je vous communiquerai les pistes suivies par l'enquête, vous avez ma parole.

Calas jaugea à nouveau Roxane. Cette femme n'avait pas l'air faite du même bois que les enquêteurs qu'il avait fréquentés. Une lueur de détermination brillait dans ses yeux. De détermination et d'intelligence.

Comme il ne disait toujours rien, Roxane enchaîna :

— Vous connaissez la devise de mon unité, monsieur Calas ?

— Non.

— Ne jamais oublier, ne jamais abandonner. Je crois aux mantras et j'aime celui-ci. Je pense que vous aussi, n'est-ce pas ?

Elle avait vu juste et l'écrivain se détendit un peu.

— Vous marquez un point, confirma-t-il. C'est l'essence même de mon travail. Les livres sont la mémoire de l'humanité. Je me suis spécialisé dans les enquêtes criminelles pour que l'on n'oublie jamais les victimes. Même lorsque l'on colporte sur elles toutes sortes de choses fausses.

— Vous savez des choses sur Sophie Leclerc et ses enfants ? réagit Roxane.

Calas balaya l'air de la main. Roxane se demanda pourquoi il avait accepté de la recevoir, s'il n'avait aucune intention de lui dire quoi que ce soit.

— Nous y viendrons. Peut-être... Pour l'instant, j'aimerais que vous me disiez pourquoi vos collègues ne recherchent pas véritablement Marc Leclerc. Quelles ont été les actions menées pour le retrouver dernièrement ?

— Je suis seulement au début de l'enquête. Je n'ai pas encore pris connaissance de l'ensemble du dossier. Je sais simplement que monsieur Leclerc a été aperçu, libre et en parfaite santé, quelques heures après la disparition de sa famille. Cet élément a été jugé suffisamment important pour qu'on lance une traque à grande échelle pour le retrouver.

— Sans se préoccuper du mobile...

— Que voulez-vous dire ?

— Qu'il faut toujours se préoccuper du mobile dans une affaire criminelle. Cela permet de confondre le coupable.

La discussion tournait en rond. En outre, Roxane commençait à s'agacer du ton moralisateur du vieux bonhomme. Elle avait visiblement affaire à un enquêteur frustré. Un écrivain qui racontait des histoires plutôt que de se confronter à la réalité brute d'une affaire criminelle. Elle aurait eu envie de le rembarrer en lui décrivant la manière dont se déroulait une autopsie. Ou encore, lui raconter la détresse indicible d'un père à qui l'on annonce que sa fille et ses petits-enfants ont été assassinés. La mémoire se trouvait peut-être dans les livres, mais la cruauté de l'être humain, elle, se constatait tous les jours sur le terrain.

Elle prit sur elle et se montra conciliante.

— Le mobile est important en effet, mais j'ai pour principe de le déterminer une fois que j'ai attrapé le coupable.

— Je crois au contraire que connaître le mobile permet de se figurer où se trouve le coupable.

— Le suspect, rectifia Roxane. Tant que nous n'avons ni preuves ni aveux, Marc Leclerc est présumé innocent. Bref, avez-vous des enfants, monsieur Calas ?

— Je ne vois pas le rapport, se renfrogna l'écrivain.

— Le rapport, c'est que si votre fille avait été la victime d'un crime, vous comprendriez sûrement qu'il est important de coopérer avec les enquêteurs, plutôt que de philosopher sur le fait de savoir s'il est plus important de déterminer le mobile ou d'attraper le suspect, assena Roxane.

Par certains côtés, Calas lui faisait penser à son père. L'horloger possédait sans doute une intelligence plus vive et une expérience du terrain que l'écrivain n'avait pas, mais ils semblaient partager cette façon iconoclaste de penser. Mue par l'intuition qu'elle avait là un angle d'attaque pour le faire parler, elle poursuivit :

— J'ai moi-même un père qui ferait tout pour me venir en aide, quelles que soient les circonstances. Il a été enquêteur et a même dirigé des unités prestigieuses de la gendarmerie. Tout comme vous, il essaie d'abord une affaire à trois-cent-soixante degrés pour la résoudre. Je suis certaine que vous vous entendriez à merveille.

Calas sembla s'apaiser. Un commencement de sourire s'empara de son visage. Il s'avança sur son fauteuil et regarda Roxane avec chaleur.

— Vous êtes donc la fille de Morgan Baxter ? Je n'osais l'espérer...

— Vous connaissez mon père ?

— J'ai passé ma vie à écrire sur les affaires criminelles, alors oui, j'ai déjà croisé le colonel Baxter. Et puis, je suis admiratif de sa reconversion en tant qu'horloger. Vous pensez que je pourrais le rencontrer ?

Roxane se souvint que c'était précisément son père qui lui avait parlé du livre de Calas. Il y avait peut-être un lien ancien entre ces deux-là, et elle pouvait en tirer profit.

— Si j'organise une rencontre, vous me ferez part de vos conclusions sans que j'aie besoin de lire votre livre ?

— Hum... oui, fit l'écrivain en se levant pour mettre fin à l'entretien.

7

La rencontre entre Jacques Calas et Morgan eut lieu le lendemain, en présence de Roxane. Le soleil matinal illuminait doucement le Vallon des Auffes, créant des reflets scintillants sur les eaux calmes du petit port de pêche. Niché entre les falaises, ce coin pittoresque de Marseille, avec ses barques colorées et ses cabanons authentiques, offrait un cadre hors du temps qu'apprécia l'écrivain ardéchois.

Roxane et Calas arrivèrent tôt. L'écrivain prit le temps de se délecter de l'air marin mêlé à l'odeur des filets qui séchaient au soleil. Il observa les pêcheurs locaux qui préparaient leurs bateaux pour une journée en mer. Il était visiblement impressionné par la beauté du lieu.

Peu après, ils avisèrent Morgan qui sortait de sa maison. Sa démarche assurée et son visage exprimaient une détermination tranquille.

Morgan accueillit sa fille d'une accolade chaleureuse, puis se tourna vers l'écrivain avec un sourire amical.

— Jacques Calas, ça fait longtemps. Bienvenue à Marseille. C'est un plaisir de vous revoir ici.

— Merci. Je dois dire que le Vallon des Auffes est encore

plus charmant que ce que j'imaginais. C'est un endroit parfait pour une reconversion.

— Roxane m'a dit que vous n'étiez pas mal loti non plus.

Ils s'installèrent à une table installée devant la maison de l'horloger, à l'ombre d'un grand parasol. Le clapotis des vagues contre les coques des barques constituait une toile sonore apaisante.

— Vous avez l'air de bien vous connaître tous les deux, constata Roxane. Comment vous êtes-vous rencontrés ?

— Comme tu l'imagines, ma grande, c'était il y a bien longtemps. Avant que je devienne horloger, en tout cas.

— J'ai suivi votre reconversion, colonel, coupa Jacques Calas. Vous êtes un orfèvre reconnu dans le monde entier, à présent !

— Vous aimez les montres ?

— Beaucoup, mais je n'ai hélas pas les moyens d'en posséder de prestigieuses.

Morgan soupira, comme dépité par cet état de fait.

— L'horlogerie de luxe est devenue un signe extérieur de richesse pour toute une génération d'arrivistes. C'est regrettable, d'autant qu'il est possible de fabriquer de belles mécaniques pour un coût tout à fait raisonnable. Mais je m'égare. Nous ne sommes pas ici pour parler de mon nouveau métier.

— Mon père a accepté de m'aider. C'est lui qui m'a suggéré de vous rencontrer, expliqua Roxane à Calas. Il pense que votre livre contient des pistes pour m'aider à venir à bout de l'affaire Leclerc.

Calas regardait l'horloger avec un mélange de déférence et d'admiration. Il était visiblement impressionné par le personnage, et cela ne datait pas d'aujourd'hui.

— J'ai interviewé votre père à l'occasion d'un livre sur les opérations insolites, crut-il bon de préciser. Il m'a expliqué comment le GIGN était parvenu à intercepter des trafiquants de drogues qui remontaient l'autoroute à contresens.

— Ce que ne dit pas Jacques, c'est que nous nous sommes également parlé lorsqu'il a sorti son livre sur l'affaire Leclerc. J'avais apprécié son travail sur la psychologie des protagonistes, et je tenais à le lui faire savoir. Il ne s'est pas contenté de chroniquer la traque de Marc Leclerc par les services de police. Il est manifestement rentré dans la tête des principaux personnages.

Calas rougit devant le compliment.

— C'est le propre des écrivains de s'intéresser à la psychologie, précisa-t-il. En tout cas, pour l'affaire qui nous concerne, je suis certain que la clé se trouve dans le mobile du criminel.

— Pardonnez-moi, intervint Roxane, dans cette histoire, l'auteur des faits est identifié, et son mobile est secondaire. Ce qui compte, c'est l'endroit où il se cache !

— Peut-être, mais on ne m'enlèvera pas de l'idée que l'explication avancée par les enquêteurs est un peu rapide. Ils ont parlé d'une situation financière difficile, ainsi que d'un conflit entre Sophie et son mari. Pourquoi Marc aurait-il assassiné sa famille pour ça ? Sa femme, mais aussi ses enfants...

— Pour repartir de zéro, avança Roxane. Pour s'offrir une nouvelle vie, loin de ses problèmes. C'est déjà arrivé dans d'autres affaires criminelles.

— Certes, mais en l'espèce, je ne crois pas que les difficultés avancées aient été bien réelles. On a aussi parlé d'un comportement sulfureux de la part de Sophie Leclerc...

Roxane écarquilla les yeux. Toujours et encore cette affaire de mobile. Ces digressions l'éloignaient de ce qui constituait sa priorité : retrouver Marc Leclerc. Elle envisagea de mettre fin à cette réunion d'anciens combattants et de retourner à la réalité du terrain. Décidément ces bavardages ne donnaient rien.

Morgan s'aperçut du courroux de sa fille. Il tenta de tempérer la situation :

— Dans son livre, Jacques évoque le fait que Sophie Leclerc aurait été surprise en train de fréquenter les clubs libertins du bord de la Méditerranée. Cet événement aurait pu provoquer la colère de son mari...

— Bien sûr ! coupa Roxane avec ironie. Une institutrice, mère de deux jeunes enfants, qui fréquenterait des lieux de débauche pour couples libidineux... C'est tout ce que vous avez trouvé pour vendre votre livre !?

— Qui vous dit que je crois à cette théorie ? protesta Calas. Il s'agit d'une rumeur qui a couru. J'ai bien été obligé d'en parler dans mon livre.

— Ce n'est pas le sujet. Je perds mon temps avec ces théories fumeuses.

Puis, fixant le journaliste dans les yeux :

— Soit vous me faites part d'éléments concrets qui ne figurent pas dans le dossier, soit je retourne à mon travail. Nous ne sommes pas en train d'élaborer le scénario d'un mauvais polar, là. Désolée de brider votre imagination, mais il est question de véritables morts. Alors tant que je n'aurai pas retrouvé Marc Leclerc, je me contrefous de vos conjectures quant à son mobile. Ai-je été claire ?

Morgan posa un regard doux sur sa fille.

— Ne t'emporte pas, ma grande. Ce que dit Jacques, c'est que le mobile avancé pour le passage à l'acte du père de famille ne tient pas. Une autre vérité se dissimule certainement derrière les apparences. Tu comprends ?

Roxane laissa sa réplique suivante en suspens. Elle venait de comprendre le raisonnement de l'écrivain, partagé par son père. Si le mobile avancé pour expliquer un crime ne tenait pas, c'était en effet qu'une autre réalité se cachait derrière les faits. Soit un autre mobile, soit un autre assassin. Mais si Marc Leclerc n'était pas le meurtrier de sa femme, pourquoi aurait-il pris la fuite ? Puis elle repensa à l'hypothèse d'un complice. Après tout, Marc Leclerc avait peut-être une autre raison de s'en prendre aux siens. Une raison qu'il partageait avec l'homme qui avait visité son domicile le 6 juin 2013. Décidément, cette affaire possédait bien des zones d'ombre. Dans tous les cas, elle devait creuser la personnalité de Sophie Leclerc.

Plongée dans ses réflexions, elle laissa les deux hommes débattre comme si elle n'était pas là. Ils dissertaient à n'en plus finir sur des passages du livre de Jacques Calas. Son père semblait trouver qu'il était remarquable, et chose rare, il débattait longuement avec l'auteur de certaines phrases qui selon lui auraient mérité d'être précisées. Au bout d'un moment, elle jugea qu'elle perdait son temps. Elle était payée pour résoudre cette affaire, pas pour écouter deux anciens disserter sur la littérature d'investigation.

Sans un mot, elle se leva et se dirigea vers son véhicule. Cela sembla laisser son père et Jacques Calas de marbre.

Plus haut dans la ruelle qui remontait du vallon des Auffes, elle croisa Anne-Laure.

— Eh, Roxane ! fit la compagne de son père, il est rare de te voir ici en semaine.

— Je suis passée pour le travail. Je viens de présenter Jacques Calas à mon père. Mais leur conversation a pris un détour interminable. Je retourne bosser, dit-elle sèchement.

— Ah, je vois, dit Anne-Laure, constatant l'irritation de Roxane. Ton père m'a parlé de ton *cold case*. C'est bizarre, mais depuis quelque temps, je crois qu'il est nostalgique de l'époque où il était gendarme.

Roxane n'avait pas imaginé les choses sous cet angle lorsqu'elle avait accepté sa mutation au sein de la DIANE. Son père avait quitté la gendarmerie il y a fort longtemps, et elle pensait qu'il avait tiré un trait sur son passé. Elle comprenait maintenant qu'en enquêtant sur des affaires qui s'étaient déroulées du temps où l'horloger était gendarme, elle risquait d'aggraver sa propension à vouloir mettre son nez dans ses affaires. Elle n'avait toutefois aucune envie de débattre de la psychologie de son père avec Anne-Laure.

— Ça se passe bien avec papa ? demanda-t-elle, plus légère.

— Oh, très bien ! Nous sommes indépendants, nous vivons chacun chez soi. Je lui laisse tout le temps dont il a besoin pour réparer ses montres. De mon côté, je m'occupe de mon fils et je réfléchis à la suite. Morgan m'impressionne chaque jour, tu sais ?

Anne-Laure était la première femme que lui présentait Morgan depuis son divorce avec Béatrice. Roxane sentait que leur relation était sérieuse, même si elle se demandait comment on pouvait supporter un homme aussi solitaire et insaisissable que son père. Elle considérait Anne-Laure comme sa belle-mère, un membre de leur tribu dont elle constatait avec plaisir les premiers signes d'influence sur l'horloger.

— Espérons que tu parviendras à lui faire abandonner son côté ours, dit-elle avec un sourire forcé. En attendant, j'ai du travail qui m'attend. C'était bon de te voir, Anne-Laure. À bientôt.

De retour à Nîmes, Roxane s'enferma dans son bureau et commença à lire l'ouvrage de Jacques Calas.

L'écrivain possédait une plume alerte et singulière. Il écrivait beaucoup au passé simple, utilisant régulièrement l'imparfait du subjonctif. Cette manière de faire donnait à son texte une élégance narrative appréciable, même si l'histoire qu'il racontait portait sur des faits sordides et bien réels. Elle décida de lire les chapitres dans le désordre, comme pour y trouver les réponses aux questions qu'elle se posait, plutôt que de se laisser diriger par l'auteur.

La partie consacrée à la personnalité de Sophie Leclerc abordait le sujet dont elle venait d'entendre parler.

« Chapitre 12 : Sophie Leclerc, une femme sulfureuse ?
Ceux qui la fréquentaient s'accordaient à dire que Sophie Leclerc

était une femme d'apparence réservée, mais dotée d'une détermination et d'une force intérieure qui impressionnaient. Née Sophie Bouvier, elle grandit dans une famille bourgeoise de Montpellier, où elle développa très tôt un goût pour les études et une passion pour la littérature. Ses proches la décrivaient comme une personne bienveillante et dévouée, à la fois épouse attentive et mère protectrice de deux jeunes enfants, Anaïs et Quentin. [...]

Le parcours de Sophie la mena à une carrière d'enseignante, métier dans lequel elle s'investit avec rigueur et enthousiasme. Son mariage avec Marc Leclerc, un ingénieur-informaticien, sembla initialement heureux et prometteur. Ensemble, ils formaient un couple que l'on pouvait aisément qualifier de solide, malgré les difficultés financières qui pesaient parfois sur leur foyer. [...]

Il est essentiel de mentionner un point particulièrement controversé de cette enquête : l'affirmation selon laquelle Sophie Leclerc aurait été aperçue dans un club libertin des environs de La Grande Motte, le "Club Aphrodite". Cette information, bien que relayée par certains témoignages, me parut hautement improbable et incompatible avec la personnalité de Sophie.

Il me sembla évident que, malgré les tensions possibles dans son mariage et les défis quotidiens, rien dans le caractère de Sophie ne suggérait une inclination pour ce genre de fréquentations. Les témoignages qui la placèrent dans un tel environnement manquaient de crédibilité et semblaient davantage relever du fantasme que de la réalité. Les personnes qui la côtoyèrent au quotidien insistaient sur son attachement à sa famille et sur son dévouement à ses enfants.

Sophie n'aurait jamais compromis son intégrité ou mis en péril sa réputation de cette manière. Sa nature réservée et son engagement envers ses responsabilités familiales contredisaient fermement l'idée d'une double vie cachée dans des clubs libertins. De plus, l'époque de sa prétendue apparition dans ce club coïncida avec une période de surmenage au travail et d'une situation financière tout juste confortable, laissant peu de place pour ce genre d'extravagances.

En examinant attentivement les témoignages et les preuves disponibles, il apparut clairement que cette piste fut exploitée de manière disproportionnée par les enquêteurs de l'époque, sans suffisamment de fondements. Cette hypothèse détourna l'attention des véritables enjeux de l'affaire, alimentant des spéculations sans apporter de réponses concrètes. [...]

J'affirmais alors qu'il était crucial de recentrer l'enquête sur les éléments tangibles et de ne pas se laisser égarer par des allégations infondées. La vérité sur ce drame réside probablement ailleurs, et c'est en continuant à explorer les aspects jusque-là négligés de la vie de Sophie et de Marc Leclerc que nous pourrons enfin espérer découvrir ce qui s'est réellement passé. »

Roxane referma le livre, réfléchissant aux mots de Calas. Elle avait pour habitude de se forger une opinion sur les gens en les rencontrant. Dans le cas de la malheureuse Sophie Leclerc, elle n'en aurait évidemment pas le loisir. Devait-elle pour autant se laisser influencer par les pistes plus ou moins sérieuses d'un écrivain en mal de reconnaissance ? Une fois encore, elle se demanda si la méthode qui consistait à se documenter sur une affaire survenue dix ans auparavant, était vraiment la bonne.

Elle abandonna l'ouvrage sur la table basse et sortit se préparer un thé.

— Oh, je ne t'ai pas entendu rentrer, dit-elle, en voyant Thomas ranger sa combinaison de vol et sa sacoche dans la penderie.

— J'ai même eu le temps de prendre une douche. Je n'ai pas voulu te déranger. Ton bureau te plaît ?

Roxane affichait un air préoccupé.

— Oui, chéri, il est parfait, ne t'en fais pas. C'est juste que j'ai l'impression de jouer à un jeu de société. J'ai revu cet écrivain ce matin, et j'ai lu son livre le reste de la journée. Mais ça ne me va pas. Je ne suis pas faite pour lire et réfléchir toute la journée dans ma grotte. Ce n'est pas pour ça que je me suis engagée dans la gendarmerie.

Thomas lui sourit tendrement.

— Personne ne te demande cela, Roxane. Ce n'est pas parce que tu as signé dans une unité spécialisée dans les vieilles affaires que tu dois rester enfermée. Sors, rencontre du monde, fais ce que tu as toujours fait avec brio : enquête ! Et puis, je ne serai pas vexé si tu abandonnes un moment le petit cocon que je t'ai aménagé.

Roxane se détendit. Elle se suspendit au cou de Thomas et lui administra un baiser long et langoureux.

8

Le lendemain, Roxane se présenta devant le portail d'une grande bastide bourgeoise. La demeure, imposante et élégante, se dressait au milieu des vignes et des champs dorés par le soleil de la campagne montpelliéraine. Les murs en pierre de taille, recouverts par endroits de lierre grimpant, témoignaient d'un passé chargé d'histoire. De hauts cyprès encadraient l'allée principale, menant à la porte d'entrée en bois massif, ornée de ferronneries délicates.

Roxane poussa le portail qui s'ouvrit en grinçant. Elle s'engagea sur le chemin gravillonné, entouré de lavandes et de rosiers dont les dernières fleurs diffusaient encore leur parfum. En traversant le jardin, elle aperçut Louis Bouvier, le père de Sophie, assis sur un banc en pierre sous un olivier noueux. Il la vit approcher, et aussitôt, un masque de fatigue et de douleur profonde apparut sur son visage. Il ne se leva pas pour l'accueillir, et ses yeux trahirent la peine qu'il ressentait à la perspective de remuer, une fois encore, les épreuves du passé. Roxane crut toutefois déceler une minuscule lueur d'espoir.

— Bonjour, monsieur Bouvier, je suis désolée de vous déranger.

— Venez, il commence à faire chaud, nous serons mieux à l'intérieur, coupa-t-il, en guise de salutations.

Ils traversèrent la cour pavée et pénétrèrent dans la bastide par une porte latérale, directement dans une vaste cuisine rustique. Les murs en pierres apparentes et les poutres en bois massif donnaient l'impression que le temps s'était arrêté ici, il y a bien longtemps.

Louis Bouvier invita Roxane à s'asseoir autour d'une grande table en chêne. Un service à thé était disposé au centre.

— Je suis navrée de troubler votre repos, réitéra Roxane que le silence commençait à oppresser. Comme je vous l'ai dit au téléphone, je travaille pour la division des affaires non élucidées. Je reprends l'enquête sur la mort de votre fille et de vos petits-enfants. J'espère découvrir de nouvelles pistes.

— J'ai compris qui vous étiez, madame Baxter. Marianne Brunel m'a prévenu que l'enquête allait être rouverte. Le problème, c'est que je ne vois pas ce que je pourrais vous apprendre de plus. J'ai déjà tout dit cent fois.

Il se pencha vers la théière et en servit deux tasses. « Sucre ? » demanda-t-il.

— Non merci. Monsieur Bouvier, j'aimerais que vous me racontiez une nouvelle fois le déroulement des faits survenus il y a onze ans. J'imagine combien c'est douloureux, mais il est important que je reprenne l'enquête à zéro. Sans préjuger de ce qu'ont pensé les enquêteurs de l'époque.

— La lieutenante Brunel était une femme compétente, commença bizarrement Louis Bouvier. Elle a fait tout ce qu'elle a pu, mais elle a échoué. Je crois qu'elle se sent redevable envers moi. C'est pour cela qu'elle veut mettre la main sur le salopard qui a fait ça. Elle a donc confié l'enquête à une jeune enquêtrice...

Il avait dit cela avec un soupir qui contenait toutes les nuances du doute. Roxane aurait pu se justifier, faire valoir son pédigrée d'enquêtrice chevronnée, mais elle savait qu'une seule chose parviendrait à la crédibiliser aux yeux de Louis Bouvier : qu'elle trouve Marc Leclerc et qu'elle boucle l'affaire.

— Je comprends votre lassitude. Vous savez, Marianne Brunel m'a affectée à cette enquête à cent pour cent. Elle tient à ce que la personne qui se penche sur votre affaire soit libre de tout autre dossier. Je viens d'être nommée à la DIANE et j'ai tout mon temps pour découvrir la vérité.

Bouvier interpréta mal la dernière phrase de Roxane.

— Je n'ai pas tout mon temps, moi, dit-il, amer. Mon épouse est morte, ma fille est morte, mes petits-enfants sont morts... J'attends de les rejoindre. J'aimerais juste que le coupable soit condamné avant que je m'en aille à mon tour.

— Je me suis mal exprimée. Je veux obtenir des résultats rapidement. Je voulais simplement dire que je dispose de toutes mes journées et de toutes mes nuits pour enquêter. Je ne négligerai aucune piste. Vous voulez bien me parler de votre fille et de sa famille ?

Louis Bouvier était en proie à une émotion difficile. Les larmes ne venaient plus depuis longtemps, mais la tristesse avait envahi chaque cellule de son corps. Si le désespoir avait eu une incarnation, c'était sans conteste chez le vieil homme qu'il se serait installé, jugea Roxane. Elle but une gorgée de thé, essayant de chasser l'empathie profonde qu'elle éprouvait et qui menaçait de perturber son jugement si elle ne la contrôlait pas. Elle posa son carnet de notes et son stylo sur la table.

— Sophie était une personne merveilleuse, entama Bouvier d'une voix sourde. Toujours prête à aider les autres, très engagée dans son village et dans sa famille. Le couple qu'elle formait avec Marc était... normal. Du moins, je n'ai jamais rien décelé qui puisse laisser entrevoir le drame.

Roxane hocha la tête avec bienveillance. Elle garda le silence. Le temps des questions ciblées viendrait, mais pour le moment, l'enjeu était de laisser Louis Bouvier vider son sac.

— J'avais de l'estime pour mon gendre, poursuivit celui-ci.

Je le trouvais extrêmement compétent dans son domaine. J'étais certain qu'il parviendrait à vendre ses logiciels un jour, et que la vie de ma fille et de mes petits-enfants changerait. En bien. Mais ils n'en ont pas eu le temps. Ils sont morts et Marc a disparu on ne sait où...

Il s'interrompit pour se tamponner les paupières.

— On m'a dit que votre gendre pratiquait la voile de plaisance. Vous pensez qu'il aurait pu s'enfuir en bateau ?

— Peut-être, admit Louis. Mais dans ce cas, il a dû se procurer un voilier. Il n'en possédait pas.

— Vous voulez dire que lorsqu'ils sortaient en mer, ils faisaient appel à un loueur ?

— Parfois, oui. D'autres fois, ils empruntaient celui d'un ami. Beaucoup de gens possèdent des bateaux, par ici. D'ailleurs, Marc désirait plus que tout acheter le sien. Sophie m'avait parlé d'un projet d'acquisition dès que leurs moyens le leur permettraient.

— Votre fille partageait ce projet avec son mari ? demanda Roxane, pour entretenir l'échange.

— Oui, absolument. Elle était très amoureuse de Marc. Une fois, elle m'a demandé de lui avancer de l'argent pour aider Marc à se positionner sur un voilier d'occasion. En réalité, c'était leur projet à tous les deux.

— Et vous l'avez fait ?

— La transaction ne s'est pas réalisée. Le vendeur s'est finalement rétracté. Mais j'étais prêt à les aider, oui. À quoi bon me sert mon argent, maintenant que je suis seul ?

— Vous avez d'autres enfants, monsieur Bouvier ? interrogea Roxane, en se rappelant avoir aperçu dans la cuisine la photo ancienne d'une famille de cinq personnes.

— Je ne vois pas beaucoup mes deux fils, déplora-t-il. Le drame a brisé les liens familiaux qui restaient. Adrien et Simon essaient eux aussi de se reconstruire.

— Que sont-ils devenus ? Où vivent-ils ?

Louis Bouvier éluda la question d'un geste évasif. Paradoxalement, il était plus difficile pour lui de parler des vivants que des morts. Ce constat alluma une alerte dans le cerveau de Roxane. D'une manière ou d'une autre, elle parlerait aux deux frères de Sophie, décida-t-elle.

Devant le silence persistant de Louis, elle enchaîna sur un autre sujet.

— Vous dites que votre gendre allait finir par vendre ses logiciels. Cela signifie qu'au moment des faits, ce n'était pas encore le cas ? Avait-il des problèmes d'argent ?

Bouvier s'agita sur sa chaise.

— Les enquêteurs de l'époque ont parlé de difficultés financières pour expliquer son geste, dit-il, un soupçon d'agacement perçant dans la voix. Mais c'est une explication trop facile. Marc et Sophie vivaient modestement, certes, mais s'ils en avaient eu besoin, nous aurions pu les aider. Peut-être que Marc était trop fier pour demander de l'aide, mais encore une fois, si ma fille me l'avait demandé, je les aurais aidés. J'en avais les moyens.

— Comment avez-vous réagi lorsque vous avez reçu la lettre de Marc ? Il disait partir en Californie pour un projet important. Cela aurait-il pu être une explication à leur absence ?

Encore une fois, Louis Bouvier secoua la tête de dépit.

— Vous oubliez que ma fille avait disparu sans explication depuis plusieurs jours, lorsque j'ai reçu cette lettre. S'il s'était agi d'une carte postale signée de sa main, depuis les États-Unis, alors, oui, j'aurais pu y croire. Mais là… une lettre de mon gendre alors que tout le monde les cherchait depuis des jours… Le fond de la lettre était peut-être crédible, mais pas les circonstances dans lesquelles je l'ai reçue… Du reste, la suite des événements a confirmé que ce courrier n'était qu'un vulgaire écran de fumée.

Roxane repensa à ces affaires médiatisées dans lesquelles un assassin envoyait des lettres aux explications floues pour justifier l'absence de personnes qu'il avait en réalité fait disparaître. Ces lettres avaient pour seul but de ralentir les recherches. Il arrivait même que le coupable se serve du téléphone des victimes pour faire croire qu'elles étaient toujours en vie. Dans tous les cas, ces manœuvres de diversion maladroites échouaient presque chaque fois. En revanche, la grosseur de la ficelle utilisée en disait long sur le degré de préparation de l'assassin. En l'occurrence, la lettre reçue par Louis Bouvier témoignait de l'impréparation évidente de Marc Leclerc. Son explication n'aurait pas tenu dix jours.

— On a retrouvé votre fille grâce au chien de la famille. Comment s'appelait-il déjà ?

— Hector. Je l'ai récupéré après les événements. Mais il est mort, il y a 5 ans. Lui aussi, j'ai hâte de le retrouver, là-haut.

— Votre gendre n'a pas eu l'intention de le faire disparaître, lui aussi ? Ce n'était pas très malin, si vous me permettez, pour la crédibilité de son plan.

— Je ne crois pas que mon gendre ait véritablement eu un plan, soupira Louis. Les explications fournies ne tiennent pas. Je ne pense pas qu'il ait voulu refaire sa vie en voilier, après avoir assassiné sa femme et ses enfants. Je vous le répète, madame Baxter : il faut trouver une autre explication à la mort de ma fille.

Roxane jugea le vieil homme sincère. Sa connaissance intime des protagonistes faisait de lui un témoin crédible. Elle devait se fier à ses intuitions ; son expérience des affaires criminelles le lui avait appris. Mais dans le même temps, les zones d'ombre étaient nombreuses, et à ce stade, elle ne pensait pas que Louis Bouvier puisse l'aiguiller mieux que ça. Elle avait un dernier sujet à aborder avec le père endeuillé, et celui-ci était délicat. Elle regroupa son courage et se lança.

— Monsieur Bouvier, je suis désolée d'avoir à vous parler de ça, mais c'est nécessaire. J'ai appris incidemment que votre fille aurait fréquenté un club libertin de la Grande-Motte, le *Club Aphrodite*. Qu'en pensez-vous ?

Contrairement à ce qu'elle imaginait, le vieil homme réagit sans virulence. Il marqua une fois de plus son scepticisme sur ces éléments « officiels » avancés par des gens qui ne connaissaient pas sa fille.

— Oui, je suis au courant, dit-il. C'est ce qu'aurait dit Marc à l'un de mes fils. Peu avant le drame, il aurait reçu un message anonyme lui signalant que Sophie avait été aperçue au *Club Aphrodite*...

— Et cela s'est révélé exact ?

— Je n'en sais rien. Personne n'a jamais évoqué ce sujet devant moi. En réalité, l'information a été sortie par un journaliste qui a écrit un livre sur l'affaire.

— Jacques Calas ?

— C'est ça, oui. Je ne l'ai pas lu. En tout cas, à l'époque, les enquêteurs n'ont pas cherché à vérifier si Sophie avait oui ou non fréquenté ce club. Ils se sont contentés de considérer cet élément comme un mobile possible du crime. C'est ridicule.

— Vous n'y croyez pas ?

— Quoi ? Que Sophie ait pu fréquenter le *Club Aphrodite* ? Je vous signale que pour pratiquer l'échangisme, il faut avoir quelque chose à échanger. Les gens qui se livrent à cette... activité (il prit un ton profondément écœuré) le font généralement en couple pour « pimenter » leur sexualité. (Il mima des guillemets dédaigneux.) Je n'imagine pas ma fille se rendre seule dans un tel établissement. C'est ignoble d'imaginer une chose pareille.

— Elle y a pourtant été vue, insista Roxane.

— Ça, ça reste à prouver, lâcha-t-il avec hargne. C'est à vous de le déterminer. Faites donc votre travail, puisque vos collègues ont failli à l'époque !

Roxane avait brusqué le vieil homme. Elle s'en voulut, et en même temps, il était de sa responsabilité d'explorer toutes les pistes. Si Sophie Leclerc avait des pratiques inavouables qui auraient pu provoquer le coup de folie de son mari, elle devait le savoir. Elle n'y croyait pas beaucoup, mais elle était bien placée pour savoir qu'aux tréfonds de chaque être humain, se cachait parfois une part obscure. Une part obscure, et pour certains, noire comme l'ébène.

Elle mit fin à ce premier entretien avec Louis Bouvier. Nul doute qu'elle aurait l'occasion de l'interroger à nouveau au fur et à mesure de l'avancée de son enquête. Mais pour l'heure, elle devait tirer le fil des informations collectées.

Cela commençait par évacuer l'hypothèse d'une Sophie Leclerc pratiquant le libertinage dans le dos de son mari.

De retour chez elle, Roxane se relaxa en laissant une douche tiède couler longuement sur sa peau. Cet entretien l'avait marquée plus qu'elle ne s'y serait attendue. Enquêter sur une affaire non encore résolue se révélait plus éprouvant que d'être dans le feu de l'action. La douleur et la peine des proches des victimes avaient eu le temps de se développer, puis de se cristalliser. Apprendre que le père de Sophie n'aspirait plus qu'à la mort lui avait semblé d'une cruauté révoltante. Quelles que soient ses croyances d'une vie heureuse dans un au-delà hypothétique, il méritait de connaître la vérité sur l'assassinat des siens. De connaître la vérité et de savoir le coupable sous les verrous. Roxane se jura à cet instant de ne s'offrir aucun répit avant d'avoir fait la lumière sur son premier *cold case*. Par tous les moyens.

Elle commença par se documenter sur le monde interlope des clubs libertins. Son ordinateur ouvert sur le site web du *club Aphrodite*, elle constata avec écœurement le genre de promesses faites par la direction de l'établissement. « La nuit des capricieuses », « Gang Bang party avec fouet et cagoule à gagner », le goût pour une sexualité débridée semblait n'avoir aucune limite chez ces libertins sans doute consentants, mais légèrement fêlés, pensa-t-elle.

Elle n'entendit pas son mari arriver derrière elle.

— Ne me dis pas que tu envisages de fréquenter ce genre d'établissement, dit-il, mi-choqué mi-ironique.

— Oh non ! s'exclama-t-elle, surprise. Figure-toi que l'affaire Leclerc possède des ramifications dans ce milieu. Je me documente, c'est tout.

Thomas sembla convaincu, mais il insista pour qu'elle lui donne plus d'explications. Lorsqu'elle eut terminé, il se laissa tomber sur une chaise.

— Je n'aime pas du tout que tu traînes dans ce milieu, avoua-t-il, encore choqué.

— C'est drôle, lorsque j'enquêtais sur des crimes horribles, lorsqu'un gamin était retrouvé carbonisé dans le coffre d'une voiture, ça ne choquait personne. En revanche, dès qu'il est question de sexualité débridée, la bien-pensance s'offusque.

Elle ne voulait pas se montrer agressive. Simplement souligner un paradoxe qu'elle ne s'expliquait pas : les films et les jeux vidéo violents étaient interdits aux moins de seize ans, mais la pornographie prohibée jusqu'à dix-huit... le sexe choquait plus que le crime. Pourquoi ?

— Peut-être qu'il est plus sage d'attendre la majorité pour confronter nos enfants à la sexualité qui fera de toute façon partie de leur vie ? émit Thomas

— Ouais, j'en sais rien. C'est juste un constat. Toujours est-il que dans mon affaire, il est question d'un lieu qu'aurait fréquenté la victime. Je dois savoir si c'est vrai, et si cela peut avoir un rapport avec les crimes.

— Tu vas aller enquêter là-bas ?

— Ne t'inquiète pas mon chéri, je ne vais pas leur rendre visite pendant les heures d'ouverture, ironisa-t-elle. Je n'ai pas l'intention de te troquer contre un autre homme bedonnant et libidineux. Je t'ai pour moi seule, je te garde !

Ils éclatèrent tous les deux de rire.

Puis Roxane termina de mettre au point son plan. Elle avait le sentiment que cette affaire de club échangiste, quoique sulfureux, n'était qu'une question secondaire dans son enquête. Elle avait beaucoup trop d'investigations à mener au sujet de Marc Leclerc pour y consacrer du temps.

Pour écarter définitivement la piste d'une Sophie Leclerc assassinée parce qu'elle aurait été libertine, elle imagina un autre moyen.

PARTIE II
SORDIDE ET COMPAGNIE

9

La Grande-Motte

Comme chaque été, Ethan et son équipe de la police municipale de La Grande-Motte étaient sur les dents. La station balnéaire comptait moins de dix mille habitants à l'année, mais entre juin et septembre, la population était multipliée par huit ou neuf. La ville, symbole du tourisme de masse depuis les années soixante, accueillait pour les grandes vacances une cohorte de familles venues de toute la France, mais aussi des bandes de jeunes, plus ou moins bien intentionnées, qui trouvaient là l'occasion de faire la fête sans les contraintes de leur cité d'origine. Vols à la tire, bagarres à la sortie des boites de nuit, ivresses sur la voie publique, Ethan et son équipe pouvaient être appelés vingt-quatre heures sur vingt-quatre. Particulièrement la nuit lorsque, c'est bien connu, la plupart des problèmes survenaient.

Ce soir-là, Ethan et deux de ses agents rentraient tout juste d'une patrouille sur le bord de mer. Ils avaient chassé plusieurs groupes de jeunes qui consommaient beaucoup d'alcool sur la plage, mais ils ne se faisaient aucune illusion : les jeunes fêtards poursuivraient leurs agapes dès qu'ils auraient le dos tourné.

La voix de la standardiste se fit entendre.

— On nous signale une rixe sur le parking du *club Aphrodite*, annonça-t-elle. Un couple et quatre jeunes, d'après les témoins.

Ethan reposa la tasse de café qu'il venait de se faire couler.

— On y va. Big Boy, Sonia, venez avec moi !

Il avait choisi son équipe sans réfléchir. Big Boy était un Antillais d'un mètre quatre-vingt-dix pour cent dix kilos. Ancien commando parachutiste, il avait rejoint la police municipale lorsqu'il avait décidé de se sédentariser avec sa femme et son petit garçon. Gentil et doux dans le civil, il n'en possédait pas moins une force physique capable de calmer tous les types de délinquants. Quant à Sonia, elle effectuait sa première saison en tant qu'agente de sécurité et Ethan veillait à l'emmener avec lui pour les interventions les moins exposées.

Un kilomètre seulement séparait le poste de la police municipale du *club Aphrodite*.

— Quel genre de bagarre on trouve là-bas ? demanda Sonia dans la voiture.

— En général, y'a pas trop de problèmes, expliqua Ethan. Les amateurs de partouzes sont plutôt discrets. Ils filent rapidement récupérer leur bagnole en sortant du club, et ils rentrent chez eux.

— Vol à la tire dans les voitures ? interrogea la jeune femme.

— Possible. En tout cas, tu vas voir, ces gens ne sont pas tout à fait comme nous, s'amusa Big Boy.

Ethan remonta à toute allure l'allée des Goélands. Au lieu de laisser la voiture d'intervention sur l'artère principale et d'approcher *l'Aphrodite* à pieds, il se dirigea vers le parking du club. Bien lui en prit, jugea-t-il en avisant un attroupement autour d'une Fiat 500 rouge.

Il s'attendait à trouver une agitation prononcée, et à devoir intervenir physiquement pour séparer les protagonistes, encore en train de s'écharper. Or la situation avait l'air apaisée.

— Qu'est-ce que c'est que ça ? interrogea Sonia.

— On dirait qu'ils se sont calmés, constata Ethan. Allons voir.

Les policiers municipaux sortirent de leur véhicule, puis claquèrent les portières pour manifester leur présence. En général, les agresseurs prenaient la fuite à l'arrivée de la police, et il fallait recueillir le témoignage des victimes avant d'envisager une éventuelle course-poursuite. Ethan supposait qu'il s'agissait d'une agression visant un couple de clients de *l'Aphrodite*, des jeunes ayant cherché à les dépouiller. C'était peut-être le cas, pensa-t-il, mais visiblement, les choses n'avaient pas tourné comme prévu pour les délinquants.

Quatre heures plus tôt.

L'ambiance était lourde dans la voiture d'Anne-Laure. Rien à voir avec la peur. Plutôt l'impression de se préparer à mettre les pieds dans un endroit qui sentait le glauque et le malsain. Anne-Laure connaissait depuis le début l'obsession de Morgan à se mêler des enquêtes de sa fille, mais elle n'avait pas imaginé qu'il lui demande un jour de l'accompagner pour une intervention aussi... particulière.

— Tu te rends compte de ce que tu me demandes ? dit-elle, les mains serrées sur le volant, tandis qu'ils approchaient de Montpellier.

— Je ne t'ai pas forcée, ma chérie. Je t'ai exposé le plan que j'estimais le plus pertinent, et tu as accepté. Mais si tu préfères, on fait demi-tour et je reviens seul.

Anne-Laure secoua la tête. Morgan ne l'avait en effet pas obligée à se rendre avec lui au club *Aphrodite*. Il lui avait expliqué que l'enquête de Roxane nécessitait de lever un doute quant à la personnalité de Sophie Leclerc. Quelqu'un avait affirmé qu'elle fréquentait l'établissement et il fallait éclaircir ce point. D'après ceux qui la connaissaient, c'était peu vraisemblable, mais on ne savait jamais. Roxane était prise par de nombreuses autres pistes et elle avait demandé à son père d'interroger des clients, et si possible, le personnel de l'établissement.

— En tout cas, je te préviens, je ne ferai rien du tout dans cette boite, dit Anne-Laure, partagée entre le dégout et l'incompréhension que Morgan ait suggéré qu'ils se rendent à deux au *club Aphrodite*.

L'horloger la regarda intensément. Il réalisa d'un coup ce qui provoquait son mécontentement.

— Attends ! dit-il. Tu ne penses tout de même pas que je t'ai demandé de m'accompagner pour que nous nous fassions passer pour des clients habituels de ce club ?

— Lorsqu'un homme propose à sa femme de se rendre dans un club libertin, ce n'est généralement pas pour boire un jus de pommes !

Morgan réalisa sa maladresse. Évidemment, il n'avait nulle intention de faire quoi que ce soit dans ce club. Ce genre de pratique était à des années-lumière de ses habitudes, et même de ses fantasmes. Son attachement à Anne-Laure relevait d'une conception très conventionnelle de l'amour. Une conception qui supposait l'exclusivité des relations charnelles. Il le pensait profondément, mais il ne l'avait tout simplement pas exprimé.

— Je suis parfois un idiot, dit-il en se tournant vers elle. Je te demande pardon. Nous sommes en mission et quels que soient les renseignements que nous collecterons, nous ne les obtiendrons pas en nous compromettant. Je tiens trop à toi pour te partager ! J'aurais dû te le dire dès le début. Excuse-moi.

Les explications de Morgan étaient heurtées, mais Anne-Laure commençait à connaître son zèbre. Ses émotions et ses sentiments étaient toujours si difficiles à exprimer. Elle fut instantanément rassurée.

— Dans ce cas, embrasse-moi pendant que nous sommes seuls, dit-elle en riant.

Morgan s'exécuta, puis il reprit son guidage.

— On arrive. Prends la prochaine à droite. Nous allons observer la zone depuis le parking.

Sa voix avait repris les inflexions d'un chef de groupe d'intervention.

Vers vingt-deux heures, les clients de *l'Aphrodite* commencèrent à affluer. Par groupe de deux ou quatre, des hommes et des femmes à l'accoutrement explicite abandonnaient leur voiture sur le parking pour rejoindre d'un pas alerte la porte de l'établissement. Après avoir ouvert un judas en forme de grille métallique, un vigile les scrutait, puis les laissait entrer. Par l'entrebâillement, Morgan aperçut une décoration rouge et or d'un goût douteux.

Les tenues des clients étaient elles aussi du plus mauvais effet, jugea Anne-Laure. Une femme d'une cinquantaine d'années passa devant leur voiture, engoncée dans un corset de cuir généreusement ouvert sur la poitrine. On ne lui voyait rien d'autre que les seins, constata-t-elle en retenant un fou rire. Son accompagnateur portait un pantalon qui aurait pu être conventionnel si ce n'étaient deux ouvertures rondes au niveau des fesses.

— C'est la Cour des Miracles, ici, dit-elle, finalement plus amusée que choquée.

— Il est clair qu'habillés comme nous le sommes, nous n'entrerions pas, même si nous le voulions, confirma Morgan.

— Bon alors qu'est-ce qu'on fait ? Je ne pense pas que ces gens aient l'intention de répondre à tes questions sur le parking.

— Je vais aller repérer les lieux.

Il actionna la portière, puis, constatant l'air suspicieux d'Anne-Laure, il ajouta : « je veux dire, la configuration extérieure ! Allons voir s'il existe des caméras de surveillance susceptibles d'avoir enregistré le passage de Sophie Leclerc. »

Tandis que Morgan avait disparu derrière l'établissement depuis deux minutes, Anne-Laure fut surprise par un coup porté au carreau de la Fiat. Elle tourna la tête pour apercevoir le visage de deux jeunes hommes manifestement intrigués par sa présence, seule, sur le parking du *club Aphrodite*. Ils souriaient, mais leur visage exprimait une lubricité sans équivoque. Derrière eux, deux autres garçons surveillaient visiblement les alentours.

« Dégagez, » articula-t-elle depuis l'habitacle.

Les voyeurs ne semblèrent pas comprendre. Attirés comme une guêpe sur un morceau de viande par cette femme seule dans sa voiture, n'imaginant pas qu'elle soit là pour autre chose que des activités libertines, ils entamèrent des mouvements de langue vulgaires.

Très bien, pensa Anne-Laure, je vais devoir me débarrasser de ces gêneurs. La situation était loin de lui faire peur. Elle maîtrisait les différentes techniques permettant d'affronter des agresseurs, même en surnombre. Elle s'était même déjà battue avec efficacité, en compagnie de Morgan, contre deux hommes armés. Son seul problème à présent, était de trouver un moyen de sortir de la voiture sans qu'ils la ceinturent.

Elle était en train de réfléchir à un plan lorsqu'elle vit le visage d'un des deux garçons s'éloigner brutalement de la vitre. Au sang qui éclaboussa immédiatement le carreau, elle comprit que Morgan avait terminé son inspection.

De fait, le poing nu de l'horloger s'abattit une seconde fois sur la tempe du premier voyeur, ce qui doucha brutalement ses espoirs frivoles. Ses trois compagnons commencèrent à gesticuler dans tous les sens. Leurs intentions n'étaient réellement pas criminelles, mais ils n'en subirent pas moins les assauts d'un Morgan aveuglé par la colère. Anne-Laure s'extirpa du véhicule et prêta main-forte à son homme.

Un peu plus tard, les médecins constateraient deux nez cassés, une paire de côtes dans le même état, et une extension des ligaments du coude provoquée par une série de clés de bras. Un bilan que Morgan jugerait minimaliste.

Alerté par les cris d'épouvante des jeunes hommes, un vigile s'approcha.

— C'est quoi ce bordel ? émit-il, craignant que ce tapage n'éloigne la clientèle. Partez d'ici ou j'appelle la police.

— C'est exactement ce que j'allais vous suggérer de faire, répliqua Morgan, un genou planté dans le dos d'un assaillant.

— Ils nous ont massacrés ! Ils nous ont massacrés ! hurlait un autre. Appelez les flics !

— C'est vous qui avez commencé, prononça Morgan d'une voix calme. On ne vous a pas appris à dire bonjour avant de vous approcher d'une dame ?

Le vigile ne comprenait pas ce qui se jouait. Qui était ce couple dont la tenue n'aurait pas permis qu'il les acceptât à l'Aphrodite ? Et pourquoi, en effet, avait-il fortement amoché ces quatre jeunes ? Il finit par se ranger à la raison et appela la police municipale.

« Dites-moi exactement ce qui s'est passé ? » interrogea Ethan.

Big Boy passa les menottes à tout le monde. Morgan et Anne-Laure se laissèrent faire, mais l'état des quatre garçons nécessitait que l'on appelle un médecin. Il les tint en respect à l'aide d'un *taser*.

— Ces jeunes se sont montrés hostiles, alors nous les avons neutralisés, avança Morgan.
— Vous leur avez mis une sacrée dérouillée, apprécia Ethan. Ils peuvent porter plainte. Vous pourriez avoir des ennuis.

Le flic municipal était partagé. Le scénario expliqué par Morgan était plausible, mais les quatre jeunes agresseurs étaient à présent les victimes. Que fallait-il faire en pareille circonstance ?

— Je vais être obligé d'appeler la gendarmerie, finit-il par décider.

— Faites, je vous en prie. Mais s'il vous plaît enlevez-moi ça, dit Morgan en présentant ses poignets entravés.

— Vous n'allez pas faire d'histoires ?

Ethan porta la main à sa ceinture pour atteindre la clé des menottes.

— C'est ça que vous cherchez ? s'amusa Anne-Laure.

Elle se tenait un mètre derrière le policier municipal. Un sourire au coin des lèvres, elle lui tendit le trousseau.

— Que... comment avez-vous fait ?

— Écoutez, coupa Morgan, vous avez fait votre travail et grâce à vous, l'incident est clos. Mais maintenant, il va falloir nous laisser partir. Nous sommes ici en mission. Nous allons parler au patron de cet amusant club de rencontres, puis nous disparaîtrons.

Depuis l'arrivée des policiers, l'agitation avait gagné l'intérieur de *l'Aphrodite*. Le patron était sorti s'enquérir des raisons de ce chahut. Contrarié de voir sa soirée troublée par une rixe sur le parking, il tentait de cerner la situation.

— Qui sont ces gens, Ethan ? Ce ne sont pas des clients à moi en tout cas. Fais-les déguerpir !

Anne-Laure prit les choses en main avec autorité. Elle détacha les menottes de Morgan, puis les siennes. Elle se planta devant le patron de *l'Aphrodite*.

— Pas des clients, pas des clients... je pensais qu'avec ça on pourrait rentrer dans votre établissement, ironisa-t-elle.

Elle jeta la paire de menottes ouvertes aux pieds du tenancier.

10

La décoration de l'*Aphrodite* était à l'image des tenues de sa clientèle : clinquante et de mauvais goût. Les murs, recouverts de miroirs fumés et de tissus en velours rouge, cherchaient à évoquer l'opulence, mais ils ne parvenaient qu'à créer une atmosphère glauque. Des lustres en cristal artificiel pendaient du plafond, leurs ampoules tamisées diffusant une lumière jaune délavé qui accentuait l'aspect sale de l'ensemble. Les banquettes en faux cuir rouge étaient parsemées de coussins en satin doré usés par les soirées répétées.

L'air était lourd, saturé de parfums capiteux, de fumée des cigarettes et de l'odeur métallique du désinfectant. Les rideaux épais, servant de séparation entre les alcôves, étaient tirés, offrant théoriquement une certaine intimité aux conversations murmurées et aux échanges discrets.

Mais la soirée était au point mort.

— On se rhabille, messieurs dames, et on rentre chez soi, tonna Anne-Laure d'une voix ferme.

Les clients cherchèrent du regard le patron que Morgan, d'un geste ferme, guidait vers son bureau. À vrai dire, ce dernier n'avait guère d'autre choix que de se plier à l'injonction. Ethan, le policier municipal, lui avait expliqué que ces deux personnes venaient de mettre quatre hommes hors d'état de nuire et souhaitaient désormais lui parler. Préoccupé par la tournure que prenait l'incident, le patron jugea préférable de les écouter avant de décider s'il déposerait plainte.

Les clients obtempérèrent, et bientôt, le patron et son vigile se retrouvèrent en face d'Anne-Laure et de Morgan dans un bureau au désordre manifeste.

L'horloger ignora le siège qu'on lui tendait. Il resta debout pour s'adresser au patron.

— Nom, prénom et qualité au sein de ce club, ordonna-t-il.

— Je suis Alain Dominguez, propriétaire de *l'Aphrodite* depuis vingt ans. Allez-vous me dire ce que signifie ce désordre ?

— Nous enquêtons sur la mort d'une femme qui aurait fréquenté votre établissement, exagéra Morgan. Nous voulons savoir ce qu'elle faisait chez vous.

Dominguez reprit du poil de la bête. Il avait en face de lui des flics simplement venus lui poser des questions. Cela était déjà arrivé, mais en général, la police le convoquait au commissariat. Il collaborait de bonne grâce, la tranquillité de son business en dépendant.

— À votre avis, que font mes clients ici ? dit-il, narquois, désignant les alcôves équipées de matelas et les boites pleines de préservatifs en libre-service.

— La femme en question a été assassinée avec ses deux enfants. Si j'étais vous, je n'ironiserais pas. L'auteur des faits est peut-être également client de votre bouge.

Le ton de Morgan avait quelque chose de glaçant, presque violent.

Autant aller droit au but, avant qu'il ne s'énerve à nouveau, jugea Alain Dominguez.

— De qui s'agit-il ? demanda-t-il.

Anne-Laure perçut la colère rentrée de Morgan. Il était sur

le point d'exploser, et sans doute de s'en prendre au patron, qui visiblement l'insupportait. Elle prit la parole.

— Sophie Leclerc. Elle a été assassinée en 2013. Elle a fréquenté *l'Aphrodite* quelques semaines avant sa mort.

Le visage de Dominguez se para d'un sourire salace.

— Ah, oui, je me souviens... laissa-t-il planer. C'est le mari qui a fait le coup, si je me rappelle bien.

— Sophie Leclerc fréquentait-elle votre club ? insista Anne-Laure.

— Oui, oui, je crois bien. Elle est venue une fois ou deux.

— Seule ?

Le patron fit mine de se creuser les méninges. Il gardait visiblement un souvenir vague de Sophie. Si elle était bien venue à *l'Aphrodite*, elle n'en était sans doute pas une cliente régulière, estima Morgan. Et si Dominguez s'en souvenait, c'était probablement à cause de son assassinat qui avait fait la une des médias.

— Une jolie femme, dit le tenancier d'un air approbateur. Typiquement le genre de beauté qui rencontre beaucoup de succès, ici.

La réflexion hors de propos finit de mettre Morgan hors de lui. Il mobilisa son énergie pour ne pas sauter à la gorge de ce triste individu. Il décida de donner une dernière chance à cet imbécile.

— Ce n'est pas notre question, gronda-t-il d'une voix caverneuse. Sophie Leclerc faisait-elle partie de vos clients, oui ou non ?

Dominguez sentit le vent du boulet le frôler. Ce type était sur le point de perdre le contrôle de ses nerfs et il ne se sentait pas de taille à se battre contre lui. Par ailleurs, son vigile, plus porté sur le reluquage des clientes que sur la sécurité, ne ferait pas le poids si l'autre décidait de se battre.

— Attendez, attendez, fit-il. Je me souviens de cette histoire. J'ai d'ailleurs été étonné de ne pas avoir été interrogé par vos collègues à l'époque. Oui, oui, madame Leclerc est venue chez nous à deux reprises. Je l'ai reconnue par la suite, sur les photos parues dans la presse. Mais elle n'est restée chaque fois que quelques minutes.

— Pourquoi auriez-vous été interrogé ? demanda Anne-Laure.

— Parce que j'imagine que son entourage était suspect, non ?

— Vous voulez dire qu'elle était accompagnée d'un proche ?

— Pas accompagnée, non. Elle venait voir quelqu'un.

— Qui ?

— Je n'en sais rien. Je ne suis pas derrière tous mes clients ! Je sais juste qu'elle souhaitait parler à un habitué. C'est ce qu'elle a dit au vigile.

Il chercha du regard l'approbation de son employé.

Morgan n'eut pas le temps d'insister. Un bruit de cavalcade se fit entendre depuis l'extérieur. Bientôt, une équipe d'intervention complète du PSIG barra l'entrée du club.

— Embarquez-moi tout ce beau monde, déclara un officier casqué et équipé d'un gilet pare-balles. Exécution !

11

La troisième rencontre entre Roxane et Jacques Calas fut plus détendue. L'écrivain nourrissait visiblement une solide admiration pour Morgan et il tenait à aider sa fille. Par ailleurs, Roxane avait accepté de se déplacer en Ardèche. Aborder le vieil homme dans son environnement rendrait les choses plus faciles, pensait-elle.

Cette fois, Calas lui offrit une part de gâteau à la châtaigne recouvert de crème de marrons.

— Vous voulez me faire grossir ?

— Écrivain est un métier solitaire. Je ne reçois jamais personne dans mon antre. Alors, si je peux gâter les rares visiteurs qui se déplacent jusqu'ici.

Il posa devant Roxane une tasse de thé fumante.

— Comment s'est passée votre rencontre avec Louis Bouvier ? demanda-t-il, une fois qu'ils furent confortablement installés.

— C'est un homme détruit. Comme vous, il pense que les enquêteurs n'ont pas fait leur travail à l'époque. Ils se sont concentrés sur la recherche de Marc Leclerc sans explorer les autres pistes. Il ne croit pas au motif officiel.

— Qui est ?

— Nous en avons déjà parlé. Marc Leclerc, acculé financièrement, aurait assassiné sa femme et ses enfants par dépit amoureux.

— Parce que Sophie le trompait ?

Jacques Calas posait ses questions à la manière d'un instituteur vérifiant qu'une élève avait bien appris sa leçon. Il n'avait pas tout à fait terminé de la tester, jugea Roxane. Peu importait, en réalité. Si elle voulait résoudre son affaire, au point mort depuis près de dix ans, elle devait s'adjoindre toutes les bonnes volontés. Qui plus est, si la bonne volonté en question avait tout son temps pour réfléchir à cette énigme.

— Le père de Sophie est comme vous, poursuivit Roxane. Il ne pense pas sa fille capable de tromper son mari. Encore moins en se rendant dans un club échangiste. Prétendre ça est « ignoble », selon ses dires.

— Vous avez creusé de ce côté-là ?

Roxane prit un air embarrassé. Comme souvent lorsque son père se mêlait de ses enquêtes, les choses ne s'étaient pas exactement déroulées comme prévu. Morgan l'avait appelée le matin même pour lui raconter leur soirée à *l'Aphrodite*. Il avait expliqué son altercation avec quatre jeunes qui menaçaient de s'en prendre à Anne-Laure, puis leur face-à-face avec Alain Dominguez, et enfin sa garde à vue dans les locaux de la gendarmerie de la Grande-Motte. Comme ils avaient reconnu les faits et qu'ils avaient exposé leurs états de service, ils avaient rapidement été remis en liberté. Une plainte pour coups et blessures des jeunes était en cours d'instruction, mais bizarrement, cela semblait amuser son père et sa compagne. « C'est un cas de légitime défense patent, avait ajouté Anne-Laure, couvrant la voix de Morgan dans le téléphone. Et puis, tu aurais vu comme ton père a volé à mon secours. C'est mon héros ! » Elle avait ri comme une enfant. Au fond, Roxane appréciait la légèreté que sa nouvelle belle-mère introduisait dans la vie de son père. Bien sûr l'affaire était sérieuse, et il risquait une nouvelle fois des ennuis judiciaires, mais voir Morgan de plus en plus souvent détendu constituait un soulagement pour elle. Elle savait depuis longtemps ce qu'une femme amoureuse pouvait apporter à une vie solitaire et monacale.

Elle décida de répondre à Calas sans lui donner tous les détails.

— Mon père s'en est chargé, mais il a un peu dérapé, concéda-t-elle. Tout est rentré dans l'ordre. D'après le patron de *l'Aphrodite*, Sophie Leclerc s'est bien rendue deux fois dans le club. En revanche, il affirme qu'elle n'était pas cliente. Elle était seulement venue parler à quelqu'un.

— Qui ?

— Il n'a pas eu le temps d'obtenir de réponse à cette question. Il y retourne ce soir. On ne tardera pas à être fixés.

Jacques Calas lui resservit une copieuse part de gâteau à la châtaigne, puis s'enfonça à nouveau dans son fauteuil. Il avait des airs d'Hercule Poirot, comme si un enquêteur du siècle dernier réfléchissait à une affaire pourtant contemporaine.

— Bien, reprit-il. Si l'on écarte provisoirement l'infidélité de Sophie, il nous reste la question des problèmes financiers, reprit l'écrivain.

— Vous n'y croyez pas non plus, si je comprends bien ?

Calas prit un air satisfait.

— Ah, vous avez enfin lu mon livre ! Nous allons pouvoir avancer. J'ai en effet enquêté sur la santé de la société de Marc Leclerc. Il semblait disposer de revenus réguliers grâce aux missions de développement informatique qu'il facturait. J'ai même pu avoir accès à sa déclaration de revenus. Vous saviez que dans notre beau pays, soucieux de protéger la vie privée de ses citoyens, il est possible de connaître les revenus et l'impôt de son voisin ?

Roxane l'ignorait. Elle secoua la tête.

— Il y a quelques contraintes, comme celle de devoir

résider dans le même département que le contribuable en question, et de se déplacer physiquement dans les locaux de la direction des Finances Publiques. Toujours est-il que j'ai constaté que Sophie et Marc Leclerc déclaraient des revenus relativement confortables. Là encore, le mobile officiel paraît bancal.

— À moins que Marc n'ait eu des projets de dépenses importantes. Et qu'il ait fait disparaître les siens pour toucher une prime d'assurance-vie. Vous en parlez aussi dans votre livre.

Calas se gratta la tête. Il savait depuis le début que ce sujet constituait un point faible de son enquête. On lui avait en effet parlé d'un important contrat d'assurance-vie souscrit sur la tête de Sophie, des enfants, mais aussi de Marc. En revanche, il n'était jamais parvenu à déterminer si ledit contrat avait été payé.

— Vous pourriez peut-être utiliser les moyens de la gendarmerie pour découvrir si l'indemnisation a été versée, suggéra-t-il.

Roxane prit le temps de savourer un morceau de gâteau qu'elle fit passer avec une gorgée de thé.

— Examinons cette hypothèse, raisonna-t-elle à haute voix. Même si Marc avait eu le projet de s'offrir une nouvelle vie grâce au montant de l'assurance-vie, comment aurait-il réussi à se faire verser l'argent alors qu'il était notoirement recherché après l'assassinat de sa famille ? Et puis, ses mouvements bancaires ont été scrutés dans les mois qui ont suivi sa disparition. Aucun mouvement suspect n'a été observé. S'il s'est enfui, c'est sous une nouvelle identité. Dans ce cas, la compagnie d'assurance n'a pas pu le payer. Et puis, il y a un autre élément qui contredit cette thèse.

— Lequel ? demanda Calas, ses yeux brillants de satisfaction de voir Roxane réfléchir devant lui.

— Pour toucher l'indemnisation, il faut que les personnes

assurées soient déclarées mortes. Or, souvenez-vous que les corps ont été dissimulés dans le but qu'on ne les retrouve pas. Louis Bouvier a même reçu un courrier qui se voulait rassurant quant au sort de Sophie et des enfants. Si tel était l'objectif de Marc Leclerc, comment toucher une assurance portant sur des personnes non encore officiellement décédées ?

— Brillamment raisonné, jeune femme, la félicita Calas.

Il n'avait visiblement pas pensé à cette articulation des faits, et il n'avait aucun argument pour les remettre en cause.

— Non, décidément, poursuivit Roxane, l'assurance-vie pour s'offrir une nouvelle vie ne peut pas non plus être le mobile du crime.

Écarter des hypothèses faisait partie du travail d'enquête. Roxane s'attachait à explorer le dossier initial avec méthode. Pour autant, elle nageait en plein brouillard, dans la mesure où aucune autre explication plausible n'avait été émise. Et où elle n'avait pas non plus de preuves matérielles pour étayer ses conclusions. Elle passa à un autre sujet.

— Louis Bouvier m'a aussi parlé de la passion de Marc Leclerc pour la voile. Selon lui, il était sur le point d'aider sa fille et son gendre à s'acheter un bateau. Vous avez des informations à ce sujet ?

Au moment de son enquête de personnalité destinée à camper les protagonistes, Calas s'était renseigné sur les activités de la famille Leclerc. De nombreuses personnes avaient signalé ce hobby, en précisant qu'il s'agissait d'une activité partagée par les quatre membres de la famille. Un sujet de cohésion plus que de discorde. Il n'avait pas poussé plus loin ses investigations.

— Je ne vois pas comment rattacher cette passion aux crimes, dit-il humblement. Il y a peut-être un lien, mais je ne vois pas lequel.

Roxane afficha un air satisfait.

— Et s'il avait tout simplement utilisé un bateau à voile pour s'enfuir ? suggéra-t-elle.

— C'est un moyen de transport relativement lent. On aurait pu facilement le traquer.

— Mais on ne l'a pas fait. Souvenez-vous qu'il s'est écoulé plus de dix jours entre l'assassinat et le début des recherches. Il avait largement le temps de s'éloigner, même en voilier.

Calas se leva comme un diable sorti de sa boite. Il possédait une excellente forme physique pour son âge, constata Roxane. Il se dirigea vers son bureau et posa dessus un globe terrestre dont il alluma l'éclairage. Roxane sourit devant cet objet que possédaient tous les écoliers de sa génération, mais qui avait disparu depuis longtemps au profit de *Google Earth*. Jacques fit tourner la sphère du doigt jusqu'à poser son regard sur la Méditerranée.

— Je me demande où je serais parti à la place de Marc Leclerc ? dit-il, pensivement. Un grand nombre de points de chute s'offrait à lui.

Roxane se rapprocha à son tour du globe lumineux. C'était un bel objet. Une sphère légèrement aplatie aux pôles et inclinée sur son axe de rotation. Les mers et les océans luisaient d'un bleu profond, tandis que les reliefs montagneux figuraient en trois dimensions. La France et même la mer Méditerranée ne couvraient qu'une toute petite partie de l'hémisphère nord. À cette échelle, il était évident que le monde était vaste et que les possibilités pour un homme de se cacher étaient innombrables.

— S'il s'est enfui en voilier, il a probablement rejoint les côtes africaines ou l'Asie Mineure, murmura Calas comme pour lui-même. À moins qu'il n'ait franchi le détroit de Gibraltar et traversé l'Atlantique.

— Il a aussi pu rejoindre le canal de Suez et se diriger vers l'océan Indien, nota Roxane.

— Évidemment, évidemment, il a pu aller dans toutes les

directions. Mais qu'aurais-je fait à sa place ? Où te caches-tu, Marc Leclerc ?

L'écrivain avait basculé dans le monde de l'imaginaire, constata Roxane. Il se comportait comme un romancier qui donne vie à l'un de ses personnages, imaginant comment lui, le créateur, aurait réagi à la place de son héros. Mais Marc Leclerc n'était pas un personnage de roman, et l'on s'éloignait des méthodes académiques d'une enquête criminelle. Elle choisit pourtant de ne pas brusquer le vieil homme.

— Vous pourriez relire les notes que vous avez prises en écrivant votre livre ? suggéra-t-elle. On vous a peut-être parlé de pays dans lesquels Marc Leclerc avait déjà voyagé. Il parle de la Californie dans sa lettre. C'est une piste, mais il y en a certainement d'autres ?

Calas se détourna du globe. Il était visiblement en proie à une réflexion intense. Son esprit fertile imaginait mille et un scénarios possibles autour de cette idée romantique d'une fuite en voilier. Roxane tenta une dernière fois de le faire revenir à la réalité.

— Il ne faut pas négliger non plus la piste d'une cavale, ici en France, éventuellement rendue possible par des complices. Vous avez rencontré sa famille ? Quelqu'un vous a-t-il semblé susceptible de l'aider à se cacher ?

L'écrivain ne l'écoutait plus vraiment, mais il réagit tout de même à la dernière question.

— Je ne crois pas que ces gens-là soient dignes de confiance. Sa famille le croit innocent. En dépit des preuves accumulées, ils ne le pensent pas capable de s'en être pris à ses enfants.

— Peut-être affirment-ils cela pour écarter les soupçons et continuer à le dissimuler ? Qui sont ses proches que vous avez rencontrés ?

Calas retourna s'asseoir devant son assiette de gâteau. Il désirait sincèrement aider Roxane, mais il s'apercevait que son enquête sur l'affaire était encore incomplète. Il se demanda s'il pourrait bientôt publier une nouvelle version de son livre, ou mieux : un tome deux. Il imaginait déjà les arguments qu'il donnerait à son éditrice. Pour cela, il fallait qu'il collabore avec Roxane Baxter. Il fouilla une nouvelle fois dans sa mémoire.

— J'ai rencontré la sœur de Marc Leclerc, Véronique. Une sorte d'illuminée qui ne vit que pour et par le yoga. Elle a accepté de me recevoir une fois, mais c'était pour affirmer avec virulence que son frère n'aurait jamais pu assassiner ses enfants.

Roxane trouva amusant que Calas puisse juger quelqu'un plus illuminé que lui-même. Il était courant que la famille d'un criminel refuse d'admettre que leur parent soit un assassin. Il fallait néanmoins approfondir pour découvrir si l'aveuglement pouvait aller jusqu'à la complicité. Non pas la complicité du meurtre lui-même, mais au moins l'assistance à Marc dans sa cavale.

Roxane avait besoin de se forger une opinion.

— Je dois rencontrer cette femme. Où habite-t-elle ?

— La dernière fois que j'ai été en contact avec Véronique, elle exploitait un centre de yoga dans le Berry. Une magnifique propriété dédiée au bien-être et aux activités intérieures, comme le mentionne son site internet.

12

« Et ce n'est pas stressant de désigner une femme en tête de colonne ? » Benjamin Lambert, le jeune lieutenant qui avait posé la question sortait tout juste de l'école des officiers de la gendarmerie. Son affectation à la brigade de La Grande-Motte était son premier poste. La veille au soir, il avait été appelé par la police municipale pour une rixe sur le parking de *l'Aphrodite*. Ethan, le flic de la Municipale, lui avait précisé que le calme était revenu, mais que la bagarre s'était peut-être transformée en prise d'otages à l'intérieur du club. Lambert avait préféré prendre toutes les précautions et il avait fait appel à ses collègues du PSIG.

En fait de preneur d'otages, les gendarmes étaient tombés sur un homme d'une cinquantaine d'années et sur sa compagne. Ceux-ci n'avaient opposé aucune résistance. La garde à vue avait duré quelques minutes avant qu'ils ne réalisent que les individus étaient en réalité d'anciens collègues qui se livraient à une opération qui ne figurait dans aucun manuel.

— Femme ou homme, ça ne fait aucune différence pourvu qu'ils aient suivi un entraînement rigoureux, répondit Morgan.

— Et vous n'avez pas hésité à envoyer la lieutenante Delcourt au feu ? C'est tout de même votre cop..., enfin la femme que vous aimez, quoi !

Morgan sourit. Il trouvait touchant qu'une demi-douzaine de gendarmes de La Grande-Motte les interrogent sur leurs faits d'armes. Lorsqu'il avait eu terminé d'expliquer l'incident de *l'Aphrodite*, il avait fait état de son passé à la tête du GIGN. Il avait aussi précisé qu'Anne-Laure avait travaillé sous son commandement durant quelques années.

— Nous n'étions pas ensemble à l'époque, précisa celle-ci. Nos retrouvailles sont... comment dire, plus récentes.

Morgan hocha la tête et se reconcentra sur son schéma. « La clé de cette opération était de pouvoir répéter l'assaut sur un avion en tout point similaire à celui dans lequel se déroulait la prise d'otage. Air France avait mis à notre disposition un vieil appareil sorti du service [...] »

Les gendarmes écoutaient religieusement les explications de cet homme qui suscitait leur admiration. Une fois la garde à vue levée, Benjamin Lambert avait proposé un café à Morgan et à Anne-Laure, puis les questions étaient venues naturellement. Malgré une nuit sans sommeil, le colonel Baxter prenait beaucoup de plaisir à y répondre. Maintenant qu'il avait quitté la gendarmerie, et après quelques années où il avait eu besoin de prendre ses distances, il semblait décidé à faire part aux jeunes recrues de son immense expérience. Cette générosité et ce goût pour la transmission faisaient apparemment partie de sa personnalité, à présent, constataient Lambert et ses hommes.

Au bout de plusieurs heures d'explications sur les opérations passées du GIGN, Morgan s'excusa :

— Si vous n'y voyez pas d'inconvénient, nous allons nous retirer à présent, dit-il, toujours souriant.

— Bien sûr ! Vous devez être épuisés. En tout cas, si vous

repassez dans le coin, il y aura toujours un café ou une bière pour vous, mon colonel.

Morgan et Anne-Laure serrèrent la main de tous les gendarmes, puis ils quittèrent les locaux.

— Qu'est-ce qu'on fait maintenant, colonel ? demanda Anne-Laure, rieuse, en insistant avec emphase sur le grade de Morgan.

— On récupère ta voiture et on va se reposer quelques heures. Dominguez ne nous a pas tout dit. La mission n'est pas terminée.

Plus tard, dans une chambre d'hôtel bon marché située à quelques encablures de la plage, Morgan était allongé sur le lit, les yeux ouverts. La tête d'Anne-Laure, posée sur son torse, s'abaissait et se soulevait au rythme de sa respiration. Il réfléchissait aux heures qui venaient de s'écouler et à la signification des événements, mais un sentiment dominait : sa vie aux côtés d'Anne-Laure avait infiniment plus de saveur que lorsqu'il était seul. Quels que soient les dangers qu'il aurait à affronter à l'avenir, le faire pour l'amour de cette femme donnait un nouveau sens à son existence. Cette prise de conscience raisonnée lui procura un sentiment mêlé de joie et d'anxiété. De joie parce qu'il se sentait vivre pleinement, et d'anxiété, car il aurait voulu être capable de l'exprimer simplement.

— Tu ne dors pas ? demanda la voix ensommeillée d'Anne-Laure.

— Toi non plus, on dirait.

— Je me réveille tout juste. Tu as pu te reposer ?

— Oui, oui, juste ce qu'il faut. Que dirais-tu d'aller nous baigner ?

— Avec plaisir, si tu me promets de ne pas me semer en route.

Ils se préparèrent rapidement, puis nagèrent deux kilomètres dans l'eau de mer, le long de la plage.

De retour à l'hôtel, Morgan passa un nouveau coup de fil à sa fille, puis, à la nuit tombée, ils s'habillèrent sobrement et prirent la direction de *l'Aphrodite*.

« Vous n'allez pas recommencer ! gémit le vigile, en les reconnaissant à travers le judas de la porte d'entrée. Vous n'êtes pas les bienvenus ici. Qu'est-ce que vous voulez encore ? »

— Nous assurer que votre établissement est bien fréquenté. Ça ne nous prendra que quelques minutes et on ne fera pas d'esclandre, promis.

— De toute façon, le patron ne vous laissera pas entrer.

— Dites à monsieur Dominguez que s'il nous refuse l'accès, il sera sous le coup d'une fermeture administrative pour un an, dit Anne-Laure.

— Mais vous voulez... comment dire, participer à nos soirées ? glapit le vigile, saisi d'un doute.

— À notre manière, oui, confirma Morgan.

Le cerbère referma le judas, puis ils l'entendirent s'éloigner. Lorsque la porte s'ouvrit, il était accompagné d'un Alain Dominguez hésitant.

— Je vous ai dit tout ce que je savais, hier soir, affirma-t-il. Que voulez-vous encore ?

— Boire un verre, fit Morgan en glissant un billet de cinquante euros dans la main du patron.

— Je vous préviens, au moindre problème, j'appelle les gendarmes. Et puis vous auriez pu vous habiller mieux que ça !

Il jeta un regard dédaigneux au tee-shirt blanc et au jean d'Anne-Laure.

— Bien sûr, au moindre problème, vous appellerez les gendarmes, le singea Morgan, en passant d'autorité devant lui. Rassurez-vous, nous n'avons pas l'intention de nous éterniser.

L'ambiance à l'intérieur de *l'Aphrodite* n'était pas encore totalement débridée. À vingt-deux heures, seuls quelques habitués devisaient par petits groupes autour d'une coupe de champagne ou d'un verre de whisky. Tous jetèrent un regard intrigué aux nouveaux venus qu'ils n'avaient jamais vus ici. Les lumières n'étaient pas encore tamisées, si bien que les tenues ouvertes et scintillantes des habitués paraissaient encore plus vulgaires. Morgan se dit qu'ils devaient faire vite pour ne pas avoir à subir trop longtemps cet environnement grotesque. Il indiqua à Anne-Laure une banquette un peu moins sale que les autres, et il commanda deux jus de pomme.

Sans surprise, un couple d'une soixantaine d'années s'assit bientôt en face d'eux sans demander la permission.

— Vous êtes nouvelle ? demanda la femme à Anne-Laure.

Son visage était outrageusement maquillé dans des teintes de violet et de rose, et elle portait un minuscule sac à main en fausse écaille de crocodile.

Le scénario avait été soigneusement établi à l'hôtel. Anne-Laure le déroula avec professionnalisme.

— Et vous ? répliqua-t-elle avec un sourire engageant.

— Je vois bien que vous êtes nouveaux ! Nous on vient depuis vingt ans ! On passe toujours des moments formidables. C'est quoi votre truc ?

Malgré les répétitions effectuées dans leur chambre, Morgan était mal à l'aise. Rigide et strict dans ses relations humaines, il avait toutes les peines du monde à endosser le costume d'un amateur de libertinage. Même si l'objectif de la mise en scène était précis. Pour cette raison, ils avaient décidé que ce serait Anne-Laure qui parlerait.

— Notre truc, reprit-elle, c'est d'abord de faire connaissance. Et plus si affinité... Vous connaissez tout le monde ici ?

— On peut dire qu'on a baisé avec tous les habitués, oui ! précisa l'homme, que cette prouesse semblait emplir de fierté. Mais on n'est pas contre un peu de nouveauté.

Anne-Laure se rapprocha de la femme puis se pencha en avant, les coudes sur les genoux. Elle exécuta habilement un tour de passe-passe dont le couple ne s'aperçut pas.

— Une amie m'a parlé de *l'Aphrodite*, il y a longtemps. Vous l'avez peut-être rencontrée ?

Le couple d'habitués se dandina sur l'assise. Visiblement pressés de passer aux choses sérieuses, ils n'avaient pas l'intention de laisser les palabres s'éterniser.

— Peut-être, confirma l'homme. Mais ce qui se passe à *l'Aphrodite*, reste à *l'Aphrodite*. C'est un principe de notre communauté. Même si nous connaissions votre amie, nous ne vous le dirions pas.

Morgan sentit qu'il était temps qu'il intervienne.

— Et vous, c'est quoi votre truc ? demanda-t-il.

L'homme se lança dans un monologue graveleux. Il détailla par le menu un florilège de pratiques sexuelles dont Morgan ne soupçonnait même pas l'existence. Ses gens sont vraiment tordus, pensa-t-il, en entretenant comme il le pouvait la discussion afin de laisser à Anne-Laure le temps d'agir. Lorsque celle-ci lui indiqua du regard qu'elle avait terminé, il ressentit un immense soulagement.

— Bien, monsieur et madame Duval, médecins généralistes à Montpellier, j'ai besoin de savoir si vous avez déjà croisé ici une femme du nom de Sophie Leclerc ?

— C... comment connaissez-vous notre nom ? s'offusqua la femme.

— Et votre métier également, répliqua Anne-Laure triomphante, en brandissant la carte bancaire subtilisée quelques instants auparavant. Pendant que vous nous racontiez vos cochonneries, j'ai eu le temps d'effectuer des recherches sur mon téléphone. Alors, connaissez-vous Sophie Leclerc ?

Le couple chercha des yeux un serveur auprès de qui se plaindre du comportement inadmissible de ces nouveaux clients. Ils étaient outrés. Morgan coupa court à leurs velléités de demander de l'aide.

— Vous nous dites ce que vous savez sur Sophie Leclerc et nous disparaissons. Dans le cas contraire, vous pouvez dire adieu à votre réputation de praticiens respectables. Je compte jusqu'à trois.

— On ne connaît pas Sophie Leclerc, affirma l'homme, presque paniqué. Mais on fréquentait son frère, Adrien ! C'était un client régulier du club avant qu'il ne parte à l'étranger, il y a une dizaine d'années.

Il donna ensuite quelques détails écœurants sur les pratiques d'Adrien au sein de *l'Aphrodite*, puis termina en précisant que sa sœur était venue à deux reprises pour lui infliger une leçon de morale. Visiblement, elle entendait le faire rentrer dans ce qu'elle appelait le droit chemin.

— Ça vous va ? Vous allez nous ficher la paix, maintenant ? conclut-il.

Anne-Laure et Morgan se regardèrent, satisfaits. Leur petit coup de bluff avait parfaitement fonctionné. Ils avaient une explication à la présence de Sophie Leclerc à *l'Aphrodite*. Il fallait immédiatement en avertir Roxane.

— Nous vous souhaitons une bonne soirée, dit Morgan en se levant et en se dirigeant vers la sortie.

En passant devant le vigile, Anne-Laure lui fourra dans la main un sex-toy vibrant qu'elle avait subtilisé dans le sac de la femme. « Vous rendrez ça à madame Duval, elle pourrait en avoir besoin », dit-elle en contenant un fou rire.

13

« C'est tout de même plus pratique de pouvoir s'appeler à tout moment ! »

La voix de Roxane était enjouée. Isolée depuis vingt-quatre heures à Vogüé, elle effectuait son footing matinal sur une ancienne voie ferrée transformée en artère verte pour promeneurs et cyclistes. Elle avait senti son portable vibrer, un numéro qu'elle ne connaissait pas s'affichant à l'écran.

— Tu ne m'enlèveras pas de l'idée que toutes ces ondes ne sont pas bonnes pour le cerveau, répliqua son père.

— En tout cas, utilisé avec parcimonie, cela permet de vivre avec son temps, ironisa-t-elle. Je peux enregistrer le numéro d'Anne-Laure ?

— Oui, oui... Bon, je ne vais pas m'éterniser. On a encore passé une soirée délicieuse dans ce club... Et on sait maintenant pourquoi Sophie Leclerc s'y trouvait.

Roxane s'adossa à un jeune chêne. Elle coinça son appareil contre l'épaule et entreprit de refaire ses lacets. L'exposé de son père pouvait durer. Qu'il ait décidé d'emprunter le portable d'Anne-Laure pour l'appeler, plutôt que d'attendre d'être de retour au vallon des Auffes, signifiait sans doute qu'il avait obtenu une avancée significative.

— Je t'écoute, dit-elle.

— Sophie Leclerc s'est bien rendue à *l'Aphrodite*, quelques jours avant sa mort. Mais ce n'était pas pour pimenter sa vie intime, comme on l'a cru. Elle est venue retrouver un homme : Adrien Bouvier, son frère.

Roxane avait brièvement entendu parler d'Adrien. C'était lors de son premier entretien avec Louis, le père de Sophie. Le vieil homme avait évoqué ses deux fils, tout en précisant qu'il n'avait plus beaucoup de contacts avec eux depuis le drame.

— On sait pourquoi ? demanda-t-elle.

— Le frère était visiblement un client régulier de *l'Aphrodite*. Les clients que l'on a interrogés nous ont assuré qu'il fréquentait l'établissement avec assiduité. Avec des copines dont il changeait régulièrement... Ce type n'était pas un modèle de stabilité, visiblement. Il pratiquait l'échangisme comme d'autres font leur footing.

La comparaison était curieuse, nota Roxane, tandis qu'elle contemplait le bout de ses Nike fluo. Toujours est-il qu'elle comprenait à présent pourquoi Sophie Leclerc était allée retrouver Adrien : pour le raisonner. Tenter d'éloigner son frère d'un milieu et de pratiques qu'elle jugeait immorales était une raison plausible de se rendre à *l'Aphrodite,* pour une femme comme Sophie Leclerc.

— OK, ça explique sa présence là-bas. En tout cas, ça écarte l'infidélité comme mobile du crime. On peut écarter cette hypothèse.

— Pas si vite, ma grande. Certes, Sophie Leclerc n'était pas libertine. Mais elle a bien été vue dans ce club... et cette information a été portée à la connaissance de son mari. Il a très bien pu dégoupiller et assassiner sa femme dans un accès de rage.

Tout en parlant, Roxane avait échafaudé la même hypothèse. Mais elle n'y croyait pas.

— En tuant aussi ses enfants ? Puis en dissimulant les corps et en orchestrant sa fuite ? Non, ça ne tient pas. Je suis certaine que cette histoire relève d'un plan soigneusement orchestré. Pas d'un coup de sang soudain. Merci papa de t'être prêté au jeu ! Ça me permet d'écarter cette piste.

Morgan n'insista pas.

— Tu as sans doute raison, ma grande. Bon, tu veux que je te raconte notre découverte de *l'Aphrodite* avec Anne-Laure ? dit Morgan, sur un ton soudainement devenu léger.

— Euh, non, je n'y tiens pas ! Si j'apprends que vous traînez encore du côté de la Grande-Motte, je viens moi-même vous chercher !

Ils rirent de bon cœur. Roxane n'imaginait pas son père pratiquer l'échangisme en compagnie de sa petite-amie. Mais à vrai dire, elle tenait à distance de son esprit toute pensée qui concernait l'intimité de ses parents. Qu'il puisse plaisanter à ce sujet, en revanche, marquait une évolution notable de son état d'esprit. Au contact d'Anne-Laure, l'horloger se détendait, pensa-t-elle en raccrochant.

Roxane devait quitter Vogüé. Elle avait d'abord décidé de s'y installer quelques jours, le temps de parcourir les notes de Jacques Calas. L'écrivain lui avait suggéré de prêter la même attention à son travail qu'au dossier d'enquête, et il avait mis à sa disposition une chambre dans une maison de pierres brutes attenante à la sienne. Mais il y avait plus urgent, à présent. Dans la famille « mystère », je voudrais le père, se dit-elle à mi-voix en reprenant sa course.

Sur la route vers Montpellier, elle passa un coup de fil à son mari. Au cœur de la saison estivale, les incendies de forêt étaient nombreux et Thomas et ses hommes multipliaient les largages. Son portable ne répondit pas. Avec un léger poids au creux de l'estomac, elle lui laissa un message : « Mon chéri, tu dois être en vol. J'ai une personne à rencontrer sur la côte. Puis je rentrerai à la maison. J'espère que tout va bien pour toi. J'ai hâte de te retrouver. Je t'aime. »

Être l'épouse d'un pilote de Canadair qui prenait chaque jour des risques insensés pour combattre le feu était à peu près aussi stressant que d'être le mari d'une flic, se dit-elle, en tentant de chasser ses pensées sombres. L'accident en service était hélas monnaie courante dans leurs métiers respectifs.

Aux abords de Montpellier, Roxane annonça sa visite par téléphone. Son interlocuteur accueillit froidement la nouvelle, mais comme la première fois, il l'invita à entrer sans sonner.

Louis Bouvier était assis sous son arbre, un olivier noueux dont les branches étendues offraient une ombre protectrice. Le vieil homme, aux cheveux blancs et au visage marqué par des rides profondes, semblait porter le poids du monde sur ses épaules. Il leva les yeux vers Roxane, mais ne dit rien. Son regard était terne, voilé par une tristesse insondable. Elle remarqua le livre ouvert sur ses genoux. Elle espéra que la lecture permettait à son esprit de vagabonder vers des temps plus heureux, des moments, hélas perdus à jamais. On ne devrait jamais mener une existence réduite à l'attente, sans fin, de réponses qui ne venaient pas, pensa-t-elle.

— Bonjour, monsieur Bouvier, je suis venue vous faire part des avancées de mon enquête, essaya-t-elle, en guise de salutations.

— Vous avez retrouvé Marc ? demanda-t-il, son ton trahissant qu'il n'y croyait pas.

— Pas encore, mais nous avons écarté l'hypothèse d'un crime perpétré à cause de l'infidélité de Sophie.

Louis Bouvier eut un rire presque méprisant.

— Vous parlez d'une avancée... Je vous l'avais dit : ma fille était respectable à tout point de vue. Vous suivez les mêmes pistes que vos prédécesseurs. À quoi bon ?

— Certes, ce n'est qu'une porte qui se ferme. Mais une

autre s'est ouverte. Je sais maintenant que Sophie s'est rendue dans ce club pour tenter d'aider un autre de vos enfants : votre fils Adrien.

Roxane décela une minuscule marque de surprise sur les traits de Bouvier. Une légère contraction des rides du lion, déjà profondément creusées chez le vieillard. Elle enfonça le clou.

— Vous ne saviez pas que votre fils fréquentait ce genre d'établissement ?

Louis Bouvier jugula une quinte de toux caverneuse avant de répondre.

— J'aurais pu le deviner. Adrien est perdu depuis la mort de sa mère. Il s'est livré à toutes sortes d'occupations bizarres que je n'ai jamais cautionnées. En tout cas, je ne suis pas surpris que Sophie ait essayé d'aider son frère. Votre explication se tient.

— Monsieur Bouvier, pardon de vous demander ça, mais qu'est devenu Adrien à la mort de sa sœur ?

— Venez, je vais vous montrer quelque chose, annonça le vieil homme, en guise de réponse.

Il se leva péniblement du banc et se dirigea à pas menus vers la maison. À l'intérieur, il fouilla dans un tiroir et en extirpa une feuille d'imprimante.

On y voyait la photo d'un homme d'une cinquantaine d'années debout au milieu d'un paysage tropical. Adrien Bouvier possédait une silhouette élancée, accentuée par un bronzage profond. Ses cheveux, légèrement grisonnants, étaient attachés en un chignon désordonné, dégageant un visage marqué par les années, mais toujours empreint d'une certaine jeunesse rebelle.

— Mon fils s'est exilé en Asie du Sud-est, commenta Louis. Je n'ai pour ainsi dire aucune nouvelle.

Roxane se dit qu'Adrien arborait un style bohème qui contrastait fortement avec les habitudes plus conservatrices de sa famille. Ses bras et son torse étaient recouverts de tatouages artistiques, chaque dessin semblant raconter une histoire, une aventure vécue sous des cieux lointains. Il portait une chemise légère en lin, à moitié déboutonnée, laissant entrevoir un collier de perles en bois et de coquillages.

— De quoi vit-il ?

— Il est parti après la mort de Sophie et des enfants. D'après ce qu'on trouve sur les réseaux sociaux, il survit d'expédients... il multiplie les petits boulots et les projets artistiques. Ce garçon cherche depuis toujours à multiplier les expériences.

Louis Bouvier contempla la photo avec une expression indéchiffrable. Roxane comprit que malgré ses choix de vie peu conventionnels, Adrien restait son fils. Un fils qu'il n'avait pas vu depuis trop longtemps. Après son épouse, sa fille et ses petits-enfants, la « disparition » d'Adrien laissait encore un vide immense dans le cœur déjà meurtri du vieillard. Roxane sentit des larmes lui monter aux yeux.

Sans rien dire de plus, Louis rangea la photo dans le tiroir qu'il referma lentement. Puis, il se tourna vers Roxane.

— Je devance votre question suivante, madame Baxter : Adrien n'aurait jamais pu toucher un cheveu de sa sœur.

Roxane n'y avait pas pensé. Elle était à la recherche d'un éventuel complice des crimes de Marc Leclerc, mais à vrai dire, elle n'imaginait pas qu'il eut pu s'agir d'Adrien. Cependant, comme pour toutes les pistes que son intuition refusait d'envisager, elle devait l'écarter de manière rationnelle.

— Il n'aurait pas pu, selon vous, s'en prendre à sa sœur qui avait découvert ses pratiques, comment dire... sulfureuses ?

— À aucun moment. D'aucune façon, assena Bouvier d'une voix de laquelle sourdait la colère. Adrien se livre à toutes sortes d'expériences que je réprouve, mais c'est avant tout un faible. Un lâche qui se fiche que son absence puisse faire souffrir ceux qui restent... Il a toujours privilégié la fuite à l'affrontement. Et puis, si mon fils était le coupable, pourquoi Marc se cacherait-il depuis tout ce temps ?

Roxane prit un instant pour réfléchir. Comprendre les interactions familiales était souvent le meilleur moyen de dénouer les fils d'un mystère. Adrien était l'électron libre de la famille Bouvier, mais il avait peut-être malgré tout tenu un rôle dans le drame.

— Pardonnez-moi à nouveau cette question, insista-t-elle avec précaution, saisie d'une intuition, quelles étaient les relations entre Adrien et son beau-frère Marc ?

Cette fois, le vieil homme marqua sa surprise. Il réalisa que Roxane sous-entendait l'éventualité d'une complicité entre Marc et Adrien. Si ce n'était pas pour les crimes eux-mêmes, au moins pour la cavale de Marc. Il réfléchit à la portée de l'insinuation, puis il expliqua d'une voix ferme :

— Mon fils et mon gendre étaient amis lorsqu'ils étaient jeunes. Ils ont grandi ensemble. C'est grâce à Adrien que Marc a fait la connaissance de Sophie. Adrien était très aventureux, tandis que Marc était plus réfléchi. Marc aidait mon fils à faire ses devoirs, pendant qu'Adrien l'initiait à la voile. Malgré leurs différences, ils s'entendaient très bien. À la mort de Sophie, je me souviens qu'Adrien a refusé de croire que son ami puisse être coupable.

— Leur amitié aurait-elle pu aller jusqu'au fait qu'Adrien couvre Marc en l'aidant à se cacher pendant toutes ces années ?

— Je vous l'ai dit : Adrien pensait que Marc était innocent. S'il avait été en contact avec Marc en cavale, je suis absolument certain qu'il l'aurait convaincu de se rendre pour s'expliquer. Et prouver son innocence.

— Je comprends votre point de vue, mais n'oubliez pas que c'est précisément sa fuite qui fait de Marc le principal suspect dans cette affaire. Ce n'est pas parce qu'Adrien le pense innocent qu'il l'est forcément !

— Si vous voulez, exprima Louis avec lassitude. Je vous dis que vous perdez votre temps si vous pensez que mon fils a pu

aider Marc à se cacher. Vous devez chercher dans une autre direction.
Roxane accueillit les certitudes du vieil homme avec circonspection. Au fond, elle était convaincue que la vérité se trouvait dans les liens secrets unissant certains membres de cette famille. Des liens inconnus des enquêteurs de l'époque et qu'elle devait découvrir. Elle refusa de s'en aller avant d'avoir posé toutes ses questions.
— D'accord, monsieur Bouvier, j'admets qu'il est peu probable qu'Adrien soit lié à la mort de Sophie et des enfants. Une chose me chiffonne toutefois. L'enchaînement des événements... Sophie s'est rendue dans un club libertin pour raisonner son frère. Marc a appris cet épisode, et d'après les témoins, il en a été fortement contrarié. Suffisamment pour assassiner sa femme et ses enfants, peut-être pas, mais contrarié tout de même. Quelles auraient pu être les raisons de sa colère si Sophie lui avait simplement expliqué qu'elle tentait d'aider Adrien à retrouver le droit chemin ?
Bouvier réfléchit une nouvelle fois. Il afficha une mine dubitative.
— J'avoue que je ne sais pas. La seule chose que je sais, c'est que Marc et Adrien étaient brouillés depuis quelques mois. Marc n'a peut-être pas apprécié que Sophie lui témoigne encore de l'attention.
— Pourquoi étaient-ils brouillés ? demanda Roxane qui sentit une information importante derrière cette confidence.
— Parce qu'Adrien avait laissé tomber la sœur de Marc. Véronique, une femme avec qui il a eu une liaison pendant plusieurs années.
Bingo, pensa Roxane. Dans la famille Leclerc, je demande la sœur.

14

Jacques Calas avait évoqué Véronique Leclerc comme faisant partie des proches qui croyaient en l'innocence de Marc. Roxane avait noté de s'intéresser à cette femme qui habitait dans le centre de la France. Si les familles Leclerc et Bouvier avaient été liées de plus d'une façon, il était intéressant d'approfondir son enquête dans cette direction, se dit-elle, en cherchant une référence à Véronique dans le dossier de 2013.

Elle sentit une urgence à rencontrer la sœur de Marc Leclerc. Pourtant, Thomas n'allait pas tarder à rentrer de la base pour l'un de ses rares week-ends de permission de l'été. Elle ne pouvait pas l'abandonner pour filer dans le Berry et gâcher ces précieux moments. À la réflexion, il lui vint une idée qui permettrait peut-être de concilier ses priorités.

Astucieux, pensa-t-elle en sortant du réfrigérateur une bouteille de rosé glacée.

Lorsque son mari franchit la porte de leur domicile, éreinté et transpirant, elle lui laissa le temps de prendre une douche. Elle patienta calmement sur la terrasse, un verre de vin frais à la main et un sourire énigmatique accroché au coin des lèvres.

❄

« Tu obtiens toujours ce que tu veux, ma chérie », commenta Thomas en faisant le tour du Robin pour inspecter la voilure. Roxane redoublait d'efforts pour l'aider à la mise en route de l'appareil. Elle n'y connaissait pas grand-chose, mais elle tentait de se montrer une épouse aidante, pour le remercier d'avoir cédé à son caprice.

— C'est parce que tu m'aimes, répondit-elle, espiègle. Et que je t'aime aussi très fort !

Thomas sourit, puis s'installa aux commandes du DR 400. Voler sur un monomoteur à hélice n'était pas vraiment un acte héroïque lorsqu'on avait piloté des avions de chasse et une multitude d'autres turbopropulseurs. Pourtant, comme tout pilote amoureux de sa passion, Thomas ne rechignait pas à voler dans ce genre de minuscules coucous. Le faire avec sa femme était une perspective qui le transportait de joie.

Il mit en route et aligna l'appareil en bout de la piste de l'aérodrome de Nîmes-Garons. Il effectua une dernière check-list, demanda l'autorisation de décoller, puis enfonça la manette des gaz. Cinq minutes plus tard, le petit oiseau de toile et de bois, stabilisé à mille mètres d'altitude, faisait cap vers le nord.

— On ne vole pas plus haut ? s'étonna Roxane, sa voix prenant des accents métalliques à travers le micro-casque.

— Ce n'est pas vraiment utile. Et puis, comme ça, on peut admirer le paysage. Regarde, on survole déjà le parc naturel des Cévennes.

Roxane avait eu cette idée pour faire d'une pierre deux coups : aller à la rencontre de Véronique Leclerc, et passer le week-end avec Thomas. La procédure aurait voulu qu'elle prévienne de sa visite, puis qu'elle se rende dans le Berry à l'aide d'un moyen de transport conventionnel, mais cela l'aurait privée de son homme. Alors, elle avait suggéré une balade dans les airs sans rien dissimuler de son objectif à Thomas. Celui-ci avait emprunté le modeste monomoteur d'un aéro-club local, puis planifié la navigation jusqu'au parc régional de la Brenne. L'autonomie était suffisante pour qu'ils effectuent le trajet sans ravitailler.

Ils survolèrent le parc naturel de l'Aubrac, puis celui de Millevaches. Le nez collé à la verrière, Roxane contemplait le paysage riche et varié de la campagne française. Thomas pilotait sans difficulté, signalant simplement leur position à la radio toutes les vingt minutes.

— Une balade en ligne droite, c'est tout de même mieux que les péages et les embouteillages, apprécia Roxane.

— Vos désirs sont des ordres, madame, plaisanta-t-il. Et puis, le vol est facile, il faut juste éviter d'avoir à se poser sur la cime des arbres.

— Pourquoi ? Tu as détecté un problème ?

— Mais non, ma chérie ! Tout va bien.

Puis, constatant que Roxane était sincèrement inquiète, il ajouta : « La météo est bonne, il n'y a aucun danger ! Bien moins en tout cas que lorsque tu interpelles un voyou ! »

À l'issue de la troisième heure de vol, Thomas prépara son approche vers le petit aérodrome du Blanc. Situé au cœur du parc de la Brenne, il permettrait de gagner la propriété de Véronique Leclerc, à peine distante d'une dizaine de kilomètres. Roxane vit défiler de longs chapelets d'étangs artificiels, initialement imaginés par les moines de XIIe siècle pour emprisonner l'eau et rendre possible l'agriculture dans cette région marécageuse.

— Tu pourrais survoler le domaine ? demanda Roxane, tandis que le Robin commençait à descendre.

— Je savais que tu me demanderais ça, sourit Thomas.

Il inclina le manche à droite et prit la direction du nord-est. Après avoir franchi la Creuse qui serpentait doucement, il se dirigea vers un village qu'il avait manifestement repéré sur la

carte. Au bord de la rivière un château du dix-septième siècle, encerclé d'un parc arboré, se dressait avec majesté.
— C'est là, précisa-t-il en désignant du doigt la bâtisse.
— En ben, elle ne se mouche pas du coude, madame Leclerc !

La propriété était splendide : des toits en ardoise bien entretenus, de beaux murs crépis percés de fenêtres neuves et de la vigne vierge soigneusement taillée, l'ensemble aurait pu être un hôtel cinq étoiles.

— Je ne pourrais faire qu'un seul passage bas, indiqua Thomas. On commence à être juste en carburant.

Il descendit encore jusqu'à voler à moins de cent mètres d'altitude, puis il passa au-dessus du parc à faible vitesse. La première impression de Roxane se confirma : l'ensemble était luxueux. Les pelouses rases étaient d'un vert éclatant. Çà et là, des meubles de jardin recouverts de coussins neufs incitaient au farniente. Devant le bâtiment principal, elle avisa un groupe de personnes en train de pratiquer le yoga. En entendant le petit avion approcher, ils tournèrent la tête vers le ciel. Elle se demanda si elle serait capable de reconnaître Marc Leclerc au cas où il se cacherait dans le domaine de sa sœur. Puis elle reconnut distinctement Véronique Leclerc sous les traits de la professeure de yoga.

— On peut y aller, dit-elle. Je ne verrai pas grand-chose de plus à cette distance.

— La surveillance aérienne est un vrai métier, ma chérie, s'amusa Thomas. Il faut être entraîné et bien équipé.

— Tu as raison. Allez, viens, on va utiliser mes méthodes plus conventionnelles.

Trente minutes plus tard, Roxane et Thomas se firent déposer par un taxi devant l'entrée du château. La grille était fermée, mais un interphone permettait de se signaler.

— Qu'est-ce que c'est ? demanda une voix revêche.
— Gendarmerie nationale, annonça Roxane. Nous voulons voir Véronique Leclerc.

Une hésitation, puis :
— Elle est indisponible. Revenez plus tard.
— C'est inexact. Nous venons de survoler la propriété. Madame Leclerc donnait un cours de yoga. Laissez-nous entrer ou nous revenons avec le PSIG !

L'argument fit mouche et le portail s'ouvrit lentement. Roxane et Thomas remontèrent une allée gravillonnée, elle aussi soigneusement entretenue. Sur le perron, une femme d'une cinquantaine d'années, les cheveux poivre et sel tirés en arrière, et vêtue d'un juste au corps noir, les détaillait avec méfiance.

— C'est un domaine privé et vous n'êtes pas en uniforme, dit-elle d'un ton sec. Que voulez-vous ?
— Je suis Roxane Baxter, enquêtrice à la DIANE. J'ai des questions à vous poser au sujet de la mort de votre belle-sœur et de vos neveux.
— C'est de l'histoire ancienne. J'ai dit tout ce que je savais aux gendarmes, il y a dix ans.

Peu disposée à collaborer, Véronique Leclerc se campa devant eux, comme pour interdire l'accès de sa propriété.

— J'insiste, dit Roxane, présentant sa carte de gendarme bien visible. Vous pouvez répondre à mes questions en quelques minutes, ou bien je reviendrai avec un mandat de perquisition. Que décidez-vous ?

Finalement, effrayée à l'idée de voir la quiétude de son centre de bien-être perturbé par une escouade de gendarmes armés, Véronique Leclerc s'effaça.

— J'ai des stagiaires en ce moment. Je ne tiens pas à les mêler à cette histoire, se justifia-t-elle en les conduisant dans une pièce de réception.

Roxane détailla l'environnement. Les murs étaient couverts

d'œuvres d'art du monde entier. Des diffuseurs de senteur répandaient une odeur douce et sucrée, tandis que des haut-parleurs Devialet laissaient filtrer une musique zen. Visiblement, les affaires de madame Leclerc étaient prospères. Elle nota de se renseigner sur les prix auxquels étaient commercialisés les stages de yoga.

— C'est un magnifique complexe que vous avez là, commenta Roxane pour entamer la conversation.

— Je n'ai pas à me plaindre, en effet. Mais n'est-ce pas justice après ce que j'ai traversé ? Cette histoire a bouleversé ma vie.

Véronique Leclerc fit une impression bizarre à Roxane. Elle semblait d'abord réticente à l'idée de répondre aux questions de la police. Et dans le même temps, elle paraissait presque désireuse de confier son malheur.

— Il a été décidé en haut lieu de rouvrir l'enquête sur la mort de Sophie et des enfants, commença Roxane. Celle-ci m'a été confiée. Je m'attache à rencontrer tous les témoins. Que pouvez-vous dire de votre sentiment au moment du drame et dans les semaines qui ont suivi ?

Visiblement émue, Véronique se laissa choir dans un fauteuil.

— Ç'a été épouvantable, confia-t-elle. C'est une période de ma vie que j'essaie d'oublier. J'ai eu la chance de pouvoir me réfugier dans le yoga et dans la méditation. C'est ce qui m'a permis de rester debout.

— Vous avez une hypothèse sur ce qui a pu se passer pour que votre frère commette un crime aussi brutal ?

Le visage de Véronique prit un air sévère.

— Vous ne vous contentez pas de rencontrer les témoins, s'indigna-t-elle. Vous avez aussi des préjugés !

— Que voulez-vous dire ?

— Vous partez du principe que Marc a tué sa famille. Mais nous n'avons aucune preuve, finalement !

— Il a tout de même choisi de disparaître au lieu de donner sa version des faits. Il est considéré comme un fugitif et nous n'avons pas d'autre piste pour le moment. Si vous savez où il se cache, vous devez nous le dire.

Véronique porta la main à sa gorge. Elle cherchait de l'air. Au bout de quelques secondes, elle trouva la force de parler.

— J'ai dit tout ce que je savais à la police, à l'époque. Sur la personnalité de Marc. Sur le couple qu'il formait avec Sophie, et sur l'amour qu'il portait à ses enfants. Mais ça ne s'est pas arrêté là. Des dizaines de journalistes ont fait le siège devant chez moi pour essayer de m'arracher des confidences ! Croyez-moi, j'ai dit tout ce que je savais... Tout !

Roxane trouva sa réaction légèrement surjouée, mais elle ressentit de la sollicitude pour cette femme brisée, que la pratique de la méditation n'avait pas complètement apaisée. Lorsqu'un crime était commis, les victimes physiques n'étaient pas les seules à qui il fallait rendre justice. Quel que soit le moment où Marc serait retrouvé, et quelle que soit la peine à laquelle une cour d'Assises le condamnerait, les proches, eux, prendraient perpet' dans tous les cas.

— Vous ne croyez pas votre frère coupable ?

— Ça suffit, gémit Véronique. Je veux oublier tout ça.

— Si vous voulez que la vérité éclate, il faut me parler, madame Leclerc. Où peut se trouver Marc, à l'heure actuelle ?

Malgré le ton apaisant de Roxane, Véronique était au bord de la crise de nerfs. Ses épaules furent secouées de convulsions nerveuses, tandis que son visage prit la couleur de la cendre.

— Partez maintenant ! parvint-elle à articuler. Je n'en peux plus. Il faut me laisser tranquille !

Thomas fut marqué par l'état dans lequel se trouvait cette femme. Il était pilote, pas gendarme ; il n'était pas préparé à être confronté à ce genre de détresse. Il posa une main sur le bras de Roxane. Celle-ci hésita. Faire parler un témoin dévasté était toujours un exercice périlleux. Mais elle avait croisé plus d'une personne capable de surjouer la douleur pour se soustraire aux questions des enquêteurs. Était-ce le cas de Véronique Leclerc ? se demanda-t-elle.

Finalement, elle renonça à poursuivre. Elle agissait en marge de la procédure, et dans tous les cas, les éventuelles confidences de cette femme ne pèseraient pas grand-chose sur un plan judiciaire. Dans l'immédiat, le contact était établi, et elle n'allait pas abandonner cette piste aussi facilement. Elle reviendrait. Si jamais Véronique Leclerc cachait quelque chose, elle le saurait.

Ne jamais oublier, ne jamais abandonner.

En quittant la propriété, deux questions assaillirent Roxane : comment Véronique Leclerc avait-elle pu se payer un château aussi luxueux ? Et quel était l'état de ses relations actuelles avec Adrien Bouvier, son ancien petit-ami ?

15

Diriger un service spécialisé dans les *cold cases* était une tâche ardue. Lorsqu'elle était directrice d'enquête, Marianne Brunel pouvait décider à tout moment d'interroger un témoin ou de requérir des moyens d'investigation. Maintenant qu'elle dirigeait la DIANE, elle était soumise au rythme d'avancée de ses enquêteurs. Son boulot consistait à demander des comptes-rendus réguliers, puis à attendre que quelque chose se produise. Sur le terrain depuis plusieurs semaines, Roxane Baxter avait éveillé l'impatience de Marianne, qui souhaitait à présent entendre son analyse de l'affaire Leclerc. Désireuse de renforcer leur relation de confiance, Marianne l'avait invitée à se rendre aux locaux parisiens de la Division.

— Comment avance votre enquête, Roxane ? demanda-t-elle à l'enquêtrice assise de l'autre côté du bureau.

— Je progresse, mais cela risque d'être long. Je n'ai pas beaucoup de moyens.

— Je suis désolée de ne pas pouvoir vous affecter un groupe d'enquête. Nous devons faire face à un grand nombre de cas ouverts et je dispose de trop peu d'hommes. Que voulez-vous, à

chaque arrestation d'un assassin, le parquet décide de rouvrir des dizaines de cas non résolus !
— J'imagine, compatit Roxane.

Marianne avait expliqué que certains *cold cases* étaient élucidés de nombreuses années après les faits, lorsqu'à l'occasion d'une affaire banale, le délinquant arrêté se révélait être un criminel récidiviste. Il fallait alors consacrer d'importants moyens pour démontrer le lien entre le prévenu et les cas anciens. Plusieurs dizaines d'enquêteurs de tous les services, par exemple, étaient affectés à la cellule « Nordahl Lelandais », du nom du tueur de la petite Maëlys, à qui l'on parvenait régulièrement à attribuer de nouveaux crimes.

— J'ai lu vos rapports, reprit Marianne. On dirait que vous avez réussi à vous faire aider par quelques personnes de bonne volonté.

Roxane scruta le visage de sa supérieure pour déterminer s'il s'agissait d'un reproche. Elle ne vit rien qui puisse le laisser penser. L'implication de son père dans son travail, même si elle avait été largement sous-estimée, faisait partie des sujets abordés lors de ses entretiens de recrutement. Le pédigrée de Morgan Baxter, parfois contesté, constituait plutôt un atout aux yeux de la patronne de la DIANE.

— J'ai lu dans les procédures que l'on pouvait parfois faire appel à des gendarmes de la réserve, répondit Roxane prudemment. C'est le cas de mon père et de sa compagne.

— Bien sûr, bien sûr. C'est une chance de pouvoir compter sur le colonel Baxter. Bref, avez-vous trouvé une piste intéressante ?

— Je m'attache à comprendre la personnalité des protagonistes. Marc Leclerc, par exemple, n'est pas décrit par ses proches comme un homme violent ni comme quelqu'un susceptible de passer à l'acte sur un coup de sang. Nous n'avons pas le début d'un commencement de mobile pour un crime aussi horrible.

— La dispute conjugale à cause des pratiques de sa femme ?
— Ça ne tient pas. Sophie Leclerc s'est rendue dans ce club échangiste pour venir en aide à son frère. Adrien Bouvier est un drôle de personnage.
— C'est vrai qu'il m'avait fait une drôle d'impression lorsque je l'avais interrogé, à l'époque. Vous avez pu lui parler ?
— Il s'est expatrié en Asie depuis l'affaire. Personne ne semble avoir de nouvelles. En revanche, sa personnalité permet d'expliquer pourquoi Sophie s'est rendue à *l'Aphrodite*. Et donc d'écarter l'hypothèse de la dispute conjugale entre elle et Marc à ce sujet.
— Si toutefois il était au courant de ce motif.
— C'est vrai. Mais à nouveau, Marc n'était pas décrit comme violent. Il ne se serait pas emporté sans donner l'opportunité à Sophie de s'expliquer. Et puis, pourquoi s'en serait-il pris aux enfants ?
— Vous avez sans doute raison. Il y a donc un autre mobile, énonça Marianne pensive.
— J'imagine un rapport avec l'argent, suggéra Roxane.
— Peut-être, en effet. Mettre la main sur un pactole, ou au contraire, effacer une dette en faisant disparaître le créancier, ces cas sont courants, nous le savons toutes les deux.

Roxane continuait à envisager la piste de l'assurance-vie. En revanche, elle n'avait pas pensé au second cas de figure. Elle se remémora ses échanges avec Louis Bouvier.

— Le père de Sophie m'a indiqué avoir envisagé de prêter de l'argent au couple pour que Marc puisse s'acheter un voilier, sa passion. Mais à ma connaissance, il ne s'agissait que d'un projet. Si Marc avait dû de l'argent à Sophie ou à sa famille, nous le saurions.

Marianne se pencha sur les documents posés sur son bureau. Elle parcourut une nouvelle fois les comptes-rendus de Roxane.

— Nous n'avions pas été très loin dans les investigations

concernant les finances de la famille Leclerc en 2013. Je vois que vous indiquez qu'il n'y avait a priori pas de problème de ce côté-là ?

— Je n'ai pas non plus eu accès aux comptes bancaires, mais j'ai trouvé un indic' qui l'a fait à notre place.

— L'écrivain Jacques Calas, j'ai vu ça, commenta Marianne d'un ton où perçait le scepticisme.

— Il ne vous semble pas crédible ?

— J'avoue qu'à l'époque, il m'avait paru un peu perché. Je me méfie des journalistes et autres romanciers qui utilisent une affaire réelle pour alimenter leur travail. L'expérience a montré qu'ils laissent souvent courir leur imagination. Leur livre fait parfois sensation et leur assure un joli succès en librairie, mais quant à la manifestation de la vérité... c'est une autre affaire.

— Calas n'a émis aucune théorie. Du reste, il continue à chercher. Toujours est-il que ses trouvailles sur les finances de la famille Leclerc, à partir d'informations publiques d'ailleurs, ne démontrent aucun problème particulier de ce côté-là. Il m'a aussi parlé d'un autre sujet...

— L'assurance-vie, coupa Marianne.

— Ah, vous êtes au courant ?

— J'y ai fait mention dans mon dossier d'enquête, mais je n'ai pas pu aller très loin. Comme je vous l'ai dit, nous avons dû concentrer nos moyens sur la traque de Marc Leclerc. Lorsque le dossier a été classé, quelques années plus tard, j'avoue que le sujet m'est sorti de la tête. Mais je voulais vous en parler.

— Je doute que nous ayons là le mobile du crime, avança Roxane avec assurance.

— Vous ne devez négliger aucune piste. Demandez à accéder au FICOVIE, c'est un fichier qui recense les contrats de ce type. J'ai un contact à la direction des Finances Publiques qui pourra vous aider.

— Donnez toujours. Mais je vous le répète, ça n'aboutira à rien. Si Marc Leclerc avait assassiné sa famille pour toucher de l'argent, il n'aurait pas pris la peine de dissimuler les corps. Il se serait arrangé pour que les décès soient déclarés accidentels et constatés rapidement. Et puis quelle compagnie verserait une prime à un homme recherché par la police ? Je n'y crois pas.

Roxane avait marqué un point. Pour autant, son attitude inflexible devant sa patronne choqua un peu cette dernière. Une bonne enquêtrice se fiait toujours à son intuition et à ses raisonnements, mais elle obéissait également aux ordres de sa hiérarchie. Marianne se recula dans son fauteuil.

— J'entends que vous n'y « croyez pas », Roxane (elle mima des guillemets en l'air), mais votre boulot est de creuser absolument toutes les pistes. Le diable se niche dans les détails, souvenez-vous. La mission de cette unité est de ne rien négliger. Absolument rien. Ce contrat d'assurance-vie existe selon plusieurs personnes, il faut savoir ce qu'il est devenu. Vous me suivez ?

Roxane n'insista pas. Une fois de plus, son tempérament l'avait poussée à réagir avec excès. Rien de grave en soi, mais une leçon qu'elle devait retenir : tant qu'elle portait l'uniforme, elle se devait d'agir en gendarme loyale envers sa supérieure. Le fait qu'elles auraient pu devenir amies dans un autre contexte ne permettait pas pour autant pas qu'elle s'adresse à elle sans réserve.

Elle nota le nom du contact de Marianne et ne fit aucun autre écart durant la fin de leur entrevue.

Dans le TGV du retour vers Nîmes, Roxane rédigea une note sur les différentes pistes à creuser pour retrouver Marc Leclerc. Puis elle inscrivit en face de chaque hypothèse le nom de la source qui l'aiderait à avancer.

De retour à la maison, elle trouva Thomas relativement nerveux. Il guettait son arrivée depuis la fenêtre du salon, et lorsqu'elle sortit de sa voiture, il l'accueillit avec empressement.

— Que se passe-t-il, mon chéri ? demanda-t-elle devant son air tendu.

— Il y a une heure, un motard est passé devant la maison. Il a jeté ça dans le jardin.

Il tendait une feuille dactylographiée et une pierre entourée d'un élastique. Visiblement, quelqu'un était venu leur délivrer un message.

— Que dit cette missive ? demanda Roxane, plus amusée qu'inquiète.

Thomas lui tendit le papier :

« *ROXANE BAXTER, ARRÊTEZ VOTRE ENQUÊTE IMMÉDIATEMENT. CE QUE VOUS CHERCHEZ DOIT RESTER ENTERRÉ. SI VOUS CONTINUEZ, VOUS LE REGRETTEREZ. CECI EST VOTRE UNIQUE AVERTISSEMENT.* »

Le sang de Roxane se glaça. Elle relut plusieurs fois le message, essayant de déceler un indice quelconque sur l'expéditeur. La menace était claire, directe, mais vague. Quelqu'un, quelque part, voulait la dissuader de découvrir la vérité sur l'affaire Leclerc. Se pouvait-il qu'il s'agisse de Marc lui-même ? se demanda-t-elle.

Elle inspira profondément, sentant une vague de colère monter en elle. Elle n'avait jamais été de nature à se laisser intimider, et ce message ne faisait que renforcer sa détermination.

Avec lucidité, elle tira une première conclusion : la personne qui lui délivrait cet avertissement se sentait suffisamment puissante pour menacer les forces de l'ordre... Puis elle se reprit : suffisamment puissante ou complètement désespérée.

Elle passa en revue les derniers jours, à la recherche d'un acte d'investigation qui aurait pu la rapprocher de la vérité, au point de faire paniquer le coupable.

PARTIE III
AFFAIRE DE FAMILLE

16

Pendant que Thomas allumait le barbecue, Roxane dressa le couvert. Elle recouvrit la table de jardin d'une nappe de lin huilé. Tenir une maison et recevoir des convives était nouveau pour elle. Elle s'efforça de créer une ambiance chaleureuse. Elle choisit des assiettes en faïence bleue et des verres à pied élégants. En plaçant les couverts avec soin, un peu hésitante, elle vérifia plusieurs fois leur alignement.

Elle alluma ensuite des serpentins antimoustiques qu'elle accrocha aux poteaux de la pergola. Leur fumée légère se diffusa lentement dans l'air du soir. Le jardin, baigné par les dernières lueurs du jour, apaisa un peu les pensées tumultueuses qui tourbillonnaient dans son esprit.

À vrai dire, la menace reçue la veille hantait ses réflexions. Qui pouvait vouloir l'empêcher de découvrir la vérité ? Et jusqu'où iraient-ils pour la dissuader ? Elle jeta un coup d'œil à Thomas qui ajustait les grilles du barbecue. Sa présence, calme et assurée, lui apportait un certain réconfort.

— Tout va bien, ma chérie ? demanda-t-il, les mains dans le sac de charbon.

— Oui, je suis juste un peu nerveuse. Et je veux que tout soit parfait ce soir.
— Ça le sera. N'oublie pas que nous sommes une famille, à présent. Nous sommes là les uns pour les autres. Sans jugement.

Elle hocha la tête, reconnaissante du soutien de Thomas, mais consciente du parallèle avec la famille sur laquelle elle enquêtait. Qu'est-ce qui avait pu, dans l'histoire des Leclerc, ruiner cet équilibre fragile qui avait pourtant bien dû exister à une époque ? se demanda-t-elle en allumant de grosses bougies rondes.

Morgan et Anne-Laure arrivèrent en voiture. Tom et Lou étaient avec eux, leurs parents s'étant accordé un week-end en Espagne pour fêter l'ouverture prochaine de la boutique de Viktor. Le petit garçon se précipita vers Thomas, son héros de pilote qu'il admirait depuis le jubilé des huit-mille heures. Lou et Anne-Laure se dirigèrent en cuisine, où après s'être lavé les mains, elles aidèrent Roxane à disposer les légumes crus pour l'apéritif.

— Comment vas-tu, ma grande ? demanda Morgan en posant une main sur l'épaule de sa fille. Thomas me dit que tu as reçu un message inquiétant.

— On ne va pas parler boulot ce soir, réagit Roxane. Je reçois pour la première fois mon père et sa tribu, j'ai envie que tout le monde se détende.

— Comme tu veux. En tout cas, sache que je suis toujours là pour ma fille si elle a besoin d'un conseil.

— Je sais papa, tu es toujours là pour moi...

En réalité, Roxane avait noté un minuscule changement dans l'attitude de l'horloger. Il y a peu, il aurait réagi avec intransigeance à une menace pesant sur elle. Il se serait emporté et aurait retrouvé celui ou celle qui avait osé s'en prendre à sa fille. Nul doute que cette personne aurait d'une manière ou d'une autre passé un sale quart d'heure. Or là, il avait simplement parlé de « conseils »... Il change, ou il vieillit, pensa-t-elle en transportant dans le jardin le plateau chargé des boissons.

Plus tard toutefois, tandis que le dîner était sur le point de s'achever, Morgan profita de ce que Roxane préparait le café à l'intérieur pour la questionner.

— Comment avance l'enquête, ma grande ?
— Papa ! On avait dit pas le boulot !
— Tu dois pouvoir vider ton sac, Roxane. Si tu n'y prends pas garde, ce métier peut te ronger de l'intérieur. Je suis bien placé pour le savoir.
— Mais j'aimerais tellement mener une vie de famille normale. Il doit être possible de concilier les deux...
— Pas tant que ton job consistera à traquer la noirceur de l'âme humaine.

L'horloger se lança dans une nouvelle tirade sur les limites de l'engagement militaire. Bien sûr, avança-t-il, les missions étaient nobles et indispensables à la vie en société, mais les règles n'avaient pas été conçues pour préserver ses serviteurs, du moins lorsque ceux-ci se targuaient de conserver une pensée libre. Roxane l'écouta sans rien dire. Elle connaissait par cœur la vision du monde de son père, mais là, ce soir en famille, elle aurait juste voulu qu'il l'écoute.

— Je dois rejoindre Thomas et les enfants. Excuse-moi, papa, dit-elle au bout d'un moment.
— Dis-moi juste : comment s'est passé ton entretien avec la colonelle Brunel ?
— Bien, bien. On a fait le point sur mes avancées. Je crois que c'est la bonne personne pour diriger la DIANE. Elle est moins politique en tout cas que notre cher colonel Roque.
— Qu'a-t-elle pensé de notre escapade à *l'Aphrodite* ? demanda Morgan avec un sourire facétieux.

— Je ne lui ai pas tout dit non plus ! En tout cas, elle n'oppose aucune objection à ce que tu interviennes dans notre enquête. Elle t'admire beaucoup, j'imagine. Et puis, elle est sans doute plus ouverte et plus pragmatique sur les méthodes... J'ai l'impression que pour elle aussi, la fin justifie les moyens.

— C'est une bonne chose, commenta Morgan en se saisissant du plateau de tasses à café.

Le dîner se termina au son des grillons, sous une chaleur redevenue supportable. Au moment de partir, visiblement insatisfait du faible volume de confidences faites par Roxane, Morgan demanda à lui parler en tête à tête.

— Quelles sont les prochaines étapes de ton enquête ? demanda-t-il directement.

— Papa !

— Promis, après je ne t'embête plus. Mais vois-tu, je me suis mouillé dans cette affaire, et j'ai besoin de suivre son avancée. C'est plus fort que moi.

De guerre lasse, Roxane briefa rapidement son père. Elle expliqua que sa priorité était à présent la recherche d'éventuelles complicités dans la cavale de Marc Leclerc. Sa sœur, Véronique, lui avait fait une impression mitigée. Elle devait trouver un moyen de la faire parler, en procédant au besoin à une fouille de son luxueux domaine. Le problème était qu'en l'état actuel de la procédure, il allait falloir des mois avant qu'elle obtienne une commission rogatoire pour agir dans les règles. Par ailleurs, elle voulait mettre la main sur Adrien Bouvier, le frère de Sophie. Personne n'avait de nouvelles de lui depuis des mois et ses réseaux sociaux étaient muets, avait-elle constaté. Là encore, elle devait demander le concours de personnes extérieures et cela prendrait de longues semaines.

La conclusion de l'horloger fut conforme à ses habitudes. Il imposa une nouvelle fois son aide.

— Je vais rencontrer Louis Bouvier, ma grande. Ton intuition est la bonne, la clé de l'énigme se trouve dans les liens familiaux. Il t'a peut-être dit tout ce qu'il croyait utile, mais je suis certain qu'il parlera différemment à un homme de sa génération.

Roxane sourit à l'argument.

— Tu es beaucoup plus jeune que lui, papa ! Tu pourrais être son fils !

— Ce que je voulais dire, c'est que je sais ce que cela signifie d'avoir des enfants adultes. Et que je suis en âge, moi aussi, d'avoir des petits-enfants.

Roxane ne releva pas la dernière phrase qui était en réalité une question détournée. Fatiguée et stressée d'avoir l'impression de tourner en rond, elle mit fin au conciliabule. Demain était un autre jour, et si son père voulait toujours et encore jouer au gendarme, grand bien lui fasse, estima-t-elle. De son côté, elle avait hâte de regagner son lit et de retrouver les bras rassurants de Thomas.

Avant de se coucher, toutefois, elle consulta sa messagerie professionnelle. Elle y trouva le mail d'un agent de la direction générale des Finances Publiques. L'homme se présentait comme une relation de la lieutenante-colonelle Marianne Brunel, qui lui avait demandé de la contacter urgemment. Il indiquait pouvoir être joint à toute heure du jour ou de la nuit, la requête de la colonelle semblant prioritaire.

Roxane soupira et s'adressa à Thomas à travers la porte de la salle de bain.

— Une urgence, mon chéri. Je dois passer un coup de fil. Je n'en ai que pour quelques minutes.

Elle n'attendit pas la réaction de Thomas et s'enferma dans son bureau.

Le fonctionnaire de la DGFP, Jean Louvin, était un homme zélé et courtois. Roxane s'excusa de le déranger aussi tard, puis elle comprit qu'il était prêt à un dévouement sans limite pour les beaux yeux de Marianne. Sans doute ces deux étaient-ils plus proches qu'ils ne voulaient bien le dire, pensa-t-elle.

— Marianne m'a parlé de l'affaire sur laquelle vous enquêtez, mais elle ne m'a pas donné les identités, expliqua Louvin. Elle m'a dit que sa... hum... collaboratrice m'expliquerait tout. Je me tiens donc à votre disposition, chère madame.

Roxane eut envie d'expliquer à ce précieux qu'elle n'était pas sa « chère madame », mais lieutenante de gendarmerie chargée d'une affaire criminelle. Par ailleurs, elle n'était pas la « collaboratrice » de Marianne, mais, au mieux, une militaire placée sous son commandement. Mais cela n'avait pas tant d'importance, jugea-t-elle. Elle devait avancer dans son enquête, puis aller se coucher.

— Selon mes sources, un contrat d'assurance-vie a été souscrit sur la tête des membres de la famille Leclerc. Deux adultes, Sophie et Marc. Et deux enfants, Anaïs et Quentin. Il date de 2012 ou 2013. Je voudrais savoir ce qu'est devenu ce contrat.

— C'est comme si c'était fait. Je consulte le FICOVIE.

Roxane patienta en déambulant, pieds nus, sur le tapis épais de sa pièce de travail. Elle entendit, à l'étage, Thomas fermer les volets de bois et les bloquer avec une barre anti-effraction. Depuis les menaces jetées dans leur jardin par le motard, il redoublait de précautions pour sécuriser leur domicile. Roxane se sentait désolée de lui causer cette inquiétude à cause de son métier. Mais la réciproque était vraie également : elle tremblait pour son homme chaque fois qu'il décollait aux commandes de son Canadair.

— Bien, bien, reprit le fonctionnaire Louvin, je crois que j'ai ce qu'il vous faut. J'ai ici la trace du contrat que vous cherchez, souscrit auprès de Generali. Assez important, je dois dire, puisqu'il prévoit une indemnisation d'un million d'euros sur chaque tête en cas de décès. Il y a même une clause de majoration en cas de mort accidentelle. Je vous lis la clause ?

« Non, cher monsieur, pensa Roxane *in petto*, je n'ai pas

besoin que vous procédiez à une lecture de chaque alinéa de ce contrat. Il s'agit d'une affaire criminelle, pas d'un projet de règlement sur les abeilles. Allons à l'essentiel, bon sang ! »

Elle se retint toutefois de se montrer désagréable.

— Ce contrat est-il toujours actif ?

— Je regarde... Non, il a été clôturé début 2014.

— Les primes ont été versées ?

— Non plus, le contrat a été automatiquement résilié. Visiblement, les indemnisations n'ont pas été réclamées et les assurés ont cessé de payer leurs cotisations. Cela vous convient-il ?

Elle remercia Louvin et raccrocha. En verrouillant la porte-fenêtre à double tour, elle songea à ce que cela signifiait : l'argent, pas plus que la jalousie, n'expliquait l'assassinat de Sophie Leclerc et de ses enfants. Marc n'avait pas empoché le ticket gagnant du loto pour se construire une nouvelle vie...

C'était à la fois décevant et terriblement frustrant, ragea-t-elle. Il allait falloir trouver autre chose, et dans l'immédiat, elle ne voyait pas comment faire progresser son enquête.

Demain serait un autre jour, il apporterait peut-être son lot de nouveaux indices, se dit-elle en rejoignant Thomas.

Sur ce point au moins, elle ne se trompait pas.

17

La rencontre avec un nouveau protagoniste était toujours un moment décisif dans une affaire. Les premiers regards, les premières paroles échangées permettaient à l'enquêteur de se forger une conviction qu'il tentait alors de démontrer. L'horloger se méfiait de ce biais qui avait plus d'une fois conduit ses hommes sur une mauvaise piste. Un innocent désagréable pouvait parfois être condamné, tandis qu'un coupable hâbleur et séduisant passait, d'autres fois, à travers les mailles du filet. Lorsqu'il était gendarme, il se conditionnait avec rigueur avant de rencontrer un nouveau témoin. Il chassait de son esprit les pensées parasites pouvant l'induire en erreur. Celles qu'il aurait aimé croire, mais qui ne constituaient pas pour autant la vérité.

Morgan était assis en tailleur sur la petite terrasse de l'étage. Le buste droit, les mains posées sur les genoux, il respira profondément plusieurs fois. Peu à peu, le bruit des passants sur le port diminua jusqu'à devenir imperceptible. Il entendait encore les sons, mais par la force de la méditation, il les empêchait de parvenir jusqu'à son cerveau. Ses pensées le conduisaient vers Sophie Leclerc, ses enfants et son mari. Il percevait aussi la présence du patriarche. Une présence bienveillante et protectrice. Pourtant, Louis Bouvier n'était pas parvenu à protéger sa fille, pensa-t-il, une bouffée de tristesse montant de ses entrailles. Il la chassa jusqu'à ressentir un flux calme et apaisant parcourir sa colonne vertébrale. L'image de Marc Leclerc, une arme à la main et une larme au coin des yeux, se forma alors dans son esprit. Il la chassa également. Pour percevoir les énergies funestes qui s'étaient activées au sein de cette famille, il devait arriver vierge de tout préjugé. Comme lorsqu'il se trouvait confronté à un forcené, jadis, il savait que la vérité des hommes se cachait loin derrière les apparences. Très loin derrière, même.

Un calme semblable à celui d'un lac de montagne, profond et immobile, prit possession de lui. Il était prêt, jugea-t-il en ouvrant doucement les yeux.

Le trajet jusqu'à Montpellier dura deux heures. Respectant scrupuleusement les limitations de vitesse, mais laissant le vent puissant s'engouffrer sous la visière de son casque, il faisait le point sur cette mission. À vrai dire, il aurait voulu s'en détacher pour profiter de sa nouvelle vie. Les raisons qui lui avaient fait quitter la gendarmerie étaient toujours bien présentes. Pour autant, l'horlogerie à laquelle il se dévouait plusieurs heures par jour ne suffisait pas à domestiquer son besoin de rétablir l'ordre. Et puis, que Roxane ait besoin de son aide constituait un appel auquel il était incapable de résister.

Il gara le T-Max à une centaine de mètres de la maison bourgeoise et s'approcha lentement. Derrière ses murs vivait un homme qui aurait pu lui ressembler à bien des égards. Pourtant, contrairement à lui, Louis Bouvier avait été percuté de plein fouet par le malheur. Un malheur contre lequel Morgan ne pouvait rien, mais qu'il pourrait peut-être adoucir légèrement en contribuant à établir la vérité. Une mission presque sacerdotale, avait-il coutume de se rappeler.

Il sonna au portail.

— Je ne reçois personne ! cria Louis Bouvier, depuis le banc de pierre sur lequel il passait ses journées.
— Je m'appelle Morgan Baxter. Je suis venu vous parler de l'enquête de ma fille, Roxane. Elle est déjà venue vous voir.

Intrigué par cette curieuse entrée en matière, le vieil homme se déplia douloureusement et s'approcha de la grille. Devant lui, il découvrit un motard au regard profond. Un casque à la main, il se tenait droit comme la justice, ses yeux bleus ne cillant à aucun moment. Un regard magnétique comme il n'en avait jamais vu.

— Que voulez-vous ? interrogea Louis Bouvier.
— Vous écouter et vous parler. Je désire entendre les malheurs qui vous ont frappé pour rétablir, à ma manière, la marche des éléments.

Décidément, ce type était bizarre, se dit Bouvier. Quelque chose dans son phrasé indiquait qu'il était différent. Qu'il délirait peut-être aussi. Pourtant, il dégageait une force de persuasion indéniable. À l'instar d'un hypnotiseur ou d'un prêcheur évangélique, on ne pouvait que se plier à ses suggestions. La curiosité poussa Louis à ouvrir le portail.

— Tout d'abord, entama Morgan, je veux vous assurer de ma parfaite compassion pour les drames qui vous ont touché. Je veux vous aider à découvrir la vérité. Je suis le père de la lieutenante qui a repris l'enquête sur la mort de votre fille et de vos petits-enfants. Je suis moi-même un ancien gendarme, et j'ai quitté l'institution pour me consacrer à des missions plus nobles à mes yeux.

— Quel genre de mission ?
— Je répare des montres et je rétablis l'ordre des choses.

Bouvier ne voyait pas très bien où ce type voulait en venir.

— Vous réparez des montres ? reprit-il, curieux de savoir ce qu'il y avait de noble là-dedans.

— Je sais, ça peut paraître surprenant. Les mécanismes

horlogers, lorsqu'ils sont parfaitement montés, donnent l'heure avec la même précision que la vibration des atomes. Comprendre leur mouvement permet de comprendre les enchaînements d'événements dans la vie de chacun.

— Intéressant, nota Bouvier, qui pensait en réalité que ce type était un théoricien fumeux. Il tint à le mettre en garde : à la mort de Sophie et des enfants, j'ai été contacté par toutes sortes de voyantes et autres radiesthésistes. Ils prétendaient savoir où se cachait mon gendre, mais évidemment, ça n'a jamais rien donné.

Morgan sourit.

— J'ai utilisé cette métaphore pour vous expliquer ma nouvelle activité. En réalité, j'utilise des méthodes beaucoup plus conventionnelles pour approcher la vérité en matière criminelle. Je suis en partie responsable de la formation d'enquêtrice de ma fille. Je suis certain qu'elle obtiendra des résultats dans votre affaire.

— Alors, pourquoi être venu me rendre visite ?

— Parce que je pense que la vérité réside quelque part dans les relations au sein de votre famille. Parlez-moi de ces liens. Comment étaient les rapports entre les membres de votre famille et ceux de la famille Leclerc ?

L'approche de Morgan, quoique singulière, parvint à instaurer un climat de confiance avec Louis Bouvier. Pour la première fois depuis longtemps, le vieil homme sentit un interlocuteur prêt à l'écouter, pas juste désireux de se précipiter sur le premier indice qu'il laisserait échapper à son corps défendant.

Il prit une profonde inspiration, ses yeux se perdant dans le feuillage de l'olivier. Il sembla regrouper ses pensées avant de commencer à parler.

— Les relations familiales, vous savez, sont toujours plus complexes qu'elles n'y paraissent de l'extérieur, commença-t-il doucement. Sophie était notre rayon de soleil. Dès son enfance, elle avait cette capacité à apporter de la joie autour d'elle. Elle était aimante, dévouée et toujours prête à aider les autres. Avec Marc, son mari, ils formaient un couple que beaucoup enviaient. Du moins, c'est ce que je pensais.

Il s'interrompit un instant, les yeux embués de souvenirs. Morgan l'écoutait en silence, respectant son rythme.

— Marc était un homme brillant, continua Louis. Ingénieur-informaticien, il travaillait dur pour subvenir aux besoins de sa famille. Mais je pense qu'il n'obtenait pas les résultats qu'il estimait mériter. Son ambition était sans doute beaucoup plus élevée que ce qu'il parvenait à accomplir. Cela a terni son caractère au fil des années. Sophie et Marc connaissaient des tensions, comme tous les couples, mais rien qui laissait envisager un drame.

Louis passa une main tremblante sur son visage.

— Vous avez d'autres enfants, demanda Morgan, changeant brusquement de sujet. Comment étaient leurs relations avec Sophie et Marc ?

— Deux fils, oui. Adrien et Simon. Adrien et Sophie étaient très proches lorsqu'ils étaient enfants. Ils ont appris à naviguer ensemble et passaient des heures sur l'eau. Mais Adrien a toujours été l'âme rebelle de notre famille. Il a choisi de partir, de vivre sa vie loin d'ici, en Asie du Sud-Est. Ses relations avec Marc étaient elles aussi excellentes. Ils ont été les meilleurs amis du monde lorsqu'ils étaient adolescents.

— Au point de se présenter leur sœur respective ?

— Vous êtes bien renseignés. En effet, Marc a épousé Sophie, tandis qu'Adrien a fréquenté Véronique, la sœur de Marc.

Morgan eut envie de creuser de ce côté-là, mais il n'était pas venu pour un interrogatoire. Il devait laisser Louis suivre son propre cheminement. Lorsque le vieil homme gardait le silence, il le relançait par des questions courtes lui permettant de balayer tous les sujets.

— Et Simon ? demanda-t-il.

Un léger sourire éclaira brièvement le visage de Louis.

— Simon était le pilier de notre famille. Il est chirurgien esthétique et il a réussi à construire une carrière brillante, loin des drames familiaux. Pourtant, il vit encore dans la région. Je déplore qu'il ait aussi pris ses distances avec moi, mais j'imagine que c'est pour se protéger. Je ne lui en veux pas. Simon a toujours été désireux de réussir sa carrière. La mort de Sophie l'a terrassé, mais un peu à l'instar d'Adrien, à sa manière, il a essayé de se reconstruire en se consacrant à son travail.

De manière diffuse, Morgan sentit qu'il touchait un point important.

— Finalement, Marc et Simon partageaient cette volonté de réussite professionnelle. Cela créait-il des jalousies entre eux ?

— Simon reprochait souvent à Marc de ne pas être assez prévoyant, de ne pas avoir sécurisé leur avenir financier. Marc, de son côté, voyait en Simon un homme trop rigide, trop focalisé sur la réussite matérielle. Ils se respectaient, mais je pense que chacun voyait en l'autre une menace pour l'équilibre de la famille.

Il se tut, laissant ses paroles flotter dans l'air. Une tristesse profonde se dessina sur les traits du vieil homme. Morgan mit cela sur le compte du deuil qui n'en finissait pas de le terrasser. Pourtant, les frères de Sophie, eux, avaient visiblement réussi à surmonter le drame et à poursuivre leur vie. Mais ce n'était pas la même chose, pensa-t-il avec compassion. Personne ne se remet de la perte d'un enfant. C'est impossible.

Il chassa l'image de Roxane, poursuivie par des agresseurs, qui s'était subrepticement formée dans son esprit.

— Je crois savoir que votre famille se retrouvait autour d'une passion commune pour la voile, c'est exact ?

À chaque évocation d'un souvenir heureux, le visage de Louis se crispait un peu plus. Cette fois, ce fut pour retenir des larmes. Il passa la main dans ses cheveux blancs pour les plaquer à l'arrière de son crâne. Il tremblait.

— Je suis incapable de regarder les photos de ces jours heureux, confia-t-il. Même me les rappeler me déchire le cœur. Sophie était la moins passionnée, mais oui, elle partageait autant qu'elle le pouvait cette activité avec son mari. Et avec ses frères aussi.

— Avec Adrien ?

— Et avec Simon. Mon second fils est un navigateur hors pair.

— Il la pratique encore ?

— À ma connaissance, oui. J'aperçois parfois son voilier quitter le port, le week-end. Je crois qu'il n'y a que sur la mer qu'il est heureux.

La voix de Louis se mit à trembler.

Morgan se sentit arrivé à la limite des questions qu'il pouvait poser pour une première rencontre. Il disposait d'un portrait de chacun des protagonistes. Il constatait aussi que les membres de la famille Bouvier vivaient à présent sans liens les uns avec les autres. Adrien avait plus ou moins disparu en Asie, tandis que Simon vivait manifestement comme un notable local, sans réellement se préoccuper de son vieux père. Pour aller plus loin, Morgan aurait eu besoin de la sensibilité de Roxane. Ou de celle d'Anne-Laure.

— Nous allons faire en sorte que la justice soit rendue pour Sophie et pour les enfants, dit-il bizarrement, ne sachant plus comment se comporter pour ramener un peu d'espérance dans le cœur du vieillard.

— Faites vite alors. Je crois que je ne tiendrai plus très longtemps...

En chevauchant son bolide sur la route du retour, l'horloger se sentit empli d'une mélancolie inattendue. La dislocation d'une famille frappée par le malheur était un problème qu'il ne savait pas comment résoudre.

Il avait tout de même noté un élément qui méritait d'être creusé. Il devait en parler à Roxane, pensa-t-il, en tournant la poignée de gaz pour filer vers Marseille.

18

La vie de Béatrice était faite de beaucoup de mondanités et d'activités caritatives, et de peu de travail. Dans le somptueux hôtel particulier de son second mari, situé dans le cœur historique d'Aix-en-Provence, elle recevait beaucoup. Elle ne rechignait pas à rendre visite à sa fille et à Thomas dans leur pavillon nîmois, mais elle préférait en général que ce soit eux qui viennent à elle. Elle s'assurait ainsi que leurs échanges se déroulent dans un cadre propre et aseptisé qui l'apaisait beaucoup.

Lorsque Roxane sonna, Béatrice jeta un coup d'œil vers le miroir en pied de l'entrée. Sa chevelure impeccablement ordonnée, le col de son chemisier symétriquement dressé de part et d'autre de son cou bronzé, elle se jugea présentable pour accueillir les jeunes mariés.

En ouvrant la porte, elle exprima un tressaillement de surprise. Roxane n'était pas accompagnée de son mari, mais de son père.

— Oh, Morgan ! fit-elle en portant la main devant la bouche. Roxane ne m'avait pas prévenu que tu viendrais. Puis, retrouvant ses réflexes mondains : comment vas-tu ? Je peux vous offrir quelque chose à boire ?

Roxane embrassa sa mère sur les joues, tandis que Morgan se contenta de hocher la tête.

— On est passé te faire un petit coucou, dit Roxane. On aimerait bien voir Édouard. Il est là ?

Le nouveau mari de Béatrice était chirurgien esthétique dans une clinique privée de Marseille. Cette spécialité présentait l'avantage de ne pas être soumise aux astreintes et aux gardes. Si Édouard travaillait beaucoup du lundi au vendredi pour assurer le train de vie important de son couple, il disposait de tous ses week-ends pour pratiquer le golf ou pour courir les réceptions avec Béatrice.

— Il est là, oui, fit cette dernière. Mais tu ne me demandes pas comment je vais ?

— Comment vas-tu, maman ? demanda Roxane, dissimulant un sourire et articulant lentement la question que sa mère attendait d'elle.

— Eh bien, pour tout te dire, je me sens un peu fatiguée. Il faut dire que la chaleur n'arrange rien. J'ai demandé à Édouard de faire venir le technicien pour régler la climatisation. Je ne comprends pas pourquoi il y a toujours un appareil qui ne fonctionne pas. Une amie londonienne m'a conseillé de faire changer tout le système ! Elle m'a donné le nom d'une marque danoise ou je ne sais quoi, qui est formidable d'après elle.

Roxane ne rebondit pas au monologue de sa mère. Elle s'abstint de dire qu'elle se demandait en quoi les Anglais et les Nordiques étaient plus qualifiés pour concevoir des systèmes de climatisation. À la place, elle compatit en hochant la tête avec le bon niveau de conviction pour que sa mère ne s'aperçoive pas de son profond désintérêt pour la question.

Morgan se tenait derrière sa fille, immobile. Son projet n'était pas non plus de se préoccuper des tracas domestiques de son ex-femme. Il était là pour superviser une rencontre dont il doutait qu'elle produise des résultats.

Au bout de cinq minutes au cours desquelles Béatrice fit l'inventaire de ses frustrations du moment, elle consentit à appeler son mari. Édouard fit son apparition dans le petit salon. Élégant et calme, il dégageait une impression de sérénité qui tranchait furieusement avec le caractère vibrionnant de Béatrice.

— Bonjour Roxane, bonjour Morgan, dit-il poliment en inclinant la tête. C'est toujours un plaisir de vous accueillir à la maison.

Morgan ne sut dire s'il était sincère ou simplement poli. Toujours est-il qu'Édouard ne s'était jamais montré hostile vis-à-vis de lui.

— Salut Édouard, dit Roxane, volontairement familière. On est venu embrasser maman, et au passage, on a une question pour toi.

Béatrice fit assoir tout le monde sur les canapés taupe qui encadraient une gigantesque table basse. Elle poussa dans un coin les revues d'art et de voyage qui l'encombraient, puis elle fila vers la cuisine pour préparer un thé bio.

— Quel est l'objet de votre interrogation ? demanda Édouard, un sourire un peu forcé au coin des lèvres.

Morgan toujours mutique, Roxane aborda le vif du sujet.

— On a croisé la route d'un de tes confrères qui exerce dans la région de Montpellier. Simon Bouvier. Tu le connais ?

Si Édouard fut surpris par la question, il n'en montra rien. Il connaissait personnellement, ou au moins de réputation, tous les chirurgiens esthétiques exerçant dans le sud de la France.

— Oui, Simon, un excellent praticien d'après ce que je sais. Nous nous sommes croisés plusieurs fois lors de congrès médicaux. Je crois qu'il est associé dans la clinique dans laquelle il exerce.

— La clinique *Harmonie Esthétique*, oui, elle lui appartient, confirma Roxane.

— Tu veux te faire opérer de la poitrine, ma chérie ? ulula Béatrice qui, de retour de la cuisine, les bras chargés d'un plateau fumant, n'avait capté que la dernière phrase.

— Pas encore, maman, s'amusa Roxane. Je cherche des informations sur un confrère d'Édouard, c'est tout.

— Je connais en effet l'histoire de Simon Bouvier, dont la sœur Sophie a été assassinée par son mari, il y a une dizaine d'années, précisa Édouard. Un drame épouvantable dont toute la profession a parlé. Je crois qu'il a réussi à s'en remettre.

Béatrice posa devant Morgan une tasse en grès dans laquelle elle versa un filet de liquide insipide. Puis elle servit son nouveau mari et sa fille tout en commentant la nouvelle comme s'il s'était agi d'un bulletin météo.

— L'affaire Sophie Leclerc, je me souviens, fit-elle. Je ne savais pas que tu connaissais son frère. Puis, se tournant vers Roxane : c'est donc sur ce cas que tu enquêtes, ma chérie ?

— C'est confidentiel maman, réagit celle-ci. Si tu parles, on sera obligé de te mettre en garde à vue.

— Quelle horreur ! Je préfère encore garder le secret !

— Elle plaisante, bien sûr, intervint Morgan pour la première fois. Édouard, quelle est la réputation de Simon Bouvier ? Et en particulier, avait-il de bonnes relations avec l'auteur présumé, Marc Leclerc ?

Le chirurgien esthétique se frotta la joue. Il sembla chercher une anecdote sur ce confrère qu'il connaissait peu. Devant son hésitation, Morgan précisa :

— On cherche à établir s'il existe une chance qu'il soit complice de la fuite de Marc Leclerc. Un homme qui n'est pas Marc Leclerc a été aperçu près du domicile de la famille, plusieurs jours après la disparition.

— Sincèrement, je ne le connais pas assez. Je sais juste que ses affaires sont florissantes. Il a la réputation de pratiquer des honoraires hors de prix et d'opérer toute la bonne société de l'Hérault. Il a surmonté le drame, en tout cas.

Depuis le début, Morgan ne pensait pas utile d'interroger Édouard au sujet d'un vague confrère, à priori éloigné de l'affaire. Mais Roxane avait insisté. Elle réfléchissait beaucoup aux moyens de faire avancer un *cold case*. Enquêter sur un crime récent n'avait presque plus de secrets pour elle. Elle maîtrisait les techniques d'investigation techniques et scientifiques à déployer pour établir la vérité lorsque les faits venaient de se produire. En revanche, s'agissant d'événements vieux de dix ans, elle ne voyait pas comment faire autrement que de lancer des filets à grosse maille pour tenter d'attraper un morceau de vérité. Simon Bouvier était un protagoniste suffisamment proche des victimes pour que l'on s'intéresse à ses liens avec le fugitif.

— Il est féru de voile, d'après ce que l'on sait, reprit Roxane. Une de nos hypothèses est que le coupable a pu prendre la fuite par la mer, une fois ses crimes commis. Simon Bouvier a-t-il pu l'aider à se procurer un bateau ?

Édouard n'était pas très à l'aise. Il aurait sincèrement voulu aider sa belle-fille, mais la vérité était qu'il n'avait absolument aucune information à lui transmettre sur Simon Bouvier. Roxane le comprit et mit fin à la réunion mondaine.

Son père avait raison : interroger Édouard ne leur avait rien appris. Pourtant, quelque chose avait changé. Bien qu'il ait tenu à être présent lors de l'entrevue, l'horloger laissait désormais Roxane suivre son intuition. Elle se sentait convaincue que le fait d'interroger systématiquement tous les proches des victimes finirait par révéler une piste. Et, sur ce point, elle ne se trompait pas.

19

Palavas-les-Flots, 4 juin 2013

Le front de mer ressemblait à celui de toutes les stations balnéaires construites dans les années 60. Durant les trente glorieuses, lors de l'avènement des congés payés généralisés, les promoteurs semblaient s'être donné le mot pour bétonner consciencieusement le maigre ruban de sable qui bordait la Méditerranée.

Arrivé en avance, l'homme tuait le temps en musardant sur la promenade qui longeait des immeubles au crépi jaunâtre. Les rambardes grises et les stores ternes donnaient à l'alignement des airs de mur de Berlin estival. Certes, depuis les appartements loués aux vacanciers, on voyait la mer, mais ce n'était pas l'idée qu'il se faisait de la contemplation de la grande bleue. Pour lui, la magie de la Méditerranée s'appréciait au large, lorsque seul à la barre d'un voilier, même modeste, on faisait corps avec les éléments. Semblables aux mains d'un géant qui vous tenait en leurs creux, les flots vous portaient avec douceur. Il n'y avait plus qu'à attendre que la bise souffle dans les voiles et vous transporte vers d'autres contrées.

L'homme s'approcha du port. Il enfonça sa casquette jusqu'aux oreilles et se mit à contempler les voiliers amarrés. Ici, point de trois cents pieds, ces somptueux yachts à voile que l'on trouvait à Monaco ou à Saint-Tropez. Quelques *Beneteau Oceanis* et une poignée de *Jeanneau Sun Odyssey*, des voiliers plus modestes, mesurant entre trente et quarante pieds, plus adaptés au portefeuille des plaisanciers de Palavas-les-Flots. Il déboucha sur le parking jouxtant le bassin.

L'espace entre la ville et la mer avait été colonisé par des constructions provisoires semblables à des *Algecos*. Les loueurs, mais aussi les marchands de bateaux d'occasion, rivalisaient de devantures criardes pour attirer le chaland. Il flâna un moment devant les annonces. Les prix lui semblaient légèrement surévalués, ce qui s'expliquait, pensa-t-il, par la marge nécessaire que prenaient ces intermédiaires.

Le voilier pour lequel il envisageait de conclure une transaction était un *Baravia Cruiser* de trente-sept pieds. Tout juste sorti du chantier naval, il était équipé de trois cabines et pouvait accueillir jusqu'à sept passagers. Une plage se déployait à l'arrière des grandes barres à roue, permettant aux plaisanciers de profiter facilement des joies de la baignade. Le bateau idéal pour une petite famille.

L'homme consulta son téléphone portable. Son correspondant avait promis d'être à l'heure, mais il se demandait si les travaux qu'il avait aperçus en venant de Montpellier ne l'auraient pas ralenti.

Pas de message. Il rebroussa chemin en direction des quais.

Être propriétaire d'un voilier était une opération coûteuse. En plus du prix d'acquisition et de l'entretien, il fallait prévoir l'assurance et l'emplacement de port auquel l'amarrer à l'année. Du reste, c'était à cause des prix des assurances qui avaient explosé qu'il devait renoncer à son rêve. Posséder son propre voilier était un objectif depuis toujours. Il avait pu le concrétiser en début d'année en se portant acquéreur du *Baravia Crui-*

ser 37. Il avait navigué dessus durant tout le printemps, mais il devait hélas déjà s'en séparer. La faute aux affaires qui n'étaient pas florissantes, ces temps-ci.

L'acquéreur potentiel, qui avait répondu à l'annonce déposée sur un site spécialisé, lui avait assuré qu'il était conscient du budget total nécessaire. Il attendait une grosse rentrée d'argent et avait hâte de voir le *Cruiser*. S'il était bien dans l'état quasi neuf promis, il pourrait procéder à la transaction le jour même, lui avait-il garanti.

Le rendez-vous avait été fixé à sept heures trente, une heure matinale, mais nécessaire afin que les deux hommes puissent retourner à leurs affaires rapidement.

Marc Leclerc arriva à l'heure dite et reconnut immédiatement le vendeur.

— Je ne vous ai pas fait lever trop tôt ? demanda-t-il après les salutations d'usage.

— Il faut ce qu'il faut, grommela l'homme. Je vous montre la bête ?

Ils se dirigèrent vers le fond du port et bifurquèrent à droite, sur une jetée flottante. Amarré en bout de quai, scintillant sous le soleil rasant, le *Cruiser* déployait sa fine silhouette. Marc Leclerc se déchaussa et monta à bord.

Visiblement le vendeur n'avait pas menti. Le pont en bois était propre et aucune trace de corrosion ne venait altérer les chandeliers. Les cordages étaient soigneusement enroulés. Marc nota la présence de deux barres de gouvernail. Il avait jeté son dévolu sur ce modèle précisément à cause de cette caractéristique. Les voiliers de cette gamme ne possédaient généralement qu'une seule barre, située au centre. Ce n'était pas pratique pour les longues navigations qu'il envisageait. Sur le *Baravia* au contraire, on pouvait alternativement barrer depuis bâbord ou tribord, selon l'allure du voilier et le sens du vent.

— Vous voulez voir l'intérieur ? demanda le vendeur.

Ils descendirent dans la cale.

Là encore, pas de mauvaise surprise, jugea Marc. Le mobilier en bois n'avait subi aucun choc, tandis que les banquettes de skaï beige clair étaient agrémentées de jolis coussins bleu ciel. Il jeta un coup d'œil à la radio et à l'équipement de navigation. Tout semblait correspondre à la description et il se vit déjà sillonner les mers du globe à la barre de ce splendide voilier. Restait à finaliser la transaction.

— Je le prends, annonça-t-il, convaincu. Peut-on convenir d'un paiement après-demain ?

— Je pensais que vous auriez l'argent aujourd'hui, grogna le vendeur. Comme vous le savez, je suis pressé. J'ai potentiellement d'autres acheteurs.

Marc prit un air embarrassé. C'était bien ce qu'il avait annoncé, en effet, mais les événements avaient pris du retard. L'argent devait arriver rapidement et il ne voulait pas passer à côté de cette affaire.

— Je peux vous faire un virement de garantie, puis vous régler le solde dès que l'argent que j'attends arrive sur mon compte, proposa-t-il.

Le vendeur réfléchit quelques secondes. En réalité, il n'avait aucun autre acheteur. Il avait besoin que cette transaction s'effectue rapidement, et ce Marc Leclerc avait l'air sérieux. Il n'avait aucune idée de la provenance de l'argent qu'il attendait, mais Leclerc n'avait pas l'air de bluffer. Après tout, qu'est-ce que représentaient deux jours, s'ils lui permettaient de vendre son voilier ?

— C'est entendu, après-demain sans faute pour le solde, dit-il, décidé. Je vous donnerai les papiers à ce moment-là.

Les deux hommes se serrèrent la main, puis Marc Leclerc rejoignit son véhicule. La transaction n'avait duré que vingt minutes, et il avait un autre rendez-vous à honorer. Un rendez-vous crucial qui lui permettrait d'acheter son voilier dans deux jours, même si sa « rentrée d'argent providentielle » n'arrivait pas à temps.

Finalement, les choses ne se goupillaient pas trop mal, pensa-t-il, pas le moins du monde stressé quant à la suite de ses projets.

20

Les consultations du docteur Simon Bouvier se déroulaient toujours de la même manière. Il recevait ses patientes dans le grand bureau situé au dernier étage de la clinique *Harmonie Esthétique*. La pièce, baignée de lumière naturelle grâce aux larges baies vitrées, offrait une vue panoramique sur la nature environnante. Les murs étaient décorés de ses diplômes encadrés et de photographies d'œuvres d'art. Vêtu d'une blouse blanche impeccable, il accueillait chaque patiente avec un sourire rassurant et une poignée de main ferme. Il les invitait à s'assoir dans un fauteuil confortable, face à son bureau en bois massif, où trônait un ordinateur dernier cri.

La plus grande partie de ses interventions concernait des opérations de la poitrine. Chaque consultation débutait par un entretien approfondi, où Simon prenait soin de comprendre les motivations de la patiente, ses antécédents médicaux et ses attentes par rapport à l'intervention. Après avoir répondu à toutes les questions, il procédait à un examen physique. Il évaluait la structure thoracique, la qualité de la peau et la position des seins, prenant des mesures précises pour planifier l'opération avec la plus grande minutie.

Simon Bouvier était un chirurgien esthétique à la fois rigoureux et empathique. Cette approche lui avait valu la confiance et la gratitude de nombreuses patientes, qui se sentaient entre de bonnes mains dès leur première rencontre. Il espérait que ce serait encore le cas avec la femme qui attendait dans sa salle d'attente.

— Faites entrer la patiente suivante, demanda-t-il à son assistante. De qui s'agit-il ?

— Madame de Lartigue, c'est sa première consultation.

— Je ne la connais pas. Pouvez-vous ouvrir un nouveau dossier ?

Roxane pénétra dans le cabinet du chirurgien d'un pas décidé. Elle avait pris soin de revêtir une brassière serrée sous un tee-shirt ample. Une précaution un peu futile pour éviter que le regard du médecin ne se porte immédiatement vers ses seins.

— Bonjour, madame de Lartigue, comment allez-vous ? demanda rituellement Simon Bouvier, avant d'ajouter : je ne vous ai jamais reçue en consultation, n'est-ce pas ?

— En effet, et je n'ai pas l'intention de me faire opérer. Je m'appelle Roxane Baxter et je suis enquêtrice à la division des affaires non élucidées. Je reprends le dossier de la mort de votre sœur.

Elle avait débité sa phrase d'un seul souffle, souhaitant clarifier la situation avant que Bouvier n'ait le temps de réagir. Le chirurgien avait en effet refusé tout contact avec les gendarmes et les journalistes depuis plusieurs années. Même Jacques Calas n'avait pas réussi à lui parler depuis la sortie de son livre. Sa réaction fut conforme à ce que Roxane attendait.

— Se faire passer pour une patiente... siffla-t-il. C'est indigne, madame. Je vais vous demander de sortir.

— J'aurais pu vous convoquer dans nos locaux. Je vous l'ai dit : je reprends officiellement l'enquête sur l'assassinat de Sophie.

Simon Bouvier fixa Roxane. Ses yeux étaient emplis de fureur. Il prit une profonde inspiration, essayant de se calmer.
— Vous comprenez que je n'ai rien à dire à ce sujet ? Ma sœur et ses enfants sont morts. Chaque fois que je parle à quelqu'un comme vous, cela ne fait que rouvrir des plaies qui ne se sont jamais vraiment refermées. À l'époque, vos collègues ont remué ciel et terre pour trouver une piste, mais ils ont échoué. » Un rictus méprisant traversa son visage. « Je n'ai aucune confiance dans la police et je n'ai pas l'intention de répéter une nouvelle fois ce que j'ai dit il y a dix ans. »
— Je comprends votre douleur, docteur Bouvier. Je ne suis pas ici pour la raviver. Mais je dois trouver des réponses... pour votre sœur, pour ses enfants, et pour toute votre famille. Nous avons besoin de votre aide.
— Mon aide ? Que pourrais-je vous dire qui n'a pas déjà été répété des milliers de fois ?
— Peut-être rien de nouveau, peut-être tout. Les enquêtes se nourrissent de détails. Parfois, c'est en revisitant les mêmes histoires que de nouvelles pistes émergent. Parlez-moi de Sophie, de votre relation avec elle, et de ce que vous savez de Marc.
Simon se leva de son fauteuil, fit quelques pas vers la fenêtre et regarda la vue panoramique, cherchant visiblement quelque chose à dire pour se débarrasser de Roxane.
— Sophie était... c'était ma sœur, dit-il d'une voix tremblante, sans se retourner.
Il cherchait visiblement à juguler une émotion forte.
— Et Marc ? Quel genre d'homme était-il ?
— Marc... Marc était compliqué. Un génie informatique, certes, mais avec des zones d'ombre. Il était obsédé par son travail, souvent distant. Sophie me disait parfois qu'elle se sentait seule, malgré sa présence.
— Y avait-il des tensions entre vous et Marc ?
— Des tensions ? Non, pas vraiment. Enfin, pas plus que

celles qui existent dans toutes les familles. Mais je dois avouer que je ne comprenais pas toujours ses choix, surtout en ce qui concernait les finances. Il semblait toujours être sur la corde raide.

— Qu'en est-il de votre autre frère, Adrien ? Il est parti vivre en Asie, n'est-ce pas ?

— Oui, Adrien... Lui aussi était proche de Sophie, mais il a toujours été un peu... rebelle. Il voulait échapper à tout ça, à notre famille, à ses responsabilités.

— Vous avez des nouvelles de lui ?

— Non, aucune.

Simon répondait aux questions comme un automate. Tournant toujours le dos à Roxane, celle-ci ne parvenait pas à déchiffrer ses réactions. Elle sentait une grande tension dans la voix de cet homme. Comme elle se levait pour contourner le bureau, Simon reprit d'une voix où pointait l'agressivité.

— Faites ce que vous avez à faire, inspectrice, mais ne comptez pas sur moi pour vous aider. Cette histoire a fait voler en éclats la vie de notre famille. Remuer le passé ne fera pas revenir Sophie. Sortez, maintenant, j'ai du travail.

Roxane hésita. Simon Bouvier était, comme son père, un homme brisé. Pourtant, contrairement au vieux Louis, il refusait de s'abandonner aux confidences. Ce n'était pas à proprement parler suspect, mais elle avait horreur de laisser une piste en plan. Elle n'aurait pas deux fois l'occasion de le surprendre dans son bureau, alors il fallait insister, décida-t-elle.

— Docteur Bouvier, nous avons jusqu'ici recherché Marc partout où nous pensions pouvoir le trouver. Selon vous, qu'elle route a-t-il pu suivre pour réussir à nous échapper depuis tout ce temps ?

Elle vit blanchir les jointures des doigts du médecin. Il luttait pour rester maître de lui-même, jugea-t-elle. Il prit une nouvelle fois le temps de réfléchir à sa réponse.

— Marc est probablement parti en bateau, finit-il par dire

d'une voix maîtrisée. Au moment des événements, il était sur le point d'acquérir un voilier. Il l'aura probablement utilisé pour s'enfuir...

— Vous pratiquez vous-même la voile, en compétition si mes informations sont bonnes. Quelle destination aurait-il pu prendre, selon vous ?

— Aucune idée, ce voilier était suffisamment bien équipé pour traverser la planète. Il a pu se rendre de l'autre côté de la Méditerranée, passer Gibraltar pour voguer vers les Amériques, ou au contraire gagner Suez et filer vers l'Asie. Qu'est-ce que j'en sais moi ?

Bouvier paraissait collaborer à présent, mais ses informations étaient trop imprécises. Pourtant, un détail avait attiré l'attention de Roxane.

— Vous dites qu'il « était sur le point d'acquérir un voilier », pourtant vous semblez bien renseigné sur le modèle qu'il prévoyait d'acheter.

— Absolument pas ! protesta Simon.

— Vous venez de dire que son bateau était suffisamment bien équipé pour traverser la planète... C'est que vous connaissez les équipements nécessaires pour effectuer un tel périple, n'est-ce pas ? Marc vous avait parlé de son projet ?

Cette fois le docteur Bouvier se retourna. Ses yeux brillaient de colère et de frustration.

— Cet entretien est terminé, lâcha-t-il. Vous n'avez aucun droit de remuer le passé. L'assassin de ma sœur est connu, et vous ne le retrouverez jamais avec vos questions stériles. Je n'ai rien d'autre à ajouter.

Roxane risquait de le braquer définitivement si elle insistait. Pourtant, elle devait avoir le dernier mot. Lors d'un interrogatoire, elle ne permettait jamais à un témoin de décider de la fin des échanges.

— Monsieur Bouvier, dit-elle en articulant chaque syllabe. Si vous ne voulez pas que je vous place en garde à vue pour vous obliger à répondre à mes questions, dites-moi une dernière chose : avez-vous aidé Marc à acquérir son bateau ?

Simon baissa les armes une fraction de seconde. Pressé de se débarrasser de Roxane, il jugea qu'une demi-confidence la ferait quitter les lieux.

— Je lui avais en effet prêté de l'argent pour qu'il règle le solde de la transaction. Il avait versé un acompte, mais était incapable de payer la somme totale. Je lui avais aussi présenté mon propre courtier pour faire assurer son bateau.

Une alarme s'alluma dans le cerveau de Roxane. Marc Leclerc était bien propriétaire d'un voilier capable de le transporter à l'autre bout du monde. Et il avait réalisé cette acquisition avec l'aide de Simon. Il fallait approfondir le sujet.

Avant qu'elle ait eu le temps de poser la question suivante, le docteur Bouvier contourna son bureau. Il ouvrit la porte de son cabinet et s'adressa à sa secrétaire.

— Raccompagnez cette dame, s'il vous plaît, et faites entrer la patiente suivante.

Furieuse, Roxane tenta de capter le regard fuyant du médecin.

— Nous nous reverrons, docteur, siffla-t-elle quand elle passa près de lui. Et vous avez sacrément intérêt à collaborer. Vous savez comment on appelle un témoin qui dissimule des informations à la police ? Un suspect.

Elle tourna les talons, certaine que sa menace le ferait réfléchir.

Roxane quitta le cabinet avec une impression mitigée. D'un côté, Simon Bouvier ne s'était pas montré très empressé de répondre à ses questions, mais de l'autre, il avait finalement lâché une information qui ne figurait pas dans le dossier d'origine : Marc Leclerc avait bel et bien acheté un voilier juste avant de disparaître. Restait à comprendre ce qu'étaient devenus ce bateau et son skipper.

Au moment où elle introduisait la clé dans le démarreur, la secrétaire accourut vers sa portière.

— Madame de Lartigue, le docteur Bouvier à quelque chose à vous dire, fit-elle en lui tendant le combiné téléphonique.

— Je vous écoute, dit-elle, après l'avoir porté à son oreille.

— Je vais vous faciliter la tâche, inspectrice. Il existe une personne qui connaît certainement le trajet qu'a emprunté Marc avec son bateau.

— Qui donc ?

— L'assureur du voilier. Lorsque l'on envisage une navigation au long cours, il est obligatoire de communiquer un itinéraire précis. Dans le cas contraire, il est impossible d'être indemnisé en cas de problème. Faites votre travail, maintenant, ajouta-t-il avant de raccrocher.

Curieuse volte-face, songea Roxane. Simon était sans conteste l'élément le plus insaisissable qu'elle ait rencontré jusqu'ici au sein de la tribu Leclerc-Bouvier. Il avait lâché un indice du bout des lèvres, et seulement une fois qu'elle l'eût menacé. Pour autant, il serait facile de déterminer s'il mentait ou pas.

21

« L'assureur du bateau de Marc Leclerc est un témoin central dans cette affaire, affirma Roxane avec conviction. Nous devons le retrouver. »

Jacques Calas était profondément enfoncé dans son fauteuil de lecture. Les pales du vieux ventilateur ne parvenaient pas à rafraîchir suffisamment l'air de la maison ardéchoise de l'écrivain. Il souffrait visiblement de la chaleur et luttait pour se concentrer sur les dernières informations glanées par Roxane.

— Qu'en pense votre père ? demanda-t-il.

— Je ne lui en ai pas encore parlé. Je suis venue directement ici après avoir interrogé Simon Bouvier. Je place beaucoup d'espoir dans notre collaboration, Jacques.

L'écrivain en soupira d'aise. Il avait d'abord considéré cette lieutenante comme une énième enquêtrice venue se nourrir de son travail au lieu de faire son boulot. Mais depuis qu'il la regardait agir, il devait bien reconnaître qu'elle était d'une autre trempe. Roxane Baxter était minutieuse, déterminée, intelligente, mais surtout, elle respectait les années qu'il avait passées à s'épuiser sur cette enquête.

— C'est aimable à vous, dit-il dans un franc sourire. Nous

pouvons en effet creuser du côté de l'assureur. Que vous a dit Simon, exactement ?

— Il m'a d'abord révélé que c'était lui qui avait présenté à Marc Leclerc le courtier qui avait assuré son bateau, puis que celui-ci avait forcément eu connaissance de l'itinéraire envisagé par Marc.

— Vous ne pensez pas qu'un homme qui vient d'assassiner sa femme et ses enfants peut ne pas avoir satisfait à ces obligations juridiques ?

— Pas s'il tenait à ce bateau qui représentait tout ce qu'il lui restait. Marc Leclerc ne pensait peut-être pas non plus que cela nous permettrait de retrouver sa trace. Et puis, ce ne serait pas la seule erreur qu'il aurait commise durant sa cavale.

— Reste que pour le moment, même cette piste ne nous a pas permis de le retrouver, commenta Calas, comme pour lui-même.

— Vous avez raison. C'est pour cela qu'il faut parler au courtier. Je vais rappeler Simon pour avoir le nom.

Jacques Calas afficha un air inspiré et mystérieux. Ses yeux pétillèrent d'excitation et un sourire se dessina sur les lèvres. Il frotta ses mains l'une contre l'autre.

— Je pense qu'il faut laisser le docteur Bouvier tranquille pour le moment. J'ai une meilleure idée... L'homme qui m'a révélé l'existence du contrat d'assurance-vie était courtier ! Je parierais qu'il s'agit de la même personne.

Roxane arqua les sourcils, sceptique.

— La souscription de l'assurance-vie date de plusieurs mois avant les faits. Or, Simon m'a indiqué avoir présenté son courtier lors de l'acquisition du voilier. Pour laquelle il avait prêté de l'argent à Marc, du reste...

En disant cela, elle réalisa que ce n'était pas exactement ce qu'avait dit le médecin.

— Pas si vite, confirma Calas, Simon Bouvier est habile, ne l'oubliez pas. Il vous a fait des confidences lorsque vous l'avez acculé. Il a très bien pu faire référence au courtier de la famille, en omettant de vous préciser que sa mise en relation datait de plusieurs mois ou années auparavant. Quoi qu'il en soit, vous avez raison, il faut réinterroger cet homme qui m'a parlé de l'assurance-vie.

— Vous avez son identité, j'imagine ?

— Oui, malheureusement, lorsque j'ai voulu le rencontrer une seconde fois, il avait fermé son cabinet. Mais peut-être que grâce aux moyens de la police...

On ne perdait rien à essayer, pensa Roxane. Elle se fit communiquer par Jacques l'identité de l'assureur qui l'avait renseigné sur le contrat d'assurance-vie, et qui était peut-être également, en effet, celui qui avait assuré le voilier.

La réponse tomba quelques heures plus tard sous la forme d'un mail des services centraux de la DIANE. Jean-Claude Verdier avait bien dirigé un cabinet de courtage durant trente ans. Spécialisé dans l'assurance aux personnes, il couvrait également les biens de ses riches clients. Domicile, résidence secondaire, mais aussi voitures de luxe et œuvres d'art, il officiait dans le sud de la France depuis les années quatre-vingt-dix. Malheureusement, il était décédé en 2016 et son cabinet avait tout simplement été placé en liquidation, Jean-Claude Verdier n'ayant pas d'héritier. Roxane se dit qu'elle n'avait décidément pas de chance.

Puis elle tomba sur la dernière ligne du compte-rendu de la PJ de Montpellier : « l'enquête a conclu à un suicide, malgré les circonstances troublantes de la mort de monsieur Verdier. »

※

Démêler une pelote apparemment sans logique, en tirant consciencieusement un fil jusqu'au bout, faisait partie des méthodes qu'appréciait Roxane. On finissait toujours par découvrir des indices utiles. La mort de l'agent d'assurance n'avait sans doute aucun rapport avec son enquête, mais on ne savait jamais. Si un lien, même ténu, existait, elle le trouverait.

Elle mit quelques jours supplémentaires à se faire communiquer le dossier d'enquête complet de la Police Judiciaire de Montpellier. Lorsqu'elle le reçut, elle s'enferma dans son bureau et lut plusieurs fois chaque pièce de la procédure.

Le dossier avait l'air correctement ficelé. La mort de Jean-Claude Verdier avait été constatée le 3 mai 2016, après que sa secrétaire ait donné l'alerte. Divorcé et sans enfant, l'assureur avait l'habitude de se présenter à son bureau à neuf heures précises, tous les matins de la semaine. Ne le voyant pas arriver ce mercredi-là, l'assistante l'avait appelé sans succès à de nombreuses reprises, puis s'était rendue à son domicile où elle avait trouvé porte close. Elle avait sonné plusieurs fois, mais Verdier était resté muet. Craignant un malaise de son patron, la femme avait fini par alerter les pompiers qui avaient défoncé la porte, et trouvé la dépouille de l'assureur, pendu à une poutre de son salon. Selon les déclarations du médecin des pompiers, l'homme était décédé depuis plusieurs heures, et la cause de la mort ne faisait aucun doute : suicide par pendaison.

Roxane se pencha sur le compte-rendu d'autopsie. Elle apprit que la mort avait été provoquée par un arrêt cardiaque consécutif à une ischémie cérébrale, elle-même due à la compression des artères carotides.

Après le comment, elle se pencha sur le pourquoi. Pourquoi un assureur prospère et apparemment sans histoire, avait-il décidé de mettre fin à ses jours ? Et pourquoi l'avoir fait sans la moindre lettre d'explication à ses proches ? se demanda-t-elle. Le dossier de la PJ de Montpellier contenait un début d'explication. Les policiers avaient longuement interrogé la secrétaire, mais aussi les voisins de Jean-Claude Verdier. Ceux-ci avaient dressé le portrait d'un homme taciturne. Ses affaires marchaient plutôt bien, mais on ne lui connaissait aucune compagne ni aucune famille proche avec lesquelles il aurait partagé son quotidien. Les enquêteurs avaient rapidement conclu que Verdier menait une existence solitaire et morne qui lui était probablement devenue insupportable. Fin de l'enquête. Son corps avait été incinéré aux frais de l'état et ses cendres dispersées dans la mer.

Un détail pourtant, fit tiquer Roxane : l'un des voisins de Verdier avait déclaré que l'assureur avait reçu une visite la veille de sa mort. Le voisin avait entendu de la musique et le bruit d'une conversation jusque tard dans la soirée, puis une voiture démarrer dans l'allée, juste après l'arrêt de la musique. Les enquêteurs de la PJ n'avaient pas jugé utile de pousser plus loin leurs investigations.

Roxane fut interrompue dans sa lecture du dossier par quelqu'un qui sonnait à la porte. Elle jura intérieurement et se dirigea vers le hall d'entrée sans méfiance. Depuis la menace explicite jetée dans son jardin, Thomas insistait pour qu'elle redouble de vigilance. Mais à dire vrai, cet épisode ne l'inquiétait plus. Elle savait que les menaces, même anonymes, précédaient très rarement un passage à l'acte.

En l'occurrence, son visiteur n'avait rien de menaçant.

— Hey, papa, dit-elle, légèrement surprise de la présence de Morgan, son casque de moto à la main, et un sac de toile souple à l'épaule. Quel bon vent t'amène ?

— Je suis venu m'occuper de ma fille pendant quelques jours, déclara ce dernier avec le plus grand sérieux.

Les yeux de Roxane s'arrondirent d'étonnement.

— Je suis adulte, tu sais, je suis ravie de te voir, mais je n'ai plus besoin que mon père « s'occupe » de moi.

— Je sais, je sais... c'est juste que Anne-Laure est partie quelques jours en vadrouille avec son fils. Et puis, Thomas m'a appelé... Il a l'air préoccupé par les menaces que tu as reçues... Je me suis dit que je pouvais m'installer quelques jours dans la chambre d'amis.

C'était donc ça... Le moindre prétexte suffisait à Morgan

pour s'immiscer dans sa vie sans prévenir, déplora-t-elle. L'espace d'un instant, elle en voulut à Thomas d'avoir alerté son père, ce qui avait comme conséquence qu'il débarque à l'improviste chez eux. Puis, elle réalisa que son mari avait simplement voulu se montrer prévenant, à un moment où il était en mission dans les Pyrénées pour plusieurs jours.

— Vas-y, entre, dit-elle finalement, en s'écartant de la porte. De toute façon, quand tu as décidé quelque chose...

Roxane s'enferma dans son bureau, bien décidée à terminer l'examen des documents du dossier Verdier. Pourtant, à peine dix minutes plus tard, l'horloger gratta à la porte.

— J'ai aussi rapporté la *Bell & Ross* de Thomas, dit-il à mi-voix.

Roxane poussa un soupir d'exaspération.

— Décidément, tous les prétextes sont bons, Papa ! C'est très gentil d'avoir révisé la montre de Thomas, mais ça peut attendre son retour. Je t'ai dit que j'avais du travail.

La situation était comique. Roxane connaissait la propension de son père à se mêler de sa vie, au motif qu'il désirait la protéger. Cela le rendait parfois envahissant, maintenant qu'elle était mariée. Visiblement, il en était conscient, constatat-elle en avisant son air penaud. La révision de la montre de Thomas, héritée du temps où il pilotait pour la patrouille de France, était une excuse facile et grossière. En réalité, l'horloger brûlait de savoir comment avançait l'enquête de sa fille.

— OK, papa, pose ça là, et aide-moi à regarder ce dossier, soupira-t-elle, à bout d'arguments.

Elle expliqua comment elle en était venue à s'intéresser à la mort de Jean-Claude Verdier, mais aussi pourquoi un minuscule détail la poussait à creuser cette histoire connexe à son affaire. L'horloger afficha une mine satisfaite, puis, sans autre commentaire, elle étala devant lui les pièces du dossier Verdier.

Il parcourut du regard les deux seules photos prises de la scène de pendaison. On y voyait le salon de Jean-Claude Verdier, après que le corps du suicidé eut été emporté. Les yeux de Morgan ne cillaient pas, ils balayaient l'image comme s'il s'était agi de hiéroglyphes à déchiffrer.

Morgan avait un don inexplicable pour la cinématique, la science des mouvements. Ce qui semblait imprévisible pour d'autres devenait évident pour lui. Qu'il s'agisse d'observer le vol d'un rapace ou d'analyser une scène, sa capacité à anticiper les déplacements était presque instinctive. En l'occurrence, ce qui s'était passé dans le salon de Jean-Claude Verdier ne pouvait plus être observé. Morgan disposait de photos prises plusieurs heures après les faits, qui ne contenaient même pas le principal sujet : Verdier lui-même.

Le premier cliché avait été pris par un policier depuis la porte d'entrée. Il l'observa longuement en le tournant dans tous les sens. Au bout de plusieurs minutes, il le repoussa vers Roxane.

— On ne voit pas l'essentiel, déclara-t-il. Montre-moi l'autre.

— Tu crois que tu peux découvrir quelque chose qui a échappé aux enquêteurs ? demanda-t-elle, dubitative.

— Ils ont probablement tout vu, mais ils n'ont pas su comment l'interpréter.

Il se saisit de la seconde image et recommença son balayage oculaire.

— Explique-moi.

— Hum, je ne suis pas sûr, mais je pense que je tiens quelque chose, dit-il au bout d'un moment. Dans une scène de suicide par pendaison, telle que je me l'imagine, il y a trois objets en mouvement auxquels il faut prêter attention. La victime elle-même, la corde, et l'éventuel accessoire sur lequel Verdier est monté.

— Il y a aussi la poutre sur laquelle il a accroché la sangle, nota Roxane.
— Elle n'a pas bougé. Je ne m'attarde pas dessus pour le moment. Bien... Sur la première photo, on ne voit que la corde. Si on en reste là, on peut supposer que Verdier s'est jeté depuis la mezzanine.
— Le rapport d'autopsie indique que la mort est survenue par strangulation, pas à cause de la rupture des cervicales, ce qui se serait passé s'il s'était jeté du premier étage.
— Exact, donc on peut supposer qu'il est monté sur quelque chose avant de se pendre... quelque chose comme cette chaise que l'on distingue sur la seconde photo.
Roxane se pencha sur l'image. On y voyait en effet une chaise en bois dont le dossier touchait le sol, comme si elle était tombée en avant.
— Elle a pu être déplacée par les secouristes, nota-t-elle. Quoi qu'il en soit, je ne comprends pas où tu veux en venir.
— Je ne vois pas comment elle a pu arriver dans cette position.
L'horloger ferma les yeux quelques secondes. Ses mains bougeaient doucement. Ses paumes firent des mouvements de rotations que Roxane ne comprit pas. Au bout d'une minute, il reprit :
— La logique voudrait que Verdier ait attaché la corde à la poutre, puis qu'il soit monté sur la chaise. Il a ensuite passé le nœud autour de son cou, puis il a dégagé la chaise pour se laisser choir. On peut imaginer qu'il l'a poussée avec ses pieds, soit vers l'avant, soit vers l'arrière. Étant donné le poids du dossier, le centre de gravité doit se situer légèrement en dessous de l'assise. Elle n'a pas pu tomber vers l'avant.
— Je ne comprends pas.
— C'est très simple : en donnant un coup dans cette chaise, Verdier n'a pu la faire tomber que dans deux directions. Entraînée par le poids du dossier, elle s'est soit renversée en

arrière, soit à la rigueur sur le côté. Je suis formel : en aucun cas, elle ne peut être tombée vers l'avant. Ce meuble n'a pas basculé, il a été placé ainsi... par quelqu'un qui ignore les lois de la physique.

Roxane accepta cette conclusion et cela donna une légère inflexion à son raisonnement. Bien entendu, une photo vieille de plusieurs années, sur laquelle un gendarme à la retraite détectait une anomalie, ne suffisait pas à rouvrir l'enquête sur la mort de Jean-Claude Verdier. En revanche, la possibilité que l'assureur ne se fût pas suicidé, mais ait été victime d'un meurtre et d'une mise en scène changeait tout.

Marc Leclerc, après s'être enfui, avait peut-être continué à tirer les ficelles. S'il était, comme elle l'envisageait à présent, impliqué dans la mort de son assureur, c'est qu'il n'avait pas fui à l'autre bout de la planète. Il était peut-être planqué sous une nouvelle identité à quelques kilomètres seulement de l'endroit où il avait sauvagement assassiné toute sa famille.

Elle frissonna à l'idée qu'il puisse également être à l'origine de la menace qu'elle avait reçue. S'il vivait dans la clandestinité, sans que personne ne l'ait remarqué depuis toutes ces années, il pouvait aussi bien s'en prendre à elle sans préavis. Elle devait redoubler de vigilance, pensa-t-elle, plus déterminée que jamais à retrouver l'assassin de Sophie Leclerc et de ses enfants.

PARTIE IV
REPARTIR À ZÉRO

22

Roxane se tenait au bord de l'eau, le regard perdu dans les eaux calmes et troubles qui s'étendaient devant elle. Les roseaux, hauts et denses, formaient une barrière naturelle autour de la lagune. Des mouettes criardes volaient en cercles paresseux au-dessus de l'étendue marine, leurs silhouettes se détachant nettement du ciel, nuageux ce matin-là.

Dix ans s'étaient écoulés depuis que les corps de Sophie Leclerc et de ses enfants avaient été découverts ici, pourtant, l'endroit semblait figé dans le temps. La brise charriait des effluves salés, mêlés à l'odeur douceâtre des plantes aquatiques.

— Vous n'étiez jamais revenue ici ? demanda-t-elle à Marianne.

Sa patronne se tenait comme elle, face à la mer. Le regard perdu dans le lointain, elle était visiblement traversée par des émotions contradictoires. Encore troublée par cette affaire qu'elle n'avait pas su démêler lorsqu'elle était enquêtrice à la SR de Montpellier, elle avait tout de même accepté de quitter ses bureaux parisiens pour rencontrer sa jeune enquêtrice.

— Jamais depuis dix ans. C'était très difficile. Je me suis

persuadée que tout ce qui pouvait être trouvé ici l'avait été. J'avais peut-être tort...

Les souvenirs des fouilles menées ici lui revenaient avec une clarté déroutante. Elle revoyait les plongeurs de la brigade nautique, leurs combinaisons noires se détachant sur les eaux lugubres, ainsi que les gendarmes qui inspectaient chaque centimètre carré de cette terre marécageuse. À l'époque, l'endroit avait été bouillonnant d'activité. Chaque brin d'herbe, chaque caillou avait été retourné dans l'espoir de trouver des indices. Aujourd'hui, la lagune semblait étrangement sereine, comme si elle avait absorbé et enfoui les horreurs du passé.

Marianne avança lentement le long de la rive, ses pas crissant sur le gravier humide. Elle s'arrêta près de l'endroit exact où les corps avaient été déposés.

— Vous croyez vraiment que l'on peut encore trouver quelque chose ici, après toutes ces années ? demanda-t-elle, circonspecte.

Roxane ne pouvait pas s'empêcher de penser aux secrets que cette terre et ce morceau de mer pouvaient encore receler. Mais au fond d'elle, elle avait surtout voulu s'imprégner, en compagnie de Marianne, de l'atmosphère de l'endroit. Elle avait décidé de repartir à zéro, de recommencer son enquête à l'endroit de la découverte des corps, sans se laisser polluer par les actes de procédures qui avaient été conduits ensuite. C'était, pensait-elle, un moyen comme un autre de résoudre un *cold case*.

— Racontez-moi la recherche des corps, demanda-t-elle, depuis que ce témoin vous a indiqué l'endroit où le chien de la famille avait été retrouvé. J'ai besoin de faire comme si l'enquête démarrait maintenant.

Marianne inspira profondément. Elle sentit l'humidité de l'air emplir ses poumons. Elle ferma les yeux, acceptant de laisser les souvenirs enfouis remonter à la surface. Les images de la famille Leclerc tourbillonnaient dans son esprit. Elle pouvait presque entendre les rires des enfants, voir le sourire de Sophie. Des images poignantes. Dix ans étaient passés, et pourtant, la douleur restait vive. Pour la première fois, elle s'autorisa à livrer ses souvenirs sans rien dissimuler de ce qu'elle avait éprouvé. C'était exactement ce que Roxane attendait de sa patronne. On pouvait être une bonne enquêtrice et accepter de ressentir de l'empathie à l'égard des victimes et de leur famille, n'est-ce pas ?

— Lorsque les plongeurs ont remonté le premier corps, j'ai pensé qu'ils en repêcheraient trois autres. Pour moi, la famille entière avait été assassinée... Deux des dépouilles étaient toutes petites... Comment peut-on faire ça à des enfants ?

Sa voix se brisa. Roxane éprouva la colère qui avait envahi Marianne lorsqu'elle avait compris que Marc Leclerc manquait à l'appel. Seuls Sophie, Anaïs et Quentin avaient été immergés dans cette lagune.

— Vous avez tout de suite soupçonné le père de famille ?

— Évidemment ! Il était introuvable ! Et puis il y a eu cette lettre suspecte au sujet d'un départ précipité en Californie. Retrouver le père de famille a été ma priorité depuis la première minute. Mais j'ai échoué...

Roxane apprécia l'humilité de sa patronne. Beaucoup de flics devraient s'en inspirer, pensa-t-elle.

— Ne croyez-vous pas que Marc Leclerc a pu avoir un complice ? émit-elle prudemment.

— Je ne sais pas. Mais quoi qu'il en soit, retrouver Marc était capital. Cela reste la priorité, du reste.

Roxane désigna de la main la rive où elles se trouvaient.

— Les victimes ont été tuées par balle. Puis leurs corps ont été immergés ici. Selon toute vraisemblance, Sophie et les enfants ne sont pas morts à cet endroit.

— C'est vrai. Nous n'avons trouvé aucune trace de tir ni

aucune projection de sang. Ils étaient déjà morts lorsqu'ils ont été traînés sur la rive.

Roxane regarda ses pieds. La nature avait recouvert depuis longtemps les traces des horreurs qui avaient eu lieu ici. Un élément la perturbait. Elle se retourna en direction de la petite clairière située à cent-cinquante mètres.

— Il paraît difficile pour un homme seul de transporter trois cadavres, d'autant que son véhicule n'a pas pu approcher jusqu'ici. Il a ensuite fallu les lester, se mettre à l'eau, ce qui n'est pas facile avec tous ces joncs, puis immerger les victimes à plusieurs dizaines de mètres de rivage. C'est une tâche herculéenne.

Marianne arqua un sourcil.

— Où voulez-vous en venir ?

— Je pense que Marc Leclerc avait au moins un complice. Je ne vois pas comment il aurait pu seul tuer sa famille, effacer les traces, puis transporter les corps et enfin les faire couler. Par ailleurs, je pense qu'il a pris la fuite à l'aide d'un bateau qu'il venait d'acheter.

Roxane n'avait pas encore informé Marianne de ses dernières découvertes. Elle raconta sa rencontre avec Simon Bouvier, et l'information selon laquelle le médecin avait prêté à son beau-frère de quoi régler l'acquisition d'un voilier. Elle expliqua ensuite comment elle avait retrouvé la trace de l'assureur du navire qui devait connaître l'itinéraire emprunté par Marc. Elle précisa enfin que Jean-Claude Verdier était mort, mais que son suicide ressemblait plutôt à un crime maquillé.

— Leclerc aurait assassiné aussi son assureur pour l'empêcher de parler ? demanda Marianne, surprise.

— C'est possible. Si cela est exact, il l'aurait fait plusieurs années après l'assassinat de sa famille. Verdier est mort en 2016. C'est ce qui me chiffonne. Si l'assureur est mort parce qu'il connaissait la destination lointaine de Marc, cela implique que ce dernier serait revenu en France pour le tuer. À moins qu'il n'ait pas agi seul...

— Vous pensez que Leclerc a bénéficié de l'aide d'un complice pour couvrir sa cavale ? Et que c'est ce même complice qui l'aurait aidé à immerger les corps ?

— Je pense profondément que Marc n'est pas la seule personne impliquée dans la mort de sa famille, mais je suis incapable de le prouver pour le moment. Je dois retrouver la trace du bateau qu'il a acheté.

Marianne sembla gênée. Roxane le remarqua.

— Vous ne croyez pas à cette hypothèse ? demanda-t-elle avec spontanéité.

— C'est vous qui êtes chargée de cette enquête, c'est vous qui décidez quelle piste il faut suivre ou pas, répondit la patronne de la DIANE en pinçant les lèvres. Ce qui me chagrine, c'est que j'avais les mêmes éléments à l'époque, et que je n'ai pas su en tirer profit... Je m'en veux de ne pas avoir cherché un éventuel complice, à l'époque.

— Ne soyez pas trop sévère avec vous-même, colonelle. Vous oubliez que la mort de l'assureur n'a eu lieu que plusieurs années après. C'est l'éventualité d'un suicide maquillé qui me permet de supposer l'existence d'un complice.

— Vous avez raison, se ressaisit Marianne. Cette enquête n'est pas terminée. C'est précisément parce que de nouveaux indices apparaissent longtemps après les faits que la DIANE a été créée. Je suis contente de vous avoir confié ce cas. Je suis certaine que vous ne me décevrez pas.

Roxane apprécia la marque de confiance. Elle comptait également sur cette entrevue pour recueillir l'avis de Marianne sur les priorités à venir. Qui dans l'entourage de Marc Leclerc était susceptible de l'avoir aidé à rester caché aussi longtemps ? Une personne qui avait également pu prendre part à l'assassinat et à la dissimulation des corps.

— Si vous deviez reprendre l'enquête, et compte tenu de ces nouveaux éléments, reprit-elle, vers qui se porteraient aujourd'hui vos soupçons ?

Marianne parut hésiter. Elle avait rejoué des dizaines de fois les entretiens qu'elles avaient eus avec les protagonistes de l'affaire. Certaines personnes lui avaient paru sincères, tandis que d'autres avaient fait preuve d'une réserve qui lui avait semblé étrange. Mais toutes ses questions à l'époque portaient sur un seul sujet : où pouvait se cacher Marc Leclerc ? À l'évidence, il existait un biais dans l'opinion qu'elle s'était forgée au sujet des différents témoins. Pour cette raison, elle avait confié l'affaire à une toute jeune enquêtrice qui reprenait maintenant son travail à zéro.

— Ce que je pense aujourd'hui n'a pas d'importance, Roxane. C'est votre avis qui compte, à présent. Fiez-vous à votre intuition et ne négligez aucune piste. Vous êtes capable de résoudre seule ce mystère. Considérez-moi comme votre patronne à qui vous rendez compte de vos investigations. Pas comme une enquêtrice qui a dirigé le dossier il y a bien longtemps. Si vous devez mettre en évidence des erreurs que j'ai commises... et bien faites-le. La justice ne s'en portera que mieux.

L'humilité de Marianne toucha une nouvelle fois Roxane. C'était le signe d'une grande humanité.

— Très bien, dit-elle déterminée. Je vais poursuivre mes investigations. Je vous tiendrai informée. J'ai tout de même une requête à formuler.

— Je vous écoute.

— Je voudrais faire procéder à une reconstitution de l'immersion des corps. J'aimerais prouver qu'il est impossible que Marc Leclerc ait agi seul.

— C'est d'accord, approuva Marianne. Je vais organiser cela pour la semaine prochaine.

Elle tourna son regard vers la lagune. Ce coin de littoral

paisible allait de nouveau connaître une agitation macabre. Au fond d'elle-même, elle aurait voulu l'éviter, tant ces heures passées à voir remonter les corps de Sophie, Anaïs et Quentin avaient été éprouvantes. Mais Roxane Baxter avait raison : il fallait recommencer par le commencement. À l'endroit même qui l'avait marquée à jamais.

23

Roxane s'enferma une nouvelle fois dans son bureau et étala les pièces du dossier à même le sol. Déterminée à retracer ce que l'on savait des déplacements de Marc Leclerc dans les jours qui avaient suivi les crimes, elle parcourut les témoignages qui avaient en revanche été recueillis *après* qu'il eût été officiellement déclaré en fuite.

Elle fut surprise de trouver un grand nombre de signalements effectués à partir du 12 juin 2013, soit une semaine après la disparition de la famille Leclerc. À cette date, se souvint-elle, les corps venaient d'être repêchés et Marc était activement recherché. La SR de Montpellier avait diffusé un avis de recherche, si bien qu'une kyrielle de citoyens déterminés à aider la justice s'était manifestée pour signaler un « homme qui pourrait ressembler à Marc Leclerc ». Il aurait ainsi été aperçu à différents endroits en France, ainsi qu'à l'étranger. Les gendarmes avaient vérifié chaque témoignage, mais tous s'étaient avérés inexacts.

L'appel à témoin était souvent une arme à double tranchant. Soit la personne était clairement identifiée et appréhendée grâce au réseau national des différentes unités de la gendarmerie. Soit le signalement du criminel présumé se diffusait dans la population à la manière de l'indice d'un jeu-concours national. Tous les Sherlock Holmes en herbe se targuaient alors de résoudre l'affaire. C'est ce qui s'était passé en 2013. Plusieurs centaines de témoignages avaient été vérifiés et tous s'étaient révélés infructueux.

Ce qui frappa également Roxane fut qu'aucun des signalements n'émanait de proches de la famille Leclerc. De parfaits inconnus avaient « cru reconnaître » le père de famille, mais aucune des personnes qui l'auraient reconnu à coup sûr ne s'était manifestée. C'est tout simplement qu'il s'était évaporé, pensa-t-elle, en passant une nouvelle fois en revue les procès-verbaux.

Par acquit de conscience, elle classa les documents par ordre chronologique. Elle se pencha sur les dates des signalements, et constata qu'ils s'étalaient sur plusieurs années, de 2013 à nos jours. En revanche, ils étaient groupés et relativement nombreux chaque fois que l'affaire avait connu un surcroit de médiatisation. Après l'avis de recherche du 12 juin 2013, mais également en 2016, lorsque le livre de Jacques Calas était paru, et encore une fois en 2018, à l'occasion d'une émission spéciale de « Crimes et enquêtes » diffusée à la télévision. C'était logique, réalisa-t-elle. En dehors des périodes de forte médiatisation, la recherche de Marc Leclerc préoccupait peu les Français. Le véritable problème, cependant, était qu'elle avait également été reléguée au second plan par les forces de l'ordre.

Ce qui intéressait Roxane, c'était l'emploi du temps du suspect avant le début de la traque. Elle reprit les premiers témoignages. Seules quelques personnes avaient affirmé avoir aperçu Marc entre le 4 et le 12 juin 2013, avant qu'il ne soit officiellement recherché.

Elle relut la déclaration du voisin de la famille Leclerc à Gigean. Selon lui, Marc avait quitté le domicile familial entre six heures et six heures trente, le matin du 4 juin, à bord de sa voiture. Elle se figura la scène : une cigarette fumée sur la terrasse, Marc Leclerc qui démarrait sa voiture de l'autre côté de la haie, et... rien de plus. Si l'on en croyait ce même voisin, toutefois, celui-ci avait une seconde fois aperçu Marc plus tard dans la matinée, alors qu'il ouvrait son magasin de glaces en bord de mer. Pour une raison incompréhensible, la localisation du glacier n'était pas précisée dans le procès-verbal d'audition. Encore un loupé de l'enquête de 2013, déplora-t-elle.

Heureusement, un second témoin apporta des précisions à ce sujet. Il déclarait avoir vu Marc dans les heures suivantes. Comme des dizaines d'autres, l'homme s'était manifesté *après* l'appel à témoin et la diffusion de la photographie du fugitif. Mais ses informations portaient bien sur la journée de la disparition, constata Roxane.

Il travaillait pour un courtier en vente de voiliers d'occasion sur le port de Palavas-les-Flots. Selon lui, un homme qu'il identifiait formellement comme étant Marc Leclerc était passé devant sa vitrine à 7 h 30 précises, le 4 juin 2013. Il déclarait être certain de l'horaire qui correspondait au moment de la tournée du camion poubelle municipal. Quant à l'identité du passant, il en était également certain : il agençait sa vitrine ce jour-là et son regard avait croisé celui de Marc Leclerc à moins d'un mètre. Un homme détendu et souriant, selon ses dires.

Roxane comprit que ce témoignage n'avait pas été considéré par Marianne et son équipe, car ils ne s'étaient pas penchés sur l'emploi du temps de Marc, le jour du meurtre. Lorsque celui-ci était devenu suspect, plusieurs jours plus tard, leur priorité avait été de le retrouver. Ils avaient tout simplement omis de se pencher sur le déroulement des événements, le jour des faits, conclut-elle.

OK, donc Marc Leclerc avait quitté son domicile vers six heures trente, puis avait été aperçu à Palavas-les-Flots une heure plus tard. Vers huit heures trente, ni Sophie ni les enfants ne s'étaient présentés à l'école, ce qui avait marqué le début de l'inquiétude des proches. Pour Roxane, un scénario se dessinait : Marc avait tué les siens, puis chargé les corps dans sa voiture stationnée dans le garage, et enfin transporté les cadavres à l'étang du Méjean, avant de se rendre à Palavas. Ce timing démoniaque la fit toutefois sérieusement douter que les choses se fussent passées de cette manière.

Elle enfila une tenue confortable et prit sa voiture pour refaire le parcours supposé du père de famille. Devant la maison de Gigean, elle déclencha son chronomètre et prit la direction de l'étang du Méjean. Le trajet à travers les communes du sud de l'agglomération montpelliéraine, puis vers le littoral, lui prit vingt-cinq minutes. Une fois arrivée sur l'esplanade en gravier la plus proche de l'endroit où les corps avaient été découverts, elle entra dans son GPS l'adresse du port de plaisance de Palavas-les-Flots.

Dix minutes plus tard, elle coupa le moteur devant le cube vitré d'un vendeur de voiliers d'occasion. Par réflexe, Roxane jeta un coup d'œil dans le rétroviseur intérieur. Son visage lui apparut... normal. Sans maquillage, la peau légèrement hâlée, elle présentait les traits d'une femme bientôt trentenaire qui n'avait pas encore besoin de combler les marques du temps par des artifices sophistiqués. Cela tombait bien, pensa-t-elle, elle n'avait pas l'intention de passer, comme sa mère, quarante-cinq minutes chaque matin dans la salle de bain. Elle s'amusa intérieurement de cette vérification toute féminine et quitta l'habitacle.

En s'approchant de l'Algeco vitré, elle se demanda si elle avait une chance de tomber sur l'homme qui avait signalé la présence de Marc Leclerc, dix ans auparavant. Elle était fondée à réinterroger tous les témoins de l'affaire, mais au fond, elle doutait qu'ils puissent lui apprendre quoi que ce soit de nouveau. La mémoire s'effaçait avec le temps, elle le savait parfaitement. L'essentiel n'était pas là, toutefois. Sa petite virée avait un seul but : chronométrer le temps qu'avait dû mettre Marc pour effectuer le trajet entre son domicile, l'endroit de l'immersion des corps, puis le lieu de son rendez-vous à Palavas. Trente-cinq minutes. Pas une de plus.

Cela signifiait qu'entre le moment où il avait quitté son domicile et l'heure de son passage à Palavas-les-Flots, Marc Leclerc avait eu en tout et pour tout vingt-cinq minutes pour extirper les corps de son véhicule, puis pour les immerger dans la lagune du Méjean. Sans compter le temps dont il avait eu besoin pour se sécher et se changer avant de remonter en voiture. Ça ne collait pas, pensa-t-elle. Quelque chose clochait dans le déroulement des événements tels que l'on pouvait le déduire des deux témoignages exploitables du 4 juin 2013.

Elle se dirigea sans conviction vers les pontons du port. « Où es-tu Marc Leclerc ? » formula-t-elle à haute voix. « Est-ce bien par la mer que tu as fui après avoir noyé les tiens ? »

L'eau bleue s'étendant à perte de vue ne lui apporta aucune réponse.

❉

Marianne Brunel fit preuve d'une efficacité remarquable pour organiser la reconstitution. Dès le lundi suivant, elle réunit les équipes nécessaires sur les rives de l'étang du Méjean. À sept heures, la berge bruissait de l'agitation des plongeurs de la brigade nautique et d'une équipe de gendarmes de la DIANE venue tout spécialement de Paris. Laurence Barbier, la juge d'instruction chargée du dossier, avait également fait le déplacement. Les premiers rayons du soleil perçaient à peine, teintant le ciel d'une lueur orangée, tandis qu'une fine brume flottait encore sur les eaux de l'étang.

Roxane avait revêtu une parka bleu marine. Elle donnait ses instructions avec une précision militaire. Marianne observait la scène en silence, appréciant l'efficacité avec laquelle sa collaboratrice coordonnait l'opération.

— Très bien, tout le monde est en place ? s'assura Roxane, en consultant une dernière fois le plan qu'elle tenait entre ses mains.

— Oui, on n'attend que votre signal, confirma un adjudant.

Roxane se tourna vers le gendarme désigné pour jouer le rôle de Marc Leclerc. Il se tenait sur la berge, à l'endroit où le présumé assassin était entré dans l'eau.

— Vous avez vingt-cinq minutes pour immerger les trois mannequins, comme le stipule la chronologie établie. Commencez dès que je vous fais signe.

Le gendarme acquiesça. Roxane leva le bras, puis l'abaissa d'un mouvement sec.

— Top départ ! annonça-t-elle d'une voix ferme.

Elle enclencha le chronomètre et observa attentivement les mouvements du gendarme. Il se précipita vers le premier mannequin, censé représenter Sophie Leclerc, et le traîna avec difficulté jusqu'à la rive. Le mannequin résista aux efforts du gendarme qui peinait à le faire glisser sur le sol inégal. Une fois au bord de l'eau, il fixa à l'aide d'une cordelette un bloc de parpaing semblable à ceux retrouvés dix ans plus tôt. Il se jeta dans l'eau, luttant pour faire parcourir au mannequin lesté les vingt mètres le séparant de l'endroit où les corps avaient été retrouvés. La manœuvre lui demanda une énergie considérable. Emporté par la charge, il disparaissait parfois sous la surface, avant de ressortir la tête en recrachant de l'eau. S'il n'avait pas été solidement entraîné, il était clair qu'il aurait pu se noyer. Une fois arrivé au lieu de l'immersion, marqué par une bouée jaune, il laissa couler le corps vers le fond boueux de l'étang. Des plongeurs observèrent le moment où le mannequin serait arrivé au fond, dans la position où le corps de Sophie avait été retrouvé.

Après de longues minutes d'efforts laborieux, le gendarme

parvint à ses fins. Il regagna la berge, essoufflé, et s'attaqua sans attendre au deuxième mannequin.

— Vingt minutes pour un seul corps, murmura Roxane en jetant un coup d'œil au chronomètre. C'est déjà trop long.

Le gendarme continua, mais ses mouvements devenaient de plus en plus lents. L'effort nécessaire pour traîner les mannequins et les immerger à vingt mètres du bord se révélait épuisant. Au bout de vingt-cinq minutes, il n'en avait même pas encore fini avec le deuxième corps, pourtant plus léger.

— Vous pouvez vous arrêter, lança Roxane, tandis que le gendarme entrait dans l'eau pour la deuxième fois.

La reconstitution était un échec. Ou un succès, selon la perspective que l'on adoptait.

— Vingt-cinq minutes. Et il n'a même pas été possible d'immerger deux corps, conclut Roxane, le ton grave.

Marianne hocha la tête, visiblement convaincue.

— Il est clair que Marc Leclerc n'aurait pas pu faire cela seul, dans un laps de temps aussi court. Vous avez raison, Roxane.

Celle-ci se tourna vers les autres membres de l'équipe, les yeux brillants de détermination.

— J'aimerais qu'on refasse l'expérience avec un complice, puis deux. Si Marc n'était pas seul, cela pourrait nous donner des indices sur ce qui a pu réellement se passer.

Les plongeurs s'employèrent à récupérer les mannequins, tandis que les gendarmes se consultèrent rapidement pour répartir les rôles.

— Très bien, on recommence avec deux personnes, valida la juge. Même protocole, même délai. Nous devons savoir ce qu'il en est.

Les gendarmes prirent position, et une nouvelle reconstitution commença. L'air se chargea d'une tension accrue. Les deux nouveaux comédiens mirent plus de trente minutes à venir à bout de la mission. Ce ne fut que lors de la scène suivante, avec trois personnes coordonnées, que l'opération put enfin être menée dans les délais.

L'esprit de Roxane était déjà loin. La reconstitution avait été menée avec rigueur et ténacité, et elle confirmait ce qu'elle savait déjà : Marc Leclerc n'avait pas pu, matériellement, se débarrasser seul des corps de sa femme et de ses enfants, le matin du 4 juin 2013.

Il y avait forcément des complices à débusquer dans cette affaire.

24

« J'aime bien cette vie d'actrice de cinéma, plaisanta Anne-Laure, à l'oreille de Morgan. D'abord, tu me fais jouer le rôle d'une bourgeoise échangiste, et voilà que maintenant, nous allons apprendre à ouvrir nos chakras. Tu ne manques pas de ressources, mon chéri. »

Morgan ne répondit rien. Il avait depuis longtemps appris à réagir aux plaisanteries des « normo-pensants », mais chaque fois, cela lui demandait un moment de réflexion pour adapter son comportement. Il ne désespérait pas de parvenir un jour à répondre du tac au tac. C'était juste une question d'entraînement de son cerveau, pensait-il.

— Il s'agit de jouer le rôle pour lequel on s'est préparé, finit-il par répliquer.

— Je trouve ça amusant. Je pourrais tout de même t'embrasser en public ?

Morgan se serra contre elle. Il posa la main sur son genou, mais ne dit rien de plus. Coincé dans le minuscule habitacle du Robin, il ne lâchait pas du regard les gestes de Thomas, assis à l'avant.

Ce dernier avait accepté une nouvelle fois d'effectuer la

navigation à vue jusque dans le Berry. Lors d'une réunion familiale au sommet, Roxane avait expliqué à tout le monde les derniers développements de son enquête. Elle avait prévu de réinterroger systématiquement les protagonistes de l'affaire Leclerc, mais, dans un souci d'efficacité, elle avait suggéré de le faire hors du cadre formel d'un interrogatoire officiel. En évoquant le rôle qu'aurait pu tenir Véronique Leclerc dans la cavale de son frère, il avait été décidé que ce serait l'horloger et Anne-Laure qui s'y colleraient. Et qu'ils effectueraient le trajet vers le centre de yoga dans le DR 400 piloté par Thomas. Roxane avait tenu à accompagner son mari pour ce transport de troupes un peu particulier.

— Nous devrions approcher de Clermont-Ferrand, n'est-ce pas ? émit Morgan à travers le casque connecté aux oreilles du pilote.

— Affirmatif, monsieur ! Rassurez-vous, on ne peut pas se perdre avec cette météo. Détendez-vous et profitez du paysage. Je vous préviendrai lorsque l'on commencera la descente.

Morgan se recula dans le petit siège et regarda au-dehors en tenant la main d'Anne-Laure. Il n'était jamais vraiment rassuré dans un avion aussi minuscule. Non qu'il ne fasse pas confiance à Thomas, mais simplement parce qu'il détestait ne pas maîtriser à cent dix pour cent la situation.

Thomas atterrit sans encombre sur l'aérodrome du Blanc, puis débarqua ses passagers à même la piste herbeuse. Roxane donna les dernières instructions à son père.

— Pas d'esclandre, hein ? Tu as conscience que l'on agit en marge de la procédure ? Si vous vous faites pincer, c'est toute mon enquête qui s'effondre.

— Sois tranquille, ma grande, j'ai retenu la leçon.

Morgan serra sa fille dans ses bras, puis se dirigea avec Anne-Laure vers les bureaux de l'aéro-club. Une heure plus tard, un taxi les déposait devant le domaine de Véronique Leclerc.

Morgan et Anne-Laure observèrent longuement la propriété. Celle-ci présentait toutes les caractéristiques de la grande maison de famille dans laquelle les bourgeois du vingtième siècle passaient leurs deux mois d'été. Nichée au cœur d'un parc boisé, la bâtisse principale en pierre, avec ses volets bleu-gris et son toit d'ardoises vieillies, respirait un charme d'antan. De grandes fenêtres à carreaux laissaient entrevoir des intérieurs élégants et surannés, où le temps semblait s'être arrêté.

À l'arrière de la maison, une vaste terrasse en pierre s'ouvrait sur une piscine aux lignes classiques, entourée de transats en bois patiné par le soleil. Le parc s'étendait encore au-delà, se transformant en un verger de pommiers, de cerisiers et de pruniers. Quelques ruches étaient disposées à l'ombre des arbres.

Plus loin, un bâtiment secondaire se dressait discrètement parmi les arbres. Une ancienne orangerie, reconvertie en salle de yoga, accueillait désormais les stagiaires. Visiblement, Véronique Leclerc avait transformé cet endroit en un havre de paix luxueux pour une clientèle triée sur le volet.

— Cet endroit est magnifique, presque trop parfait, murmura Anne-Laure en jetant un regard circulaire autour d'elle.

— Oui, il l'est. Je me demande bien comment Véronique Leclerc a pu se payer une propriété pareille.

Ils franchirent le portail ouvert, puis pénétrèrent dans le hall d'entrée où ils furent accueillis par la sœur de Marc Leclerc en personne. Âgée d'une soixantaine d'années, elle était vêtue d'une sorte de robe sans forme qui descendait jusqu'aux chevilles. Les cheveux gris tirés en arrière et les traits émaciés lui donnaient un air sévère. Elle se composa un sourire crispé pour s'adresser à eux.

— Bienvenue au domaine de l'Aube Bleue. Je suis heureuse de vous accueillir.

Anne-Laure et Morgan déclinèrent leur identité d'emprunt, puis montrèrent le bon d'inscription rempli sur internet.

— Un stage de quatre jours, c'est parfait pour commencer, nota Véronique Leclerc. Suivez-moi, je vais vous montrer votre chambre. Les stagiaires sont logés dans le bâtiment principal. Les appartements sont équipés de tout le confort nécessaire, mais vous verrez qu'ils ne ferment pas à clé. C'est un principe chez nous. Si vous avez des objets de valeur, je vous invite à les déposer au coffre. Est-ce le cas ?

Anne-Laure déclina la proposition. Morgan, lui, se demanda si les vols étaient fréquents au sein d'une communauté d'adeptes du bien-être. Tandis que Véronique continuait à expliquer le déroulement du stage, il enregistra rigoureusement la topographie des lieux. Il ne décela pas de caméra de surveillance, même si un tel lieu devait bien être protégé d'une manière ou d'une autre.

— Je déposerais volontiers ma montre dans votre coffre, dit-il d'un ton léger.

— Très bien, faisons un détour par mon bureau, proposa Véronique.

L'intuition de l'horloger était bonne. Dans ce qui avait autrefois été une bibliothèque, la « yogini » en chef avait installé un véritable PC opérationnel. Il déposa sa *Panerai* dans le coffre, puis prit le temps de jeter un regard au reste de la pièce. Outre un ordinateur dernier cri équipé de plusieurs écrans, il nota la présence, dans un coin du mur, d'une gaine en plastique conçue pour regrouper des câbles électriques. Sans doute la liaison avec un jeu de caméras disposées dans tout le domaine, conclut-il. Par ailleurs, il avisa un bloc de climatisation et un onduleur. Pas de doute, le bureau de Véronique était équipé pour veiller jour et nuit sur ses « stagiaires ».

Fort de ce constat et fermement décidé à explorer la propriété dès que possible, Morgan s'appliqua alors à se fondre dans la peau de son personnage. Jouer le couple amoureux ne lui posa aucun problème, en revanche, les premiers exercices de yoga furent particulièrement difficiles pour son corps pourtant habitué à toutes sortes d'activités physiques.

De retour dans leur chambre, après la session de l'après-midi, Morgan indiqua à Anne-Laure la direction de la salle de bain. Il ouvrit la douche, le bruit de l'eau couvrant sa voix.

— Cet endroit est truffé de caméras. Il peut tout aussi bien y avoir des micros, expliqua-t-il. Je suis sûr que cette Véronique Leclerc cache quelque chose.

— Nous sommes là pour le découvrir, James Bond, s'amusa Anne-Laure en pouffant. Une chose est sûre, ce n'est pas avec un groupe par semaine qu'elle a pu se payer un domaine pareil. Il y a certainement quelque chose à chercher de ce côté-là.

Le stage s'appelait « découverte du Vinyasa yoga pour une purification du corps » et il comportait une douzaine de stagiaires. À l'occasion du dîner Morgan passa rapidement en revue leurs co-religionnaires. Plus âgés qu'Anne-Laure et lui, ils ne lui donnèrent pas l'impression d'être là pour autre chose que pour se reconnecter à eux-mêmes. Le groupe comptait un professeur d'éducation physique à la retraite, un couple de commerçants visiblement nostalgiques de Rishikesh, la capitale mondiale du Yoga dans les années 60, où avaient séjourné les Beatles, et une poignée de célibataires en surpoids qui peinaient à tenir en équilibre lors des exercices. Anne-Laure échangea quelques mots avec chacun, sans déceler le moindre comportement suspect chez les participants.

De retour dans leur chambre, Morgan décida de mettre à profit la nuit pour explorer le domaine sans impliquer Anne-Laure. « Ce n'est pas une question de danger, expliqua-t-il, mais si je me fais pincer, il faudra que tu fasses diversion. »

— À vos ordres, colonel ! répliqua-t-elle, mutine. Si vous tombez dans les mains de l'ennemi, j'appellerai la cavalerie.

Morgan posa un baiser sur ses lèvres et enfila une veste

sombre et des chaussures légères, adaptées aux déplacements silencieux.

Les trajets effectués entre la salle d'exercices et le réfectoire lui avaient enfin permis de repérer les caméras de surveillance. Il n'excluait pas que certaines soient dissimulées à la cime des arbres, mais d'une manière générale, une caméra ne pouvait pas être placée hors de la vue de la scène qu'elle était censée couvrir. Les repérer était une question d'habitude et d'entraînement.

Lorsque la maison fut plongée dans l'obscurité et que les derniers signes d'activité se furent estompés, il quitta la chambre discrètement. Là encore, sa mémoire des mouvements, configurée au cours de la journée, fit merveille : ses pas évitèrent presque automatiquement tous les endroits où les planchers pouvaient craquer. Il atteignit rapidement la sortie arrière de la maison, puis, d'un mouvement fluide, il se faufila à l'extérieur.

La nuit était claire, baignée par une lune gibbeuse qui projetait des ombres mouvantes sur le sol. Morgan se fondit dans l'obscurité, se déplaçant avec assurance entre les haies et les massifs de fleurs qui dégageaient leur parfum nocturne. Il évita soigneusement le champ de vision des caméras.

Il fit prudemment le tour du bâtiment principal, longeant les murs en pierre, et faisant correspondre chaque porte et chaque fenêtre avec le plan des pièces intérieures qu'il avait imprimé dans son cerveau. À priori, aucune ouverture ne correspondait à une salle ou une chambre secrète. Tout semblait en ordre. Il continua son exploration vers les bâtiments secondaires.

Il vérifia l'orangerie, puis s'aventura dans les dépendances, où il ne trouva que du matériel de jardinage, des outils bien rangés et des espaces de stockage inutilisés. La propriété de Véronique Leclerc, quoique vaste, ne semblait pas recéler de cache secrète dans laquelle un fugitif aurait pu vivre pendant dix ans. Très vite, il acquit la conviction que Marc Leclerc ne se trouvait pas au domaine de l'Aube Bleue.

Tandis qu'il contournait l'arrière de l'orangerie, il s'arrêta devant la piscine éclairée par une faible lueur bleutée provenant de spots immergés. Il y avait là une certaine opulence dans les détails : les pierres finement taillées, les transats en bois exotique, les sculptures délicatement placées autour du bassin. Tout cela respirait le luxe, un luxe bien supérieur, pensa-t-il, à ce que Véronique Leclerc pouvait s'offrir avec ses stages de yoga. À bien observer les détails, la rénovation du domaine semblait avoir été effectuée sans tenir compte du budget. C'était l'œuvre de quelqu'un qui disposait de moyens financiers substantiels. La propriété de Véronique avait coûté une véritable fortune. Mais d'où provenaient ces fonds ? se demanda-t-il. De l'assurance-vie ? D'une autre source secrète ?

Lorsqu'il fut certain d'avoir exploré tout ce qui pouvait l'être sans éveiller les soupçons, Morgan retourna silencieusement dans la chambre. Anne-Laure l'attendait.

— Alors, qu'as-tu découvert ?

— Aucune trace de Marc, répondit-il sobrement. En revanche, il faut comprendre comment Véronique Leclerc a pu financer un tel palace.

25

Le rapport initial du médecin légiste indiquait que l'heure de la mort des trois victimes était comprise entre six heures du matin et midi, le 4 juin. Les corps ayant été retrouvés plusieurs jours plus tard, le légiste s'était basé, pour tirer cette conclusion, sur l'analyse du bol alimentaire. Selon lui, les victimes étaient décédées entre dix et seize heures après leur dîner du soir, sans avoir pris de petit-déjeuner. Selon toute vraisemblance, les corps de Sophie et des enfants avaient été immergés peu de temps après leur décès, soit tôt dans la matinée du 4 juin 2013.

Pour Roxane, la conclusion était simple : Marc Leclerc avait assassiné les siens juste avant leur réveil, puis il avait chargé les corps dans sa voiture avant de quitter le domicile vers 6 h 30. L'immersion des dépouilles avait dû intervenir juste après, mais eu égard aux conclusions de la récente reconstitution, celle-ci ne pouvait pas avoir été réalisée par Marc Leclerc seul. Il avait forcément bénéficié de l'aide d'un ou plusieurs complices au cours de sa macabre opération, avant de se présenter comme une fleur sur le port de Palavas-les-Flots. Roxane se demanda si finalement l'immersion des corps n'aurait pas pu être réalisée un peu plus tard, lorsque Marc était revenu de son rendez-vous au port.

Elle résuma ce qu'elle savait de cette matinée : Leclerc avait été aperçu à Palavas-les-Flots vers 7 h 30, puis son téléphone avait cessé d'émettre à 10 h. Pour une raison obscure, la géolocalisation de l'appareil ne figurait pas dans les procès-verbaux de 2013, et personne ne savait ce qui s'était passé pendant cet intervalle. C'était bien léger, pensa-t-elle.

Faute de meilleure idée, Roxane décida de tenter sa chance dans la boutique de voiliers d'occasion.

Elle fut accueillie par un homme d'une quarantaine d'années, au visage buriné par le soleil et le sel. Ses cheveux blonds étaient coupés court, et ses yeux bleu pâle semblaient scruter l'horizon, même à l'intérieur de la boutique. Il portait un polo délavé, à l'effigie d'un ancien salon nautique, et un jean usé. Son accueil fut chaleureux et professionnel.

— Bonjour, madame. Que puis-je faire pour vous ? Vous cherchez un bateau pour de nouvelles aventures ?

— Pas exactement. Je suis Roxane Baxter, enquêtrice à la division des affaires non élucidées. Je cherche un homme qui a travaillé ici il y a une dizaine d'années. Enzo Ricci, vous le connaissez ?

L'homme plissa légèrement les yeux, son expression se durcissant à peine, comme s'il se souvenait d'une tempête lointaine.

— Et que lui voulez-vous, chère madame ?

— Lui poser des questions au sujet d'un témoignage qu'il a effectué en 2013.

L'homme avait perdu son sourire commercial, mais il n'en était pas pour autant devenu hostile. Il toisa Roxane comme pour apprécier s'il avait affaire à une enquêtrice sérieuse. Au bout de plusieurs secondes pendant lesquelles Roxane soutint son regard scrutateur, il se décida à répondre.

— Je suis Enzo Ricci. Je suis étonné qu'il vous ait fallu dix ans pour me rendre visite...

— Pourquoi dîtes-vous cela ?

— Je n'aime pas particulièrement la police, c'est vrai. Pourtant, je me suis présenté spontanément à vos collègues lorsque vous avez publié votre... comment dites-vous... avis de recherche.

Roxane fit défiler dans sa tête le procès-verbal d'audition d'Enzo Ricci. Il avait bien été rédigé *après* que la SR de Montpellier ait publié un appel à témoin concernant Marc Leclerc, au moment où il était recherché par toutes les polices de France. Ricci avait déclaré avoir aperçu Leclerc sur le port de Palavas-les-Flots à 7 h 30, le matin du 4 juin, alors qu'il ouvrait son échoppe. Visiblement, il n'avait pas d'autres informations à fournir, puisque le PV d'audition ne contenait que ces détails. Pourtant, il semblait étonné qu'il ait fallu dix ans pour le recontacter. Roxane comprit que ses collègues auraient sans doute dû l'entendre à nouveau. Ricci avait l'air rugueux, mais honnête, jugea-t-elle.

— Vous avez raison, dit-elle d'un ton conciliant, mes collègues auraient dû revenir vers vous, ne serait-ce que pour vous tenir au courant de l'utilité de votre témoignage. Vous devez savoir que Marc Leclerc n'a toujours pas été retrouvé, ce qui montre que toutes les pistes n'ont pas été explorées. C'est pour cette raison que la division dans laquelle je travaille a été créée, du reste. Pour rouvrir systématiquement les vieilles affaires. Vous accepteriez de me dire une nouvelle fois ce que vous avez vu à l'époque ?

Ricci sembla se détendre. Visiblement Roxane lui faisait bonne impression. Et puis dans son métier, les rapports avec les gendarmes se devaient d'être cordiaux si l'on voulait prospérer tranquillement. Il indiqua de la main un canapé jouxtant une table basse faite de planches de palette recouvertes de revues de plaisance.

— Asseyons-nous ici, proposa-t-il. Il est un peu tôt pour l'apéritif, mais je peux vous offrir un café.

Roxane accepta pour achever de briser la glace, puis elle entra dans le vif du sujet.

— Vous avez déclaré avoir formellement identifié Marc Leclerc devant votre boutique, le matin du 4 juin 2013. Aviez-vous un collègue, à l'époque, qui aurait pu confirmer cette identification ?

— J'étais seul dans la boutique, ce jour-là. J'avais un patron, mais il n'arrivait qu'en fin de matinée, lorsqu'il avait fini de cuver son whisky. Du reste, il m'a vendu l'affaire quelques années plus tard. Depuis, je travaille seul. J'ai toujours été là du matin au soir, alors rien de ce qui se passe sur le port de Palavas-les-Flots ne m'échappe.

— Vous connaissiez donc Marc Leclerc ? C'est ce qui vous a permis d'être catégorique quant à son identité ?

Enzo afficha un sourire satisfait. Il huma quelques secondes son café comme pour faire durer le suspense.

— Je n'oublie jamais un visage, madame l'enquêtrice, dit-il avec un sourire charmeur. Il m'a suffi de voir une fois la photo de votre fugitif pour savoir que c'était bien lui que j'avais aperçu ce matin-là.

— Vous voulez dire que vous l'avez reconnu sur l'avis de recherche ? Lorsqu'il est passé devant votre boutique, c'était la première fois que vous le rencontriez ?

— Un peu comme nous aujourd'hui... Nous ne nous connaissons pas, mais vos beaux yeux sont à présent gravés dans ma mémoire. Pour répondre à votre question, non, je n'avais jamais croisé cet homme avant le 4 juin 2013.

Roxane était habituée à ces tentatives plus ou moins lourdes de séduction. Lorsque l'on possédait, comme elle, un charme et une beauté naturelle, il était fréquent que toutes sortes d'hommes se laissent aller à tenter leur chance. C'était particulièrement agaçant lorsqu'elle était en service, mais la nature humaine était ainsi : le mâle homo sapiens tournait autour de la femelle comme la terre autour du soleil. Plutôt que de le rembarrer sèchement, elle ignora son approche.

— Vous avez une idée de ce que Marc Leclerc était venu faire sur le port, si tôt ce matin-là ? demanda-t-elle calmement.

— Nous y voilà ! C'est précisément cette question qu'auraient dû me poser vos collègues. J'y aurais répondu volontiers, même si l'enquêtrice de l'époque ne possédait pas vos atouts...

Décidément, ces sous-entendus typiques de la drague à la latine étaient irritants. Pourtant, Roxane conserva son calme.

— Vous avez donc une information nouvelle à me communiquer... suggéra-t-elle, souriante.

— Exact. Voyez-vous, lorsqu'un inconnu se présente devant ma boutique, j'évalue systématiquement le client potentiel. La vente de bateaux d'occasion est un business qui requiert un sacré flair, inspectrice. Comme vous, il faut sonder l'âme des gens et dénicher leurs espoirs secrets. Posséder un voilier de plaisance est souvent le rêve d'une vie. Mettre le doigt là-dessus permet de faire de bonnes affaires.

— Marc Leclerc était donc venu acheter un bateau, coupa Roxane, que ces digressions charmeuses commençaient à agacer sérieusement.

— Je suis en mesure de l'affirmer, fanfaronna Enzo Ricci. Malheureusement, ce n'est pas dans ma boutique qu'il envisageait de conclure son affaire.

— Il avait un autre rendez-vous ?

— On ne peut rien vous cacher. Il a rencontré un homme que je connaissais.

— Un professionnel comme vous, exagéra Roxane.

— Non, un particulier qui cherchait à revendre son *Baravia Cruiser 37*. J'avais essayé d'obtenir le mandat, mais le type avait préféré se débrouiller seul.

Enzo Ricci expliqua, à grand renfort de détails superflus, que le propriétaire du voilier s'appelait Jean-Michel Laffond, qu'il avait amarré son bateau quelques mois à Palavas-les-Flots, mais qu'il avait très vite décidé de le revendre en faisant paraître une petite annonce. Il avait fait évaluer la valeur de son voilier par Ricci, mais avait refusé de signer un mandat de vente avec le commerçant. D'après ses informations, la transaction avait bien eu lieu, et Enzo Ricci regrettait amèrement de ne pas avoir touché sa commission. Il n'avait jamais revu Marc Leclerc sur le port, et le *Baravia Cruiser* avait largué les amarres rapidement après. Lorsque Roxane lui demanda si Marc Leclerc avait quitté le port de Palavas à la barre du voilier le jour même, il secoua la tête de dépit. « Je l'ignore » dit-il en regrettant de ne pas pouvoir impressionner la jolie enquêtrice.

— Finalement, vous n'êtes pas parvenu à sonder l'âme de Marc Leclerc, ironisa-t-elle en lui serrant la main.

Ricci ne se démonta pas. Il lui tendit une carte de visite avec son numéro de portable et ajouta :

— Je serais ravi de vous servir de guide, si jamais vos rêves les plus fous vous conduisent à vouloir explorer la Méditerranée.

Roxane possédait une nouvelle piste. Jean-Michel Laffond était donc l'homme qui avait probablement vendu son bateau de plaisance à Marc Leclerc. Il fallait le retrouver.

Elle retourna chez elle et passa un coup de fil à ses collègues de la DIANE. Tandis qu'elle demandait à la cellule « fichiers et état civil » d'entrer le nom de Laffond dans leur base de données, l'agent interrompit la conversation.

— La colonelle Brunel souhaite vous parler, annonça-t-il.

— Transférez-moi. Et trouvez-moi le pédigrée de ce Jean-Michel Laffond, s'il vous plaît. Au besoin, interrogez le fichier des assurances de bateau de plaisance.

— Bien sûr, lieutenant. Je connais mon travail. Vous aurez l'information avant la fin de la journée.

Roxane se demanda si elle n'était pas parfois trop sèche avec ses nouveaux collègues. Une unité de gendarmerie, surtout en matière d'investigation criminelle, était comme une famille. La bonne entente entre ses membres faisait la différence entre un puzzle où chaque pièce s'emboitait parfaitement et une mosaïque brisée où les fragments restaient éparpillés. Pour résoudre son affaire, elle devait se montrer reconnaissante de l'aide que lui apportaient les gendarmes du siège. À vouloir agir seule, elle risquait de susciter le rejet des autres.

— Roxane, comment se passent vos recherches ? interrogea Marianne.

— Je crois que j'ai mis le doigt sur une nouvelle piste. Je sais ce que faisait Marc Leclerc sur le port de Palavas-les-Flots, le matin du 4 juin. Il avait rendez-vous avec un certain Jean-Michel Laffond. Je cherche à retrouver cet homme.

— Qui vous a renseigné sur ce point ?

Le ton de Marianne était direct, mais pas agressif. Roxane n'avait pas besoin de prendre des gants, jugea-t-elle.

— Le même témoin que celui qui nous a poussés à organiser la reconstitution. Enzo Ricci, le vendeur de bateaux qui a vu Leclerc sur le port de Palavas, une heure après qu'il ait quitté son domicile. Il a complété sa déposition de 2013.

— Vous voulez dire que nous avons laissé passer cette information à l'époque ?

Roxane ressentit une gêne. Il était clair qu'il n'avait pas manqué grand-chose à Marianne pour retrouver l'homme avec qui Leclerc avait rendez-vous. Il aurait suffi d'interroger Ricci une seconde fois, puis de rechercher Laffond. Mais ce n'est pas ce qui avait été fait par la SR de Montpellier en 2013. Une nouvelle fois, elle se demanda comment sa cheffe allait prendre le fait qu'elle souligne ses manquements.

— Eh bien... comment dire... entama-t-elle, embarrassée. Ricci s'est souvenu après coup qu'il connaissait l'homme avec lequel Marc avait rendez-vous. Comme vous me l'avez suggéré, je réinterroge systématiquement tous les témoins de l'époque. J'ai eu de la chance avec Enzo Ricci.

— C'est parfait, Roxane. C'est exactement comme cela qu'il faut procéder. Si l'on part du principe que l'on a tout bien fait au moment des crimes, on n'arrive à rien. Cessez de prendre des pincettes avec moi. Je ne vous ai pas confié cette affaire pour que vous vous cassiez les dents. J'ai confiance en vous. Vous réussirez là où j'ai échoué.

Roxane se sentit rassérénée. Elle était sous le commandement d'une officière supérieure qui ne possédait pas l'égo paralysant de certains de ses semblables. Cela la changeait du colonel Roque et c'était exactement le cadre dont elle avait besoin.

— Entendu, colonelle... je veux dire Marianne. Merci.

— Il y a toutefois un point que j'aimerais aborder avec vous, Roxane. Un sujet dont vous auriez dû me parler.

Le ton de la patronne de la DIANE était devenu plus formel. Roxane se demanda si elle n'avait pas commis une erreur.

— Je vous écoute.

— J'ai appris que vous faisiez l'objet de menaces personnelles, poursuivit Marianne. C'est une situation dangereuse. Vous auriez dû m'en parler.

À vrai dire, la lettre chiffonnée autour d'une pierre était sortie de la tête de Roxane. Ce qui la frappa en revanche, c'était que cet incident connu seulement de Thomas et de son père arrive aux oreilles de sa cheffe.

— Sûrement une mauvaise blague, éluda-t-elle. Je n'ai pas jugé utile de vous la rapporter. Puis-je vous demander comment vous l'avez appris ?

— Le renseignement est une affaire importante dans notre

métier. Je n'aime pas que l'un de mes agents, seul sur le terrain, puisse être la proie de cinglés en tout genre.

— Vous me faites surveiller ? se braqua Roxane. Je croyais que nous travaillions en confiance.

— Ce n'est pas tout à fait cela. J'ai été informée par un membre de l'équipe, si je puis m'exprimer ainsi. Encore une fois, il n'est question que de votre sécurité.

— Je n'ai parlé de cette histoire qu'à très peu de personnes. Est-ce avec mon mari que vous communiquez ?

Marianne sentit que le sujet était sensible. La lieutenante Baxter était une excellente enquêtrice, mais elle possédait encore la fougue et l'emportement de la jeunesse. Elle était visiblement capable de perdre sa lucidité si elle se sentait espionnée. Elle décida d'éclaircir la situation.

— Ne vous emportez pas, Roxane, la situation est plus simple que cela. Votre mari, que je ne connais pas, a en effet parlé de cet incident au colonel Baxter. Vous êtes au courant, me semble-t-il, puisque votre père vous a interrogé à ce sujet, et que vous avez éludé la question. C'est votre droit, mais il n'est pas anormal que le colonel Baxter m'en ait parlé. Encore une fois, au-delà des liens du sang, votre père est un membre à part entière de notre grande famille. Je suis favorable à tout apport d'un homme de sa valeur.

Roxane se souvint de la réaction de son père lorsqu'il avait eu vent de la menace. Il était même venu s'installer chez elle peu après. De son côté, elle avait minimisé l'incident, et au bout de quelques jours, elle avait sincèrement considéré cette lettre comme insignifiante. Elle l'avait oubliée.

— Vous avez raison, dit-elle, légèrement contrite. J'aurais dû faire état de cet événement. J'ai fait une erreur.

— Cela arrive à tout le monde. Laissons ça de côté. Ce que je vous demande de retenir, en revanche, c'est que malgré les erreurs que nous commettons toutes et tous, nous avons le devoir d'obtenir des résultats dans l'affaire qui nous a été confiée. N'oubliez jamais, Roxane, n'abandonnez jamais. C'est notre devise et je vous demande d'en faire votre mantra. Je peux compter sur vous ?

— Affirmatif, colonelle, approuva-t-elle, galvanisée par la franchise de ses échanges avec Marianne.

26

Le moyen le plus efficace pour interroger Véronique fit l'objet d'âpres débats entre Anne-Laure et Morgan. L'horloger émit l'idée de s'infiltrer dans son bureau. Il voulait trouver les documents relatifs à l'achat de la propriété et à sa rénovation. Selon lui, l'origine des fonds les conduirait peut-être à une piste exploitable concernant l'endroit où se dissimulait le fugitif.

Anne-Laure n'était pas de cet avis. Elle objecta que rien ne prouvait, à ce stade, que Véronique ait été en contact avec son frère après les meurtres. Fonder son action sur une simple intuition était une erreur classique chez un enquêteur, et elle s'étonnait que Morgan choisisse de suivre une telle voie. Par ailleurs, il s'agissait d'une arme à un seul coup : s'ils étaient repérés, ils devraient avouer les raisons de leur présence au domaine de l'Aube Bleue. Et c'en serait terminé de leurs chances de démasquer Véronique Leclerc.

Elle suggéra une autre méthode. Plus subtile, plus féminine. Contre toute attente, Morgan se rangea à son avis. Il accepta de se mettre en retrait et de laisser agir sa compagne. Pour achever de le convaincre, elle lui raconta une histoire qui arracha à l'horloger des larmes inattendues.

Dans le cadre du stage de yoga, chaque participant bénéficiait d'un entretien d'une heure avec la professeure en chef. Ils étaient censés faire le point sur les moyens d'intégrer la pratique de la discipline dans leur vie quotidienne. Anne-Laure profita de cette entrevue pour dérouler son plan.

Dans le fond du parc, sur un parterre de gazon fraîchement tondu, à l'ombre d'un pommier noueux, les deux femmes s'installèrent face à face.

— Commencez-vous à ressentir dans votre corps les bienfaits du yoga ? demanda Véronique, calme et détendue, en souriant à son élève.

— Tout à fait. Je ne connaissais pas le yoga Vinyasa. Je dois dire que ses mouvements sont parfaitement adaptés à ce que je recherchais. Pour être honnête, j'avais un peu peur d'une pratique comment dire... trop soporifique. Au moins, avec vos cours, j'améliore ma souplesse et la fluidité de mes mouvements. C'est suffisamment dynamique et rythmé pour que je ne m'endorme pas. Et puis les séances de méditations sont également un apport précieux pour la phase de la vie dans laquelle je me trouve.

— Je ne suis pas psychologue, mais si vous voulez me parler de vos préoccupations, je pourrais peut-être vous conseiller des séances adaptées.

C'était l'ouverture qu'attendait Anne-Laure. Elle inspira profondément et se connecta visuellement à Véronique.

— Eh bien, ma vie actuelle me convient tout à fait. J'ai quitté un métier exigeant et dangereux, et je suis en couple avec mon compagnon depuis quelques mois. En revanche, j'ai traversé des événements traumatisants dans ma vie passée. Ils remontent parfois à la surface, au moment où je m'y attends le moins. J'aimerais pouvoir chasser définitivement ces souvenirs de mon esprit. Faire cesser mes cauchemars et ne plus me sentir coupable.

Elle s'interrompit quelques secondes, cherchant à maîtriser l'émotion qui affleurait. Celle-ci était à la fois sincère et calculée. Elle correspondait à la véritable histoire d'Anne-Laure, mais elle était convoquée à cet instant pour établir un pont émotionnel avec Véronique. Cette dernière, assise en tailleur, se tenait prête à accueillir les confidences de son élève sans se douter qu'elles allaient réveiller en elle une sourde douleur.

Anne-Laure poursuivit :

— J'avais un frère cadet, Julien, qui a disparu lorsqu'il avait 17 ans, entama-t-elle d'une voix tremblante. Julien était un garçon brillant mais tourmenté, qui avait du mal à trouver sa place dans le monde. J'avais cinq ans de plus que lui, et j'ai toujours été proche de mon frère, au point de jouer parfois le rôle d'une seconde mère. À l'adolescence, Julien a commencé à fréquenter un groupe de jeunes rebelles, des amis plus âgés qui l'entraînaient dans des activités dangereuses. Nos parents ne savaient pas comment l'aider, et malgré nos efforts pour le ramener sur le droit chemin, je voyais mon petit frère nous échapper petit à petit. Un soir d'hiver, Julien n'est pas rentré à la maison. Mes parents ont signalé sa disparition, mais les recherches ont été vaines. Ils ont plongé dans un profond désespoir et la famille a été brisée par cet événement. J'ai été dévastée par la disparition de mon frère, j'ai abandonné mes études pendant un an pour tenter de le retrouver... sans succès. Le mystère de son absence et l'incertitude quant à son sort m'ont hantée pendant des années. C'est cette tragédie qui m'a poussée à rejoindre la gendarmerie. Je voulais rétablir la justice et protéger les autres familles de ce genre de drame. Je suis devenue enquêtrice. J'ai toujours espéré découvrir un jour ce qui était arrivé à mon frère...

Elle marqua une pause pour contenir ses larmes. Elle refusait d'évoquer Julien depuis des années. Elle n'en avait jamais parlé, ni à son premier mari ni à son fils. Et si la veille au soir, elle avait évoqué avec Morgan ce drame qui avait bouleversé sa vie, c'était uniquement parce qu'elle pensait qu'il était l'homme qu'il lui fallait pour surmonter son deuil. Elle pensait aussi sincèrement que son histoire personnelle résonnait avec celle de Véronique Leclerc.

Elle observa attentivement sa réaction.

— Et vous avez fini par le découvrir ? fit-elle, rompant le silence.

— Pas encore... Mon ancien métier m'a appris que des dizaines de personnes disparaissent chaque année. Hélas, un grand nombre n'est jamais retrouvé. Ce n'est pas faute d'avoir remué ciel et terre.

Elle contrôla un spasme d'émotion sincère. Le souvenir de Julien ravageait encore ses entrailles chaque fois qu'elle y pensait. Mais elle était suffisamment lucide pour constater que Véronique était elle aussi happée par une pensée douloureuse. Elle avait mordu à l'hameçon. Il fallait maintenant progresser avec doigté.

— Le problème, poursuivit Anne-Laure, c'est que l'enquête de police est close depuis longtemps. On n'a retrouvé aucune piste de Julien ni aucun indice indiquant qu'il aurait été tué. Au bout d'un moment, mon frère a été tout simplement déclaré décédé.

Véronique se racla la gorge. Elle aurait dû ramener la conversation vers le yoga comme thérapie aux drames de la vie, pourtant sa curiosité était plus forte. L'histoire d'Anne-Laure résonnait évidemment très fort en elle.

— J'ai entendu parler d'une cellule spécialisée de la gendarmerie qui se penche sur les affaires non élucidées. Vous avez fait appel à eux ?

— La DIANE, oui, je connais. Malheureusement, ils ne rouvrent que des affaires criminelles dans lesquelles un élément nouveau apparaît. Dans le cas de Julien, il n'y a rien qui laisse penser à un crime. Juste un garçon qui disparaît, peut-être simplement pour fuir une vie qui ne le rendait pas heureux. Pour dire la vérité, j'ai toujours l'espoir qu'il se manifeste un jour. Mais cet espoir m'empêche de vivre normalement.

L'air était chargé d'émotions vibrantes. Par un mélange d'empathie pour Anne-Laure et de douleur personnelle, Véronique fut secouée à son tour par des tremblements incontrôlables. Sa peau prit la couleur de la cire et elle ferma les yeux pour tenter de se maîtriser. Anne-Laure observa ses souffrances remonter à la surface. Lorsqu'elle jugea qu'elles avaient envahi son cerveau, elle prononça d'une voix peinée :

— Je suis désolée, j'ai réveillé quelque chose, je le vois bien.

— Ce n'est rien, tenta de la rassurer Véronique. Votre histoire résonne en effet en moi...

— Vous voulez m'en parler ?

Véronique Leclerc sembla hésiter. Elle jeta un regard embué de larmes à Anne-Laure, puis, devant l'attitude empathique de l'ancienne gendarme, elle se décida à parler. Le pont émotionnel avait fonctionné.

— Mon nom vous dit peut-être quelque chose. Vous avez travaillé dans la police, après tout... Leclerc, ça n'évoque rien ?

— C'est un patronyme courant, fit mine de noter Anne-Laure.

— Marc Leclerc... l'homme accusé d'avoir assassiné sa femme et ses enfants, recherché par toutes les polices de France... c'est mon frère.

Elle avait parlé au présent, nota Anne-Laure. Fallait-il y voir un indice que cette femme savait où il se cachait ? Elle poursuivit son interrogatoire avec précaution.

— Oh, j'ai entendu parler de cette affaire, comme tout le monde. Mais je n'ai jamais été chargée du dossier. À l'époque, j'étais affectée au GIGN. Vous avez dû être interrogée par mes collègues, non ?

— Ils ont d'abord cru que j'étais sa complice et que je le cachais, répliqua Véronique, amère. Mais je suis comme tout le monde, vous savez, j'ignore où il se trouve... Il n'est jamais entré en contact avec qui que ce soit après... après le drame épouvantable.

Anne-Laure devait redoubler de précaution. Elle chassa ses réflexes d'enquêtrice qui auraient voulu qu'elle relançât l'échange en creusant les déclarations de Véronique. À la place, elle se leva et l'enserra avec chaleur.

— Je comprends votre peine. Dans ce genre de situation, ne pas savoir est la pire des choses. Vous avez essayé de vous tenir au courant de l'enquête ?

Véronique sembla apprécier l'attention d'Anne-Laure. Elle essuya ses yeux à l'aide de sa manche et secoua plusieurs fois la tête, comme pour chasser de sombres pensées.

— La police fait fausse route depuis le début, avança-t-elle. Ils pensent que Marc a fait cela à cause de ses difficultés financières, mais c'est complètement idiot.

— Vous voulez dire que votre frère n'a pas pu s'enfuir pour tout recommencer à zéro ?

— Changer de vie, oui, c'est une éventualité. Mais il ne serait jamais parti sans Sophie et les enfants ! C'est impossible ! Et puis, il était loin de devoir recommencer à zéro.

Elle était sur le point de faire une révélation, jugea Anne-Laure. Surtout ne pas la brusquer. La laisser s'épancher à son rythme.

— Les enquêteurs font parfois fausse route quand il s'agit de psychologie humaine, lança-t-elle prudemment. Je suis bien placée pour le savoir.

Véronique ne réagit pas. Elle était dans son tunnel de pensée et rien ne la retenait plus de se confier. Elle poursuivit spontanément.

— Repartir à zéro aurait impliqué que Marc ait eu des problèmes d'argent. Mais c'était tout le contraire ! Marc était un informaticien talentueux. Au moment de sa disparition, il venait de vendre à une grosse société américaine un logiciel financier. Je crois que ça concernait le *fast-trading*, une technique qui permet aux banques de gagner des millions en quelques secondes. Il avait perçu un acompte important et ce n'était qu'une petite partie de ce qu'il devait toucher. Avec cet argent, il aurait pu mettre sa famille à l'abri jusqu'à la fin de ses jours. C'est complètement stupide de croire qu'il ait pu s'enfuir à cause du manque d'argent.

Anne-Laure fit défiler à toute vitesse dans sa tête ce qu'elle savait de l'enquête. Roxane avait écarté la piste de la faillite comme mobile du crime, mais connaissait-elle l'existence de cette transaction inespérée ? Roxane pensait également que Marc n'avait pas pu se débarrasser seul des corps de sa femme et de ses enfants. Se pouvait-il que les acheteurs du logiciel aient assassiné sa famille pour faire pression sur lui, dans le cadre de la transaction ? se demanda-t-elle soudain. Elle sentit qu'elle pouvait poser à Véronique une dernière question sans éveiller sa méfiance.

— Vous savez ce qu'est devenu l'argent à la disparition de votre frère ? demanda-t-elle du ton le plus léger possible.

— J'ai un peu honte, mais c'est moi qui en ai hérité. Vous comprenez, en l'absence de corps, la justice a attendu presque dix ans avant de déclarer Marc décédé. Il paraît que c'est la loi. Il y a deux ans, j'ai reçu le courrier d'un notaire m'informant que j'étais l'unique héritière de mon frère. J'ai touché une grosse somme et j'ai pu rénover complètement ce domaine... Mais j'ai toujours l'impression d'avoir volé cet argent à ma nièce et à mon neveu.

Il fallut plusieurs minutes à Véronique Leclerc pour retrouver son calme. Elle s'excusa auprès d'Anne-Laure d'avoir perdu son sang-froid, et celle-ci lui répondit avec bienveillance, lui assurant qu'elle respecterait sa confiance et garderait le plus grand secret sur ses confidences.

Les stagiaires furent avertis que la session de l'après-midi débuterait avec un peu de retard, le temps que Véronique surmonte un léger malaise. Dans l'intervalle, Anne-Laure débriefa Morgan au cours d'une promenade dans le parc.

— Tu as vraiment habilement manœuvré, ma chérie, bravo ! la félicita l'horloger, une fois qu'elle lui eut tout raconté. Je vais appeler Roxane. Elle doit creuser du côté de la société qui a acquis le logiciel.

— C'est stupéfiant qu'un homme recherché par la police puisse être déclaré mort ! Cela signifie que même s'il est retrouvé un jour, il ne pourra pas être condamné pour ses crimes ?

— Je n'en sais rien, je sais juste que ça met des années, mais je ne connais pas l'état du droit dans ce domaine.

— Ainsi, il existe un sujet sur lequel tu n'es pas expert ? plaisanta Anne-Laure. Mon homme ne sait pas tout sur tout ! Quelle désillusion !

Morgan ne releva pas le trait d'humour.

— Ce que je sais, dit-il d'une voix grave, c'est que même si cet homme ne peut pas être condamné, il paiera pour ses crimes, s'il est coupable.

La lueur qui traversa son regard à cet instant arracha un frisson à Anne-Laure.

27

La piste Jean-Michel Laffond s'effondra aussi vite qu'elle était apparue. Les agents de la cellule spécialisée de la DIANE firent preuve d'une grande efficacité. Ils recensèrent en quelques heures l'ensemble des Jean-Michel Laffond existant ou ayant existé en France, puis, après divers recoupements d'usage, identifièrent celui qui avait possédé un *Baravia Cruiser 37*, pendant quelques mois en 2013.

L'homme était cadre commercial dans une PME de l'Hérault, et avait visiblement été contraint de revendre son bateau quelques mois à peine après l'avoir acquis. Il était célibataire et on ne lui connaissait pas de vice ou de face cachée. Une coïncidence, toutefois, éveilla les soupçons de Roxane.

— Vous dites que vous avez trouvé sa trace dans un article de la presse régionale ? demanda-t-elle à l'adjudant qu'elle avait en ligne.

— À la rubrique nécrologie, oui. D'après le faire-part, il est décédé en 2016 dans des circonstances accidentelles.

— Vous avez vérifié lesdites circonstances ?

— Évidemment, lieutenant. Il a été fauché par une voiture alors qu'il effectuait un jogging près de chez lui. Le conducteur a commis un délit de fuite et n'a jamais été retrouvé, d'après le procès-verbal de nos collègues du 34.

— Comme par hasard…

— Que voulez-vous dire ?

— Rien. Merci pour ces résultats rapides, adjudant. C'est précieux pour mon enquête.

— De rien, lieutenant. Je n'ai fait que mon travail. Et puis, vous pouvez m'appeler Rémi… On s'appelle tous par notre prénom à la DIANE.

— C'est entendu, je m'en souviendrai, Rémi. Merci encore.

— Avec plaisir, Roxane.

Elle raccrocha après avoir demandé que les documents relatifs à l'accident de Jean-Michel Laffond lui soient transmis par mail. Elle n'avait pas l'intention d'enquêter également sur cette nouvelle mort accidentelle, mais constituer un dossier complet faisait partie de son job.

Que le responsable de l'accident de Laffond n'ait pas été retrouvé ne faisait pas nécessairement de sa mort un crime de plus, mais la coïncidence était troublante. Après Jean-Claude Verdier, l'assureur du bateau de Marc Leclerc, voilà que le vendeur dudit voilier était lui aussi mort dans des circonstances obscures. Et la même année, de surcroit. Décidément, pensa-t-elle, tous ceux qui avaient approché de près ou de loin ce bateau avaient connu un sort fatal. Elle commençait à se demander si Marc Leclerc n'était pas revenu faire le ménage en 2016, autour de la dernière acquisition qu'on lui connaissait. Quoi qu'il en soit, il fallait retrouver le *Baravia*. Ce qu'il était devenu et la direction qu'il avait prise fourniraient probablement une indication de l'endroit où se cachait Marc.

Son téléphone vibra à cet instant.

— Hello, ma grande, annonça la voix joyeuse de son père. Je ne te dérange pas ?

— Je bosse, mais je t'écoute. Comment se passe votre séjour d'agrément ?

— Oh, tu sais, malgré les apparences, on travaille pour toi ! Anne-Laure a été brillante ! Elle a eu une discussion intéressante avec Véronique Leclerc. Tu as le temps que je te raconte ?

— J'ai toujours le temps pour toi, papa. Encore plus lorsque tu bosses pour moi.

Malgré le contexte sordide de cette affaire, Roxane appréciait que les échanges avec son père soient empreints de légèreté. Cela n'avait pas toujours été le cas. Elle goûtait avec plaisir la transformation douce, mais évidente de la personnalité de l'horloger. À cinquante ans passés, elle n'aurait jamais cru cela possible. L'effet de la magicienne Anne-Laure, pensa-t-elle.

— Bon, je me demande si on ne fait pas fausse route dès le départ, entama Morgan. On a pensé un moment que Marc Leclerc aurait assassiné sa famille pour disposer de la liberté de refaire sa vie avec un ou plusieurs complices. Si ç'avait été le cas, il aurait attendu de percevoir la totalité de l'argent de la vente de son logiciel ! Donc, il existe pour moi une seconde hypothèse : Leclerc aurait été mis sous pression par les personnes avec lesquelles il était en affaire.

Roxane ne comprenait pas.

— Trop de mystères pour moi, papa. Raconte-moi ce qu'a dit exactement Véronique Leclerc. Mot à mot, comme s'il s'agissait d'un procès-verbal.

L'horloger relata avec une extrême minutie la discussion entre Anne-Laure et Véronique. Il employa les propos exacts rapportés par Anne-Laure et ne dissimula rien des confidences personnelles qu'elle avait été obligée de faire.

— Je ne savais pas pour le frère d'Anne-Laure, interrompit Roxane, sincèrement affectée. J'aimerais bien l'aider, si j'en ai l'occasion.

— On verra ça plus tard, ma grande. Ce qui est important pour l'instant, c'est que cette conversation nous a permis d'apprendre que Marc Leclerc avait en réalité touché une belle somme d'argent. Mais, on ne peut pas exclure qu'il ait dû, pour cela, traiter avec des gens peu scrupuleux. Des gens qui auraient fait pression sur lui.

— Pourquoi auraient-ils fait ça s'il était d'accord pour leur vendre son logiciel ?

— Je ne sais pas moi, pour éviter de payer la seconde partie du prix. Ou pour s'assurer de sa collaboration dans les développements futurs !

Roxane passa l'hypothèse au crible de sa logique. Faire travailler quelqu'un sous la contrainte et la menace n'était pas le meilleur moyen de s'assurer de résultats durables, pensa-t-elle. Et puis, une fois que la menace avait été mise à exécution, il n'y avait en général plus rien à attendre de l'otage. Ces pratiques de voyous de haut vol existaient dans le domaine du trafic de drogue par exemple. Il arrivait que des narcotrafiquants menacent la famille de chimistes dont ils voulaient s'assurer le concours. Mais ils ne mettaient jamais leur menace à exécution. S'ils le faisaient, le chimiste désespéré ne pouvait que se retourner contre eux. Comment imaginer que Marc Leclerc soit actuellement en train de développer des logiciels à l'autre bout de la planète, retenu en otage par des financiers véreux ? Ça ne tenait pas.

— Ce que je retiens, avança Roxane, c'est que la déclaration officielle de sa mort a donné à sa sœur l'occasion d'hériter, et de rénover avec luxe le centre de yoga dans lequel tu te prélasses actuellement ! On devrait peut-être la cuisiner un peu plus ?

— Je la crois totalement innocente, répliqua Morgan, sentencieux.

— Qu'est-ce qui te fait dire ça ?

— C'est l'avis d'Anne-Laure qui a parlé avec elle, et je lui fais confiance.

Encore l'effet de la magicienne. Un peu puéril, mais touchant, s'amusa Roxane.

— OK, papa, on va essayer de retrouver la trace du logiciel

de *fast-trading*. On verra bien si cela nous mène quelque part. Vous rentrez quand ?

— Eh bien, puisque notre mission ici est pour ainsi dire terminée, on va profiter des derniers jours de stage. Je te préviens dès que nous sommes rentrés ! Tu pourras nous affecter à une nouvelle tâche !

Roxane raccrocha, toujours déstabilisée par l'humeur de son père qui se transformait en véritable adolescent. Elle avait une réquisition à lancer au sujet du logiciel, mais une partie de son jugement était accaparée par l'affaire du voilier et les morts suspectes qui l'entouraient. Sans qu'elle sache très bien l'expliquer, elle avait l'intuition qu'un personnage secondaire à cette affaire n'avait pas encore reçu toute l'attention nécessaire.

Adrien Bouvier, par exemple... le second frère de Sophie, lui aussi « disparu » à l'autre bout de la terre, et ancien meilleur ami de Marc. Son lieu de résidence supposé, sous les cocotiers, n'était-il pas la destination idéale que Leclerc aurait pu chercher à rejoindre en bateau ?

28

Profitant de la fraîcheur matinale pour s'aérer l'esprit, Roxane courait d'un rythme soutenu le long d'une petite route de la campagne nîmoise. Elle venait de dépasser un champ de tomates, hérissé de ses serres bâchées, et attaquait un raidillon bordé de vignes. Le bruit régulier de ses pas sur le bitume mêlé au chant des oiseaux l'aidait à organiser ses pensées avant une nouvelle journée de travail solitaire.

Elle accéléra le rythme en atteignant le haut de la côte. Ses muscles réagissaient avec l'efficacité d'un corps bien entraîné. Son souffle s'accordait avec le battement régulier de son cœur. Elle jeta un œil à sa montre connectée. Cinq minutes trente au kilomètre, près de onze kilomètres-heure, exactement le rythme qu'elle s'était fixé pour cette sortie de décrassage.

Elle avait l'habitude de courir sans ces objets électroniques qui traquaient le moindre de ses mouvements. Écouter son corps lui paraissait naturel, bien plus efficace en tout cas que de laisser aux datas le soin de décider de son entraînement. Mais *l'Apple Watch* était une concession faite à Thomas, afin qu'il ne s'angoisse pas à l'idée que sa femme coure seule le long des chemins de campagne. En cas de problème, il recevrait automatiquement un message d'alerte et une géolocalisation.

Elle perçut le bruit sourd d'un moteur approchant depuis la courbe serrée qui se profilait. Le régime était un peu élevé, pensa-t-elle. C'était souvent le cas lorsque les jeunes des environs rétrogradaient manuellement avant un virage, prenant les routes du Gard pour des étapes de rallye. Roxane se rangea prudemment sur le bas-côté.

Le conducteur imprudent déboula du virage étroit à grande vitesse. La voiture, une berline noire aux vitres teintées, se rapprocha dangereusement, sa vitesse excessive en total décalage avec la tranquillité du lieu. Roxane tenta d'apercevoir le chauffard à travers le pare-brise : un homme jeune visiblement concentré sur sa conduite, et qui la fixait. Au lieu de ralentir, il accéléra encore et mit deux roues sur le bord gravillonné de la route. Le véhicule fit une embardée.

Roxane eut juste le temps de se jeter dans le fossé d'irrigation, son cœur battant à tout rompre. Une seconde plus tard, la voiture passa en trombe à quelques centimètres d'elle, projetant des cailloux et de la poussière. Elle se retourna, s'apprêtant à insulter le chauffard, mais celui-ci ne ralentit pas. Ses pneus crissant sur le bitume, il poursuivit sa route à vive allure, comme si Roxane n'avait tout simplement pas existé.

Un mélange de colère et de frayeur la traversa. Le souffle coupé, elle se redressa en fixant la voiture qui s'éloignait au loin. Ce type était passé beaucoup trop près pour qu'il s'agisse d'une simple imprudence. Il avait délibérément voulu la tuer, réalisa-t-elle.

Malgré l'adrénaline qui coulait dans ses veines, son esprit analytique prit le dessus. Elle essuya la sueur qui perlait sur son front et réfléchit. Cette agression faisait suite à la lettre d'avertissement, il y avait forcément un lien avec l'affaire Leclerc. Qui que soient les gens qui s'en prenaient à elle, ils le faisaient parce qu'elle était sur la bonne piste. Elle prit une profonde inspiration, retrouvant peu à peu son calme. Ces salopards avaient peut-être essayé de la tuer, mais en échouant, ils avaient surtout attisé sa détermination.

De retour à la maison, elle raconta sa mésaventure à Thomas. Celui-ci fit preuve de sang-froid. Il ne la conjura pas de renoncer à ses sorties matinales et solitaires, mais l'incita plutôt à faire part de l'incident à sa hiérarchie.

— Visiblement, ton *cold case*, n'est pas si « cold » que ça, nota-t-il. Et quelqu'un suit de près l'avancée de ton enquête. Il faut lui faire comprendre qu'il n'aura pas le dessus.

Roxane avait retrouvé son calme et sa lucidité. Son teint était encore pâle, mais ses yeux luisaient d'une détermination farouche.

— Tu as raison. Il est temps de passer à la vitesse supérieure contre cet assassin.

Sa discussion avec Marianne Brunel se déroula de manière posée. La patronne de Roxane s'assura d'abord qu'elle allait bien. Sur un plan physique, mais également sur un plan psychologique. Comme dans toutes les unités militaires, il arrivait que des agents, après avoir été exposés à des événements violents, développent un syndrome post-traumatique, parfois bien longtemps après les faits. Le seul moyen de s'en prémunir était d'en parler, encore et encore. Roxane lui assura qu'elle le ferait, et qu'en tout état de cause, elle serait vigilante à tout signe de faiblesse.

— Mais l'important est de trouver ceux qui ont fait ça, ajouta-t-elle. Ils sont forcément liés à l'affaire Leclerc.

— Je suis d'accord, Roxane. Quelqu'un suit visiblement l'évolution de votre enquête. Si c'est Marc Leclerc, cela signifie qu'il est en France, et que quelqu'un le tient informé de vos avancées.

— Je n'ai aperçu le chauffard que quelques secondes, mais

je suis certaine qu'il était beaucoup plus jeune que Marc Leclerc. Je dirais qu'il avait une trentaine d'années. La voiture, également... Je n'ai pas pu relever la plaque, mais elle était immatriculée en France.

— Le modèle, vous avez pu l'identifier ?

— Une Mercedes ou une Audi. Noire mate. Mais je ne peux pas en dire plus. On peut sans doute retrouver ce type grâce à la téléphonie. Nous n'étions pas très nombreux dans le coin, ce matin.

— Laissez-moi m'en occuper. De votre côté, concentrez-vous sur l'affaire Leclerc. Je vais requérir l'aide de la BTA locale. Je vais leur demander de procéder à une enquête de voisinage. Un témoin des villages environnants a certainement vu passer le véhicule. Vous pouvez compter sur la gendarmerie pour protéger l'un des siens lorsque c'est nécessaire.

Roxane approuva. Elle aurait voulu retrouver elle-même le salopard qui avait fait ça, et lui montrer que son acte stupide ne l'avait pas effrayée. Mais la sagesse commandait de travailler en équipe et de se concentrer sur sa partie à elle.

Avant de se replonger dans son dossier, elle passa un autre coup de téléphone. Elle composa le numéro du portable d'Anne-Laure qui était devenu le canal privilégié pour joindre son père. Ce dernier refusait toujours de s'équiper d'un GSM, mais il semblait apprécier qu'elle appelle sa compagne lorsqu'elle voulait lui parler.

— Nous sommes sur le point d'arriver à la maison, dit-il, enjoué. J'ai découvert le yoga. Je dois dire que ça me plaît bien.

Son enthousiasme fut douché lorsque Roxane lui narra les événements de la matinée. Comme Thomas, il ne s'emporta pas contre la dangereuse habitude de Roxane de courir seule à travers la campagne. Il se fit répéter plusieurs fois les circonstances de l'agression, puis déclara qu'il allait lui-même s'occuper de ce volet de l'affaire.

— Mes collègues du Gard s'en chargent, objecta Roxane. Ne te mets pas une nouvelle fois dans une situation délicate, papa.

— J'ai changé, ma grande. Je me suis juré de ne jamais plus agir en dehors des limites. Tu peux me faire confiance.

Roxane connaissait son père par cœur. Elle aurait préféré qu'il lui dise qu'il n'agirait plus en dehors de la *loi*... Mais il avait sciemment utilisé le terme de « limites ». Or les limites, elle le savait, chacun avait les siennes. Et celles de l'horloger n'avaient jamais été conventionnelles.

— Je veux être tenue au courant de chacune de tes initiatives, papa. Ne commets pas d'imprudence. Ces gens sont hautement dangereux.

— Ne t'inquiète pas, tenta-t-il de la rassurer. Je te rendrai compte à chaque étape.

Roxane raccrocha avec le sentiment que rien ni personne ne ferait complètement changer son père. Malgré ses affirmations, malgré ses nouveaux sentiments à l'égard d'Anne-Laure, l'horloger resterait toujours l'horloger. Un homme qui n'acceptait pas que les choses ne tournent pas dans le sens qu'il avait décidé.

PARTIE V
METTRE LES VOILES

29

Nîmes

Que Marc Leclerc ait imaginé seul le scénario de cette histoire, ou qu'il ait été aidé par des complices, il fallait savoir ce qu'il était devenu dans les jours qui avaient suivi le 4 juin 2013. Une transaction avait été conclue autour de son invention logicielle juste avant cette date, cela signifiait qu'une entité au moins avait été au courant de ses projets professionnels. Roxane avait lancé toutes les réquisitions possibles autour du logiciel, si bien que sur ce pan du dossier, elle était contrainte de faire la chose la plus frustrante pour une enquêtrice : attendre. Elle profita de la matinée, exceptionnellement pluvieuse dans le Gard, pour mettre de l'ordre dans ses documents. À l'heure du *big data* et des serveurs informatiques, un dossier d'investigation criminelle était encore constitué de milliers de pages imprimées, classées dans des sous-chemises. Rien ne remplaçait véritablement le papier pour « visualiser » une affaire. Malgré les bases de données et les logiciels d'analyse dont se servaient les gendarmes, nombreux étaient encore les enquêteurs qui épinglaient au mur les indices d'une affaire. Elle punaisa sur un grand panneau de liège les faits marquants de l'affaire Leclerc.

Dans le garage, Thomas se livrait également à une sérieuse opération de tri. Elle l'entendait pousser de lourdes caisses en plastique contenant sa collection de revues d'aviation. Cette présence discrète mais réelle la rassurait. La vie conjugale avait elle aussi ses charmes, réalisait-elle. Elle avait toujours cru qu'elle était faite, comme son père, pour une vie solitaire. Mais l'un comme l'autre s'apercevait à présent que l'être humain était plus efficace à deux. Plus efficace et plus heureux, pour peu que le partenaire soit le bon.

Elle fit les cent pas devant son tableau d'indices. Une photo de chaque protagoniste était affichée. Prises à différentes époques, elles étaient de qualité variable et ne permettaient pas de se figurer à quoi ils ressemblaient aujourd'hui. Du moins pour les deux protagonistes qu'elle n'avait jamais rencontrés : Marc Leclerc et Adrien Bouvier. Elle s'arrêta devant le portrait du père de famille fugitif. À l'époque des faits, il présentait un physique plutôt fluet. Une calvitie naissante et de petites lunettes cerclées de métal lui donnaient un air d'intellectuel appliqué. Tout le contraire du faciès d'une assassin intraitable aux plans machiavéliques. Elle aurait fait confiance sans réserve à un homme comme ça, imagina-t-elle.

Cette pensée la troubla. C'était hélas le propre des menteurs-manipulateurs : sous les traits de monsieur Tout-le-Monde, ils étaient capables de mentir sans vergogne, mais surtout de faire gober leurs mensonges à la terre entière. Sans jamais être démasqués.

Un déclic se fit dans son esprit.

À bien y réfléchir, parmi tous les mensonges qu'avait racontés Marc Leclerc pour exécuter son sinistre plan, un seul apparaissait dès le départ comme totalement farfelu. Si Leclerc était, comme elle le craignait, un menteur de haut vol, un manipulateur que personne n'avait démasqué avant qu'il ne passe à l'acte, comment avait-il pu concevoir une ficelle aussi grossière, en espérant qu'on le croirait ?

Elle chercha dans le dossier la lettre reçue par Louis Bouvier quelques jours après la disparition de Sophie et des enfants.

« *Mon cher Louis, voici quelques lignes pour te donner de nos nouvelles. [...] nous avons décidé de tout quitter pour la Californie. Comme tu le sais, je travaille depuis plusieurs années sur des logiciels révolutionnaires. L'un de mes clients m'a fait une proposition que je ne pouvais pas refuser. Un projet secret, une opportunité unique. [...] j'ai décidé d'emmener toute la famille avec moi. Nous allons découvrir la vie à l'américaine, mais comme le projet sur lequel je travaille est confidentiel, nous ne sommes pas autorisés à communiquer avec nos proches. [...] ne t'inquiète pas pour nous. Nous rentrerons bientôt [...]* »

Elle se concentra sur chaque mot, cherchant à analyser les intentions de Marc lorsqu'il avait écrit ce courrier stupéfiant. Une partie des affirmations semblait correspondre à ce qu'elle avait découvert récemment : les talents informatiques de Marc avaient été reconnus, et son travail avait donné lieu à une transaction. Une manne providentielle qui avait récemment profité à Véronique Leclerc, après que Marc ait été déclaré « administrativement décédé ».

La conclusion de la lettre, en revanche, ne pouvait qu'être fausse. « *Nous rentrerons bientôt.* » Il s'agissait à l'évidence d'un mensonge destiné à ralentir la recherche des corps. Mais c'était sans compter sur Hector, le chien de la famille, qui avait loyalement suivi la trace de ses maîtres jusqu'à l'étang du Méjean. Pourquoi, si Marc ne voulait pas que l'on retrouve les corps, ne s'était-il pas occupé également d'Hector ? se demanda Roxane.

Cette lettre était un écran de fumée maladroit, et elle avait d'ailleurs été jugée comme telle par les enquêteurs dès le début. Si son contenu ne pouvait pas être exploité, sa nature même était susceptible de lui apprendre quelque chose, réalisa-t-elle.

Elle se saisit du courrier, toujours emballé dans un sachet plastifié réservé aux pièces à conviction. L'emballage contenait la missive en elle-même, mais également l'enveloppe dans laquelle elle avait été reçue par Louis Bouvier.

Elle se pencha sur le timbre.

Aussitôt, elle appela le siège parisien de la DIANE.

— On dirait que les choses s'accélèrent, Roxane, souligna Rémi, l'adjudant qui faisait désormais office d'agent de liaison entre l'inspectrice détachée en province et les services centraux. Que puis-je faire pour vous, cette fois ?

— J'ai dans le dossier une lettre sous scellé qui n'a pas été expertisée à l'époque. Pouvez-vous me briefer sur ce qu'il est encore possible de faire dix ans après ?

Rémi émit un petit rire amusé. Les jeunes enquêteurs n'étaient pas formés à toutes les méthodes d'investigation de la gendarmerie. Une de ses missions était précisément de faire le lien entre la DIANE et les services techniques et scientifiques de la Maison.

— Vous voulez savoir si l'on peut encore effectuer une analyse ADN ? Je préfère vous le dire tout de suite : c'est possible, mais ça risque de prendre du temps. Tout le monde se rue sur la « reine des preuves » de nos jours. Le laboratoire est saturé.

— Dans un premier temps, j'aimerais procéder à une analyse graphologique.

Roxane entendit l'adjudant se racler la gorge.

— Alors ça, c'est à la fois plus simple et plus compliqué. D'abord, les lettres manuscrites sont de moins en moins nombreuses depuis l'avènement d'internet...

Roxane tapota nerveusement le sol du pied. Son collègue entendait visiblement se lancer dans un cours d'histoire de la criminologie. Elle le laissa cependant poursuivre.

— ... ensuite, vous devez savoir que la graphologie est parfois contestée en tant que discipline scientifique. Nous autres, les français, sommes presque les derniers à lui accorder du crédit. Cela dit, il ne faut pas confondre la graphologie qui est utilisée, notamment en matière de recrutement, pour établir le portrait psychologique du scripteur, et l'expertise en écriture qui permet d'évaluer l'authenticité d'un document.

— Voilà, c'est ça, finit par intervenir Roxane, en prenant des pincettes, je voudrais savoir si l'on peut attribuer cette lettre à Marc Leclerc. À quel service me conseillez-vous de m'adresser, Rémi ?

— Eh bien, évidemment, nous n'avons pas ce genre de compétence au sein de la gendarmerie. Lorsqu'un juge ordonne une expertise, il mandate généralement un spécialiste indépendant. Ce genre de réquisition est rarement faite par les services d'enquête eux-mêmes.

— Que suggérez-vous, alors ?

— Vous pourriez contacter un expert en écriture du ressort de votre cour d'appel. Vous pouvez lui régler directement la prestation et m'envoyer la facture. Je m'arrangerai pour la faire passer sur le budget de votre enquête.

Roxane remercia plusieurs fois Rémi, puis elle se mit en quête d'un graphologue assermenté auprès des tribunaux. Elle n'était pas certaine que cela soit d'une importance cruciale, mais elle ne pouvait pas se permettre de négliger une intuition.

La lettre prétendument envoyée par Marc Leclerc à son beau-père avait été lue et relue par tous les enquêteurs chargés du dossier. Personne n'y avait vu autre chose qu'une misérable tentative de ralentir la recherche de la famille. Pourtant, lorsqu'elle avait observé l'enveloppe, Roxane avait constaté que le courrier avait été posté depuis Port-Leucate.

Un endroit dans lequel Marc Leclerc n'avait aucune raison de se trouver.

Un endroit distant de cent cinquante kilomètres de Palavas-les-Flots, la dernière ville où il avait été aperçu.

Marseille

L'horloger guettait le retour de son voisin à travers les rideaux de la cuisine. Viktor, Alicia, Tom et Lou habitaient toujours au vallon des Auffes depuis la sortie de prison du jeune homme. Grâce à l'aide de Morgan, Viktor était sur le point d'ouvrir sa propre boutique d'achat-revente de montres d'occasion, mais ses revenus, parfaitement légaux cette fois, ne lui permettaient pas encore d'installer sa famille dans une maison plus grande.

Viktor avait été un voyou chevronné dont le casier judiciaire comportait plusieurs condamnations. Mais cette époque était révolue. Grâce aux innombrables discussions que Morgan avait eues avec lui, mais également à l'aide d'un solide coup de pouce financier, le jeune homme se débattait avec acharnement pour ouvrir son commerce et subvenir honnêtement aux besoins de sa famille. L'horloger était fier de lui.

Pourtant, d'une certaine manière, il était sur le point de lui demander de reprendre contact avec ses anciennes fréquentations.

Viktor rentra du travail alors que le soleil rougeoyait sur l'horizon. Morgan le vit attacher son scooter le long du quai et sortit à sa rencontre.

— Bonjour Viktor, entama-t-il. Tu as le temps que je t'offre un verre ?

Le garçon accepta, pas mécontent que son mentor lui donne l'occasion de repousser le moment de retrouver l'ouragan domestique.

— J'ai un service à te demander, exposa Morgan, en servant deux solides pastis rafraîchis de glaçons.

— Tant que c'est légal, je ne peux rien vous refuser, rigola Viktor. De quoi s'agit-il ?

— Eh bien, il n'y a rien d'illégal, c'est sûr. En revanche, l'information que je cherche est sans doute détenue par des gens que tu préfèrerais éviter.

Morgan voulait se montrer direct. Il n'était pas question de demander à Viktor quelque chose qui aurait compromis ses nouvelles résolutions. En revanche, il était illusoire de penser que l'ancien taulard pourrait éviter toute sa vie son ancien milieu. Ainsi allait la vie, on ne quittait jamais vraiment l'univers dans lequel on avait grandi. Mais à force de travail et de détermination, on pouvait choisir de ne pas retomber dans ses travers.

— De toute façon, maintenant que je suis associé à un ancien flic, mes amis me considèrent comme irrécupérable. Ça ne nous empêche pas de jouer au foot ensemble !

Morgan exposa son problème. Il recherchait le conducteur d'une berline allemande noir mat qui aurait eu un contrat à exécuter. Après l'incident rapporté par Roxane, il avait compris qu'il ne pouvait s'agir que de ça. Au fond, il était convaincu qu'aucun protagoniste de l'affaire Leclerc ne se serait compromis au point de renverser une gendarme à l'aide de sa propre voiture. Le fait que Roxane s'approche de la vérité avait sans doute obligé quelqu'un à sortir du bois. Mais sans se salir les mains lui-même.

— Je suis de votre avis, ajouta Viktor, une voiture mate, c'est la signature du milieu. Je vais laisser traîner les oreilles.

Morgan ne commenta pas cette considération sociologique, mais il encouragea Viktor à se montrer prudent.

— Je ne suis pas sûr que l'exécutant du contrat soit au courant que Roxane était gendarme, mais si c'est le cas, les gens ne parleront pas facilement.

Il savait que les tueurs à gages marseillais finissaient toujours par se faire prendre parce qu'ils parlaient trop. Lorsqu'ils assassinaient une petite main d'un gang rival, l'action était considérée comme un coup d'éclat. Mais dans le cas d'un civil, ou pire, d'un policier, le risque encouru était infiniment plus grand. La loi du silence reprenait le dessus.

— J'ai ma petite idée, boss. Je crois que je sais comment obtenir cette information, conclut Viktor en vidant son pastis. Donnez-moi deux jours.

30

Roxane poussa la porte d'un petit bureau situé dans une rue discrète de Marseille, à quelques encablures du Vieux-Port. Les murs étaient couverts d'étagères débordant de livres sur la graphologie, la psychologie et l'analyse comportementale. Derrière un bureau en bois massif, un homme d'une soixantaine d'années, aux cheveux gris légèrement ébouriffés, l'accueillit avec un sourire courtois.

— Bonjour, mademoiselle. Je suis Lucien Marcellin. Je vous en prie, asseyez-vous.

Roxane s'installa face à lui. Elle sortit précautionneusement de son sac deux pochettes plastifiées, qu'elle posa sur le bureau sans les ouvrir.

— Merci de me recevoir si rapidement, monsieur Marcellin. J'ai besoin de votre expertise pour comparer ces deux documents. Je préfère vous préciser qu'on ne peut pas les sortir des scellés. En fonction de votre conclusion, nous aurons peut-être à faire des analyses biologiques. La première lettre est censée avoir été écrite par une personne suspectée de meurtre, juste avant sa disparition. L'autre est un échantillon de son écriture, datant de quelques mois avant les événements qui m'intéressent.

Lucien Marcellin ne posa aucune question ni sur l'affaire ni sur l'identité du suspect. Il ajusta ses lunettes et examina les documents avec une attention méticuleuse. Il commença par le courrier de Marc à son beau-père, observant chaque ligne, chaque courbe des lettres, en silence. Il passa ensuite à la seconde, comparant les deux manuscrits pendant plusieurs minutes. Il utilisa une loupe pour étudier les détails des traits, les espacements et les pressions exercées sur le papier. Le silence dans la pièce était seulement troublé par le léger grattement de la loupe contre le plastique et le murmure des pages tournées dans ses livres de référence.

— Les deux documents sont indéniablement de la même main, conclut-il finalement en retirant ses lunettes. Votre suspect a bien rédigé ce courrier. Les caractéristiques de l'écriture sont constantes entre les deux documents. Les lettres sont formées de manière similaire, avec une certaine rigueur que l'on retrouve dans les deux cas.

Roxane hocha la tête, mais le graphologue ne semblait pas avoir terminé.

— Cependant, continua-t-il, il y a quelque chose d'intéressant. Lorsque j'analyse la lettre, je remarque une différence notable dans l'état émotionnel de l'auteur au moment de l'écriture. Regardez ici...

Il pointa du doigt plusieurs mots où l'écriture semblait plus hésitante, les lettres moins régulières, presque tremblantes.

— Vous voyez ces variations de pression ? Et ces interruptions subtiles dans le flux d'écriture ? Voilà des signes que votre suspect était sujet à une forte tension lorsqu'il a rédigé le courrier. Sa main tremblait légèrement, et l'on peut observer une certaine précipitation, comme s'il était pressé ou agité. Cette nervosité, ce désarroi, sont absents dans le document de référence, plus stable et posé.

— Il venait d'assassiner et d'enterrer sa femme et ses enfants, lorsqu'il a écrit cette lettre...

— Oh ! Je vois... Voilà qui explique son trouble. Il n'était pas dans un état normal, et cela transparaît clairement dans son écriture. C'est comme si, en rédigeant cette lettre, il avait essayé de garder le contrôle sur lui-même, mais sans vraiment y parvenir.

Roxane réfléchit un instant, assimilant les informations. Cela contrevenait à ses soupçons. La lettre était authentique. Marc Leclerc l'avait écrite dans un état de panique ou de confusion compréhensible.

Restait à déterminer pourquoi l'avait-il envoyée depuis Port-Leucate ? La seule solution était de se rendre elle-même dans la station balnéaire située entre Narbonne et Perpignan.

Elle rangea les documents dans son sac et remercia le graphologue.

Puis elle laissa un message à Thomas, et tenta de joindre son père sur le portable d'Anne-Laure. Celle-ci lui indiqua que l'horloger n'était pas avec elle, et qu'il avait quitté son domicile avant l'aube, en compagnie de Viktor.

Le trajet lui prendrait à peu près trois heures. Port-Leucate était une station balnéaire héritée du plan Racine imaginé par le général de Gaulle dans les années 60. Roxane n'y avait jamais mis les pieds, mais elle savait que la ville avait été aménagée sur le mince cordon littoral qui séparait l'étang de Leucate du golfe du Lion. Campings et villages de vacances s'y succédaient en îlots serrés, réservés aux vacances bon marché. Elle emprunta l'autoroute A7 à la sortie de Marseille, puis au niveau de Salon-de-Provence, bifurqua vers Arles. Pour se changer les idées, elle connecta son application de *streaming* musical à la voiture, laissant l'algorithme lui proposer une *playlist* « bord de mer ». Au son des hits de l'été des vingt dernières années, elle franchit une à une les villes de la partie ouest de la côte méditerranéenne.

Nîmes, Montpellier, Béziers, puis enfin Narbonne défilèrent le long de l'autoroute. À mesure qu'elle s'approchait de Port-Leucate, le paysage changea subtilement. Les reliefs se firent plus doux, les collines cédèrent la place à des étendues plates, où la terre et l'eau semblaient se confondre.

De loin en loin, on apercevait la mer, immense étendue bleue qui se perdait à l'horizon. De chaque côté de la route, les étangs salins brillaient sous le soleil. Leurs eaux calmes étaient parsemées de taches roses là où les flamants se rassemblaient. Le ciel était d'un bleu éclatant, sans un nuage pour troubler la clarté de cette journée estivale.

Elle quitta l'autoroute pour les routes secondaires. Les paysages balnéaires, pourtant idylliques, avaient quelque chose de trop figé, trop artificiel à son goût. Les campings se succédaient, chacun arborant fièrement des pancartes colorées vantant leurs piscines, leurs clubs pour enfants et leurs soirées à thème.

Plus elle approcha de sa destination, plus l'atmosphère lui sembla oppressante. Le paysage était beau, certes, mais une certaine mélancolie imprégnait ces lieux. Peut-être à cause de la monotonie de l'architecture, ou de l'étrange isolement de ces villages pourtant si proches les uns des autres. À moins que ce ne soit finalement à cause de la conscience aiguë qu'elle avait de sa mission : elle venait ici chercher des réponses forcément dramatiques, au cœur d'un décor de vacances où la légèreté et l'insouciance étaient censées régner. Au moment où elle aperçut les premiers bâtiments blancs de Port-Leucate, une version remixée de *La Lambada* fut interrompue par la sonnerie de son téléphone.

— Lieutenant Baxter, j'écoute.

— Roxane, c'est Rémi. On a reçu un courrier à votre attention, au bureau. Je pensais que vous aimeriez le savoir.

Elle imagina immédiatement une nouvelle lettre de menaces, puis elle réalisa qu'il pouvait y avoir mille et une autres explications. À commencer par la réponse à l'une des réquisitions qu'elle avait lancées.

— L'enveloppe comporte un en-tête ?

— Affirmatif. Le courrier émane de l'INPI, l'institut de la propriété intellectuelle. Je vous le fais suivre ?

Elle aurait dû demander à l'adjudant de lui lire le contenu, mais elle voulait rester concentrée sur sa mission du jour. Dans un souci de regrouper au même endroit toutes les pièces du dossier, elle accepta toutefois la proposition :

— Merci, Rémi, adressez-la à mon domicile. J'en prendrai connaissance à mon retour chez moi.

Elle raccrocha et évacua ce sujet de ses pensées. Sa priorité du moment l'avait conduite à se transporter à Port-Leucate pour se pencher sur une autre lettre. Celle envoyée par Marc Leclerc à son beau-père et qui avait curieusement été postée ici.

Elle pénétra dans la station balnéaire par la pointe de la Corrège, franchit le pont de béton jeté sur un bras de mer, puis remonta la ville. Sur la droite, à travers les villages des vacances, elle put apercevoir la Grande Bleue bordée d'une large plage de sable gris doré. Sur la gauche, les mâts des voiliers dressés vers le ciel et sagement alignés lui indiquèrent le port. Elle longea le bassin, et s'aperçut qu'elle était arrivée dans la partie industrielle des installations. Les hangars des sociétés de gardiennage, une boutique d'accastillage, des emplacements de bitume réservés au carénage, l'activité du coin était entièrement tournée vers la navigation de plaisance. L'espace d'un instant, elle se demanda si quelqu'un ici se souviendrait d'un homme ayant fait escale dix ans plus tôt avec son *Baravia Cruiser*, avant de poster une lettre, puis de prendre le large vers on ne sait où...

Elle se gara au pied d'un catamaran sur cales, dans une zone où l'odeur de la mer se mêlait à celle, plus âcre, des produits chimiques utilisés pour l'entretien des coques. Les bruits métalliques des outils résonnaient à travers les structures, ils étaient accompagnés du clapotis régulier des vagues contre les bateaux amarrés.

Roxane sortit de la voiture et jeta un regard autour d'elle. Le port, malgré son activité, semblait étrangement déserté de toute vie humaine, les ouvriers étant visiblement occupés à l'intérieur des hangars.

Elle traversa le parking en direction de la boutique d'accastillage. C'était le genre d'endroit où les plaisanciers passaient régulièrement pour se fournir en matériel, et où les nouvelles circulaient rapidement, pensa-t-elle. Peut-être y trouverait-elle quelqu'un qui se souvenait de Marc Leclerc, ou du moins de son bateau.

À l'intérieur, l'air était frais et chargé de l'odeur du bois et du métal. Les étagères étaient remplies de cordages, de cartes marines, et de tout le nécessaire pour équiper un voilier. Un homme d'âge mûr, aux cheveux gris et bouclés, se tenait derrière le comptoir, ses mains occupées à enrouler un morceau de cordage neuf.

— Bonjour, je suis Roxane Baxter, dit-elle en présentant son badge. Je cherche un témoin qui pourrait se souvenir d'un homme ayant fait escale ici avec un *Baravia Cruiser*, il y a une dizaine d'années. L'homme s'appelait Marc Leclerc.

L'homme leva les yeux de son travail, plissant les paupières comme pour mieux voir à travers le temps.

— Dix ans, vous dites ? C'est vieux, ça. Beaucoup de bateaux passent ici, difficile de se rappeler d'un en particulier... mais vous pourriez essayer d'interroger Jules, là-bas, au bout du quai. C'est un vieux loup de mer, il traîne souvent sur le port, à boire un coup ou deux, si vous voyez ce que je veux dire. Il est la mémoire de Port-Leucate. Enfin lorsqu'il n'est pas trop embrumé !

Roxane le remercia et sortit de la boutique. Elle parcourut une centaine de mètres, puis son regard se posa sur un homme assis à l'ombre d'un auvent, près d'un bar de pêcheurs, un verre de pastis à moitié vide devant lui. Son visage était buriné par le soleil et l'alcool, ses cheveux épars se mêlaient à une barbe grisonnante. Il semblait complètement absorbé par ses pensées, les yeux perdus dans le vide, une cigarette pendant au coin des lèvres.

Roxane s'approcha sans grand espoir. Les souvenirs d'un homme alcoolisé étaient généralement flous, même si, parfois, ce type de témoin pouvait offrir un éclair de lucidité précieux.

— Bonjour, monsieur. Vous êtes Jules ?

L'homme la dévisagea, un sourire édenté se dessinant sur son visage ridé.

— C'est comme ça qu'on m'appelle par ici, ouais. Et vous, vous êtes qui ?

— Roxane Baxter. Je suis enquêtrice. Je cherche à retrouver les traces d'un homme qui aurait pu passer par ici, il y a dix ans. Il s'appelle Marc Leclerc. Vous en avez entendu parler ?

Jules plissa les yeux, semblant réfléchir intensément. Il porta le verre de pastis à ses lèvres, avala une longue gorgée, puis éclata d'un rire rauque et souffreteux.

— Marc Leclerc, hein ? Ça fait un bail, ça. Ouais, je me souviens de lui. Un type pas très causant, mais qui est passé dans le coin, c'est sûr. C'était pas longtemps après les histoires sur ce meurtre horrible qu'on entendait à la radio... Je l'ai vu traîner sur les pontons pendant un jour ou deux.

Roxane sentit son cœur s'accélérer. La piste n'était peut-être pas si froide qu'elle ne l'avait craint.

— Vous êtes certain que c'était lui ? Que faisait-il ?

— Aussi sûr que j'peux l'être après dix ans, ma p'tite dame. Mais j'parie un autre pastis que c'était bien lui. Son manège m'a intrigué, puis quelques jours plus tard, sa photo est parue dans les journaux. J'ai dit à mes copains que j'étais certain d'avoir aperçu à Port-Leucate l'homme recherché par la police, mais évidemment, ils ne m'ont pas cru. Personne ne donne de crédit à un ivrogne, que voulez-vous !

— Vous savez ce qu'il a fait après ?

Jules haussa les épaules, reprenant une gorgée de son pastis.

— J'crois qu'il a embarqué sur un bateau et après, pfff, je ne l'ai plus jamais revu... Disparu au large.

— Vous sauriez me dire si son voilier était un *Baravia Cruiser* ?

— Ah ça, je suis sûr que non. Je veux dire, je peux vous citer tous les bateaux qui mouillent ici, et des *Baravia Cruiser*, j'en ai pas vu des tonnes. En tout cas, aucun cette année-là.

Il jeta un regard triste à son verre vide : « Dites, vous me payez un coup en échange de ces renseignements ? »

Roxane posa un billet de cinq euros sur la table.

— Vous feriez mieux de commander un café, dit-elle, regrettant d'encourager l'intempérance de Jules. « Vous vous souvenez s'il était accompagné ? »

L'ivrogne plissa le front, manifestement en proie à un effort de mémoire intense.

— Je dirais qu'ils étaient trois. Deux hommes en plus de lui. Mais qui n'avaient pas l'air de marins aguerris. Si je me souviens bien, ils sont montés sur un *Jeanneau Prestige*.

— Vous pensez qu'ils ont pu aller jusqu'en Asie ? demanda Roxane qui fit soudain le lien avec Adrien Bouvier.

Jules émit un nouveau rire rauque et la regarda comme si elle était une oie stupide.

— Avec un *Jeanneau Prestige* ? Vous êtes sérieuse ma p'tite dame ? C'est un bateau à moteur, nom d'un boulet de canon ! Il faut refaire le plein tous les cent ou cent-cinquante miles nautiques.

Roxane remercia Jules et lui laissa quelques pièces supplémentaires. Elle quitta le bar avec la conviction qu'elle touchait du doigt un indice décisif. Marc Leclerc avait été là, vivant, plusieurs jours après le meurtre. Mais où était-il parti ensuite ? Et pourquoi personne ne l'avait-il retrouvé ? Une nouvelle pièce du puzzle venait de se mettre en place, mais le tableau restait encore flou.

Elle décida de fureter un peu plus longtemps dans le coin.

31

« Le type qu'on va rencontrer s'appelle Khalid. Il n'est pas plus magrébin que vous et moi, et il n'est même pas musulman. Mais que voulez-vous, dans les cités, il faut montrer un signe d'appartenance à une communauté ou à une autre. C'est comme ça qu'on vit le plus vieux. »

Viktor avait mis moins de vingt-quatre heures pour obtenir l'information dont avait besoin l'horloger. En effectuant le tour de ses anciennes connaissances afin de les tenir informés de l'ouverture de sa boutique de montres d'occasion, il en avait profité pour poser quelques questions. Khalid, un dealer de moyenne importance qui rêvait de se procurer une Rolex avait marqué son intérêt pour la nouvelle activité de Viktor. Il s'était montré plus méfiant, en revanche, lorsque celui-ci l'avait interrogé sur une berline mate qui aurait pu servir à exécuter un contrat.

— Pourquoi ça t'intéresse, si t'es rangé des affaires ? avait-il demandé, suspicieux.

— C'est la fille de mon mentor qui a été prise pour cible. Si tu m'aides à trouver ceux qui ont fait ça, je suis sûr que l'horloger se montrera reconnaissant avec toi.

Et de fait, Morgan se dirigeait vers le rendez-vous avec Viktor et une splendide *Daytona* grise issue de sa réserve personnelle. Au fil des années, il avait reconstitué un grand nombre de montres de luxe à partir de pièces détachées et de mécanismes récupérés à la casse.

— Vous allez voir, poursuivit Viktor, Khalid n'est pas un mauvais garçon. Il verse dans le trafic pour nourrir sa famille, mais il n'a pas eu comme moi la chance de tomber sur quelqu'un qui lui donne un coup de main pour rentrer dans la légalité. C'est tout le problème dans nos cités, personne n'est là pour nous aider, même si on est prêt à travailler dur.

Morgan ne relança pas la discussion. Il était parfaitement conscient des raisons qui faisaient basculer les jeunes des quartiers dans la délinquance. Il savait depuis longtemps que ce n'était pas une répression accrue qui les dissuadait de passer par la case prison à un moment ou à un autre de leur vie. Il aurait fallu des politiques publiques bien plus efficaces et moins caricaturales pour donner un avenir à ses jeunes, pensait-il.

Il se contenta de rester concentré sur le face-à-face à venir.

Viktor se gara au pied d'une barre d'immeuble décatie au crépi surchauffé.

Khalid les attendait sur un vieux fauteuil de bureau, à l'ombre d'une haie de tilleuls faméliques. Nonchalamment avachi, une jambe repliée sous lui, l'autre étendue en avant, il battait nerveusement l'air au rythme d'une musique imaginaire. Le tissu léger de son survêtement flottait autour de ses poignets et de ses chevilles, révélant des mains nerveuses jouant avec un briquet à la flamme vacillante. Ses baskets en revanche étaient flambant neuves.

— Alors comme ça, c'est toi l'horloger ? demanda-t-il en guise de salutation. On peut dire que tu as des couilles de te pointer ici. Viktor m'avait prévenu : tu n'as pas peur de grand-chose dès qu'il s'agit de ta fille chérie. Elle est condé, c'est ça ?

Il jouait au caïd, plus par habitude que par désir de défier Morgan. Son visage, encadré par des mèches brunes indisciplinées, était marqué par une barbe éparse, mal entretenue, qui accentuait ses traits juvéniles. Un rictus désinvolte flottait sur ses lèvres.

— Pourquoi aurais-je peur ? Je suis venu passer un deal.

— On les connaît tes deals, l'horloger. Ils se terminent mal, parfois.

Morgan bénéficiait d'une réputation ambigüe au sein des cités marseillaises. Il avait à plusieurs reprises malmené de petits voyous, mais on lui reconnaissait un certain code d'honneur qui séduisait les moins déjantés d'entre eux. Il avait déjà tendu la main à ces gamins qui cherchaient encore leur place dans un monde brutal et violent.

Il s'approcha à courte distance de Khalid et sortit un chiffon contenant sa contrepartie.

— Qu'est-ce que c'est ? demanda le jeune dealer en tripotant nerveusement son téléphone.

— Ce que vous avez demandé.

Il déplia le morceau de tissus, dévoilant une Rolex scintillante. « C'est pour vous, Khalid... »

Ce dernier tendit la main, mais Morgan retira l'objet avec la rapidité d'un serpent qui se rétracte avant l'attaque.

- ... en échange de l'information dont j'ai besoin, compléta-t-il.

Khalid jeta des regards inquiets autour de lui. Il avait préféré rencontrer l'horloger à l'extérieur, mais à présent, il se demandait s'il était bien prudent de faire affaire en public. Un groupe de jeunes observait la scène à distance. Un seul geste de sa part, et une vingtaine de voyous viendraient régler le compte de cet ancien flic. Viktor apaisa la situation.

— Tu nous donnes un nom et on disparaît. N'essaie pas de jouer au plus malin, Khalid.

— Bien sûr, ricana ce dernier, on est là pour le business. Tiens, voilà ce que tu cherches.

Il allongea une nouvelle fois le bras et mit dans la main de Morgan une pochette contenant visiblement de la résine de cannabis.

— Y a l'info dont tu as besoin là-dedans. La boulette, c'est pour te détendre. C'est cadeau.

Morgan ouvrit le sachet devant le dealer. Il en extirpa un morceau de papier dont il déchiffra le contenu, puis il rendit ostensiblement le cannabis à Khalid.

— T'es con, protesta le dealer. Si tu ne prends pas la came, tout le monde va se demander ce que je t'ai vendu !

Morgan lui saisit doucement le poignet et y attacha la Rolex. Il la fit ensuite briller au soleil comme pour montrer à toute la cité qu'il faisait affaire avec l'un des leurs.

— Tu n'auras qu'à dire que nous sommes venus faire la promotion de la boutique de Viktor. Allez, viens, j'ai besoin d'un complément d'information.

Il saisit le jeune homme par les épaules et l'obligea à le précéder. Sous son survêtement, il devina la maigreur de son corps, mais également la crosse froide d'un révolver. Qu'il était agaçant que ces jeunes ne puissent pas se déplacer sans une arme dont ils ne savaient même pas se servir correctement, pensa-t-il.

— Qui est Diégo Perez ? demanda Morgan, tandis qu'ils quittaient le parking.

Khalid se détendit au fur et à mesure qu'ils s'éloignaient. Son poignet alourdi de la splendide *Daytona* suffisait à présent à lui faire considérer la situation comme équitable.

— Le gitan que tu cherches. C'est lui qui a fourni la caisse pour ta fille.

— C'est lui qui était au volant ?

— Nan, il ne trempe pas dans les « contrats ». Il se contente de voler des bagnoles et de les revendre à d'autres qui montent sur des braquages ou des *go fast*. Il touche pas aux personnes, et encore moins aux flics. Un type lui a acheté l'Audi et il lui a vendu. C'est tout. Fin du *deal*.

Morgan réfléchit à ce que cela signifiait. Quelqu'un avait utilisé une voiture volée pour tenter de tuer Roxane. Quelqu'un qui avait un lien avec la disparition de la famille Leclerc. En effet, il y avait peu de chance qu'il s'agisse d'un gang de gitans spécialisé dans le vol de voitures. Il resserra sa prise sur les épaules de Khalid.

— C'est une première info, mais j'ai besoin de plus. Qui a acheté la voiture à Perez ? Vous pouvez le savoir ?

— Nan, j'te jure, je sais pas ! J'ai déjà pris un max de risques pour savoir d'où venait la caisse. Je peux pas aller voir Perez pour lui demander. Ça marche pas comme ça.

Morgan desserra son étreinte. Au fond, il voulait bien admettre que Khalid n'en savait pas plus. Le dealer connaissait simplement les différentes filières du crime marseillais. Quand quelqu'un avait besoin d'une voiture volée, pour un déplacement ou un sale coup, il fallait s'adresser à Diégo Perez. Il avait dû déployer ses antennes et apprendre facilement la provenance de l'Audi utilisée près de Nîmes.

— OK, Khalid, je suis satisfait de votre travail. Vous pouvez garder la Rolex. Dites-moi juste : où puis-je trouver Diégo Perez ?

— Il crèche sur une aire près de Salon-de-Provence. Mais fais gaffe, l'horloger, ce genre de lascar est toujours armé. Il est dangereux.

Morgan fit face à Khalid.

— Il ne suffit pas d'être armé pour représenter un danger, dit-il ironiquement. Encore faut-il garder un œil sur ladite arme...

Il tendit au voyou son révolver, discrètement subtilisé dans sa poche quelques minutes plus tôt.
— Faites attention à vos affaires, Khalid. Vous possédez maintenant une montre d'une grande valeur, dit-il avant de tourner les talons.

De retour au vallon des Auffes, Morgan proposa à Viktor de lui apprendre de nouveaux tours de main au sujet des mécanismes horlogers. La formation du jeune homme n'était pas encore achevée, mais plus important, il avait besoin de lui pour la suite de son plan. Ils s'installèrent dans l'atelier capitonné et entreprirent d'identifier la panne d'une magnifique *Richard Mille* confiée à l'horloger par un footballeur peu précautionneux.
— Je peux vous poser une question ? demanda Viktor au bout d'un moment.
— Évidemment.
— Karim, vous l'avez vouvoyé... Pourquoi ? Moi, vous me tutoyez.
— Question d'affection, répondit Morgan sans détourner les yeux de la roue crantée qu'il polissait.
— Vous voulez dire que comme vous m'aimez bien, vous me tutoyez ? C'est ça ?
Morgan releva la tête. Il fixa le plafond, comme en proie à une réflexion complexe.
— À vrai dire, je ne sais pas très bien. Je vouvoie les gens par principe, par éducation. Mais toi, Viktor... oui je t'aime bien. Un peu comme un fils.
Puis, comme pour évacuer au plus vite ce moment d'intimité, il ajouta sans transition :
— Tu connaissais l'existence de Diégo Perez avant que Khalid nous en parle ?
Viktor n'osa pas relancer son mentor au sujet du tutoie-

ment. Il devrait se contenter de cette fugace manifestation d'affection, mais au fond, cela le touchait profondément. Il prit quelques secondes pour répondre.

— Perez est connu dans toute la région. Mais je ne savais pas que c'était lui pour votre fille... je veux dire, pour Roxane.

— Un trafic de voitures volées qui dure depuis des lustres a bien dû attirer l'attention de la police. Comment fait-il pour échapper aux problèmes ?

Viktor doutait que le mode opératoire du gitan aide l'horloger à retrouver celui qui avait failli tuer Roxane. Il consentit toutefois à donner des explications.

— En réalité, il ne vole pas les voitures. Il escroque les vendeurs qui ne sont pas en mesure de porter plainte.

— Pourquoi donc ?

— Parce qu'il paye en liquide. Je vous explique...

Viktor se lança dans l'exposé de la méthode d'escroquerie originale de Perez. Il expliqua que le gitan achetait des véhicules d'occasion trouvés via des petites annonces. Toutes sortes de voitures, du reste. De petites citadines discrètes, des SUV de luxe, et parfois même des camions qui cessaient d'être exploités par des sociétés de transport. Chaque fois, il sondait le vendeur pour savoir si un paiement en liquide pouvait l'arranger. En cas de réponse positive, il donnait rendez-vous sur une zone isolée et arrivait avec un sac de sport rempli de billets usagés. Il était systématiquement accompagné de sa femme Carmen. Après avoir effectué les formalités de carte grise, et tandis que le vendeur, troublé par tant d'argent liquide, comptait la somme, il demandait à essayer le véhicule. Il partait seul, laissant Carmen en gage, si l'on peut dire, pour assister le vendeur. Bien entendu, il ne revenait jamais et le vendeur s'apercevait que la somme convenue était divisée par deux. Au bout de trente minutes, Carmen annonçait que son mari avait dû avoir un accident et qu'elle se lançait à sa recherche. Le vendeur se retrouvait comme un idiot, avec un sac rempli d'argent à la provenance douteuse, sans la moindre idée de la manière de retrouver l'acheteur évaporé. Généralement, il renonçait à porter plainte.

— Voilà comment Perez se fournit, conclut Viktor. Il n'est pas si con que ça.

Pas si con, en effet, pensa Morgan, mais il s'agissait tout de même d'un escroc qu'il aurait bien aimé faire arrêter. Un escroc qui avait également « acheté » une voiture ayant servi à agresser Roxane.

— Tu penses que si l'Audi a été revendue par Perez, on peut retrouver l'acheteur final ? demanda Morgan

— J'ai oublié de vous préciser : lorsque le plan de Perez se déroule bien, c'est-à-dire lorsqu'il parvient à établir la carte grise à son nom, il lui arrive de déclarer la voiture volée, juste après l'avoir revendue sans papiers. De toute manière, les bagnoles servent en général à faire des coups ponctuels. Elles sont exfiltrées vers l'étranger, voire brûlées après avoir servi. Il bouffe vraiment à tous les râteliers, ce connard.

Connard, oui... l'horloger aurait plutôt employé le terme d'aigrefin, un mot qui sonnait bien à ses oreilles délicates. Quoi qu'il en soit, il était fermement décidé à se confronter à Diégo Perez. Qu'il y mette de la bonne volonté ou non, l'aigrefin lui dirait à qui il avait vendu l'Audi noire.

— Tu saurais m'indiquer l'endroit où il habite près de Salon ? demanda-t-il d'une voix sombre.

— Je viens avec vous. Khalid a raison, ce type a une sale réputation.

Morgan élabora son plan en quelques secondes. Même bien entraîné et éventuellement armé, il y avait fort à parier qu'il ne pèserait pas lourd face à un clan soudé de gens du voyage.

Il changea sa façon d'aborder le problème. À la réflexion, il existait un autre moyen de faire parler Perez en le prenant à son propre piège.

32

« J'ai retrouvé la trace de Marc Leclerc, papa ! Il a embarqué depuis Port-Leucate en compagnie de deux hommes. Je pense que je peux retrouver le bateau. »

La voix de Roxane était calme, mais on y décelait une pointe d'excitation. Elle avait déjà appelé Anne-Laure trois fois, si bien que celle-ci s'était résolue à déranger l'horloger pendant sa séance de bricolage avec Viktor. Deux ou trois jours par semaine, Anne-Laure laissait Morgan vaquer à ses occupations comme il l'entendait. Fine psychologue, elle avait compris que former à présent un couple ne devait pas pour autant priver son homme de liberté. Cela tombait bien, elle pensait elle aussi que les couples fusionnels, toujours fourrés l'un avec l'autre, ne duraient pas longtemps. Devant l'insistance de Roxane, elle s'était déplacée au vallon des Auffes, puis avait tendu son portable à Morgan.

— Bonne nouvelle, émit l'horloger. Tu connais la date à laquelle il a été aperçu ?

— J'ai vérifié. D'après mon témoin, c'était un ou deux jours avant que le premier avis de recherche ne paraisse dans la presse. Vers le 14 juin. Je vais creuser du côté de la capitainerie.

Ils ont certainement des archives des mouvements de bateau ce jour-là.
— Parfait, ma grande. Tiens-moi au courant.
— Ça va, papa ?

Elle avait saisi la nuance détachée dans la voix de son père, comme si la progression de son enquête ne le passionnait pas outre mesure. Or, elle connaissait cette humeur. Il ne s'agissait pas de désintérêt. L'esprit de l'horloger était simplement accaparé par une mission qu'il avait placée beaucoup plus haut que l'affaire Leclerc sur sa liste de priorités.
— Oui, oui, tout va bien. Je suis concentré. Je te rappelle plus tard.

Il rendit le portable, puis, sans plus de commentaires, après avoir congédié Anne-Laure et Viktor aussi gentiment que possible, il s'enferma seul dans son atelier.

Le poisson mordit à l'hameçon dans la demi-journée qui suivit la parution de l'annonce. Sur celle-ci, Morgan avait mentionné le portable de Viktor. Le jeune homme tendit son téléphone à l'horloger, après que se soit affiché le numéro de la société de négoce automobile Perez & Fils.
— C'est pour la Porsche, indiqua une voix bourrue à l'accent provençal. Y a moyen de la voir ?
— Certainement, monsieur. Vous cherchez ce type de modèle depuis longtemps ?
— Je suis garagiste, j'achète toutes sortes de véhicules. Mais celle-ci sera pour moi. Je cherche une GT3 depuis un moment. Dans cette couleur, en plus.

Morgan et Viktor avaient hésité sur le type d'appât à utiliser. Il ne fallait pas que la voiture soit trop commune pour éviter de recevoir un millier d'appels. Il fallait aussi que sa valeur affichée constitue une bonne affaire afin que Perez appelle rapidement. Finalement, Viktor avait réussi à se faire prêter cette Porsche qui présentait la particularité d'être rare et d'avoir une côte relativement stable.

— Je n'aurais pas de mal à la vendre, avança Morgan. Je suis obligé de m'en séparer pour des raisons... hum... fiscales, si vous voyez ce que je veux dire. Alors si elle vous convient et que vous avez l'argent, elle est à vous.

Diégo Perez ne fit même pas mine d'hésiter.

— Je paye en espèce et j'ai la somme. Voyons-nous pour que je jette un œil à son état, et faisons affaire. Je vous propose l'esplanade du Coudouneu, c'est juste après Lançon-de-Provence.

Perez se montrait directif, sans doute une méthode rodée pour que ses pigeons plongent sans réfléchir. Morgan fixa rendez-vous pour le lendemain matin et raccrocha.

— Et voilà ! s'exclama Viktor, le poisson est dans la natte ! Vous allez prévenir les gendarmes ?

— On dit dans la nasse, Viktor... le poisson est dans la nasse. Et non, je ne vais prévenir personne. On va piéger cet imbécile tous les deux.

Cette perspective excita le jeune homme. Monter une opération avec l'horloger était la garantie d'une belle montée d'adrénaline. Ils passèrent l'après-midi à repérer l'esplanade du Coudouneu, puis à se procurer le matériel nécessaire. En réalité, ils devaient surtout mettre la main sur un autre type de véhicule qui ne se trouvait pas à tous les coins de rue.

L'esplanade du Coudouneu était une sorte de clairière dégagée au milieu de la garrigue. Mi-décharge, mi-espace de stockage sauvage, l'endroit était vaste, mais encombré de toutes sortes de matériel. Des palettes empilées, des fûts métalliques et deux ou trois engins de chantier entreposés là par des artisans qui ne craignaient pas le vol, sans doute parce qu'ils connaissaient bien l'homme qui veillait sur la zone.

Diégo Perez arriva au volant d'une Mercedes neuve qu'il gara à l'entrée du parking improvisé. Morgan et Viktor étaient déjà là. Debout devant le capot de la GT3 orange vif, ils donnaient l'impression d'être un peu stressés.

— Ma femme, Carmen, présenta Diégo en s'approchant d'eux. Puis, entamant un tour de la Porsche : elle a l'air comme vous avez dit.

Morgan et Viktor gardaient le silence. Feignant l'attente fébrile du vendeur qui attend le verdict de son client, ils se contentaient de sourire benoitement. Au bout d'un moment, Perez déploya sans surprise la suite de son mode opératoire.

— Je voudrais l'essayer, annonça-t-il. Ma femme va vous donner l'argent, que vous pourrez compter pendant que je fais un tour. Ça vous va ?

Sans attendre la réponse, il s'installa au volant du bolide et démarra prudemment. Viktor le regarda s'éloigner avec une légère appréhension. Le plan imaginé par Morgan tenait la route, mais il avait emprunté la Porsche à une vieille connaissance du milieu, et il ne s'agissait pas qu'il la lui rende abîmée... ou pas du tout.

Les étapes suivantes furent conformes à leurs prévisions. Carmen leur tendit un sac bourré de billets de banque. Morgan fit mine de les compter lentement, mais en réalité, grâce à son aptitude à « photographier » une scène, il avait déjà chiffré la somme manquante. Il ne dit rien. Au bout d'un moment, Carmen commença à s'agiter.

— Je ne comprends pas, dit-elle, Diégo devrait déjà être de retour. J'espère qu'il ne lui est rien arrivé !

C'était l'instant où les vendeurs commençaient à paniquer à l'idée que leur véhicule, pas encore vendu, puisse avoir été accidenté. Carmen dégainait son téléphone, appelait Diégo, annonçait qu'il avait eu un petit pépin, puis prenait la fuite dans la Mercedes afin de voler prétendument à son secours.

Morgan la laissa agir jusqu'à ce qu'elle grimpe dans la berline allemande. Au moment où elle mit le contact, Viktor, qui avait disparu depuis plusieurs minutes, s'approcha à vive allure de la voiture, aux commandes d'un chariot élévateur jaune vif. Dans une manœuvre dix fois répétée, il plaça les fourches sous le châssis et commanda l'ascension le long du mât. Carmen essaya bien de démarrer, mais les roues tournèrent dans le vide.

— Qu'est-ce que vous faites ! glapit-elle. Mon mari va être furieux ! Il va vous démolir !

— Je pensais qu'il avait eu un petit accrochage, rétorqua Morgan sans se départir de son calme. La somme que vous nous avez donnée est incomplète. Vous allez appeler votre mari et lui dire de nous apporter le complément. À défaut, vous resterez perchée sur cet engin, votre voiture et vous.

La scène était cocasse. Carmen Perez gesticulait par la fenêtre ouverte de la Mercedes. Vexée d'avoir été piégée, elle agonissait d'injures Viktor et Morgan. Le Fenwick et son chargement avançaient doucement vers un monticule de gravats où elle ne tarderait pas à échouer. Finalement, comprenant que la partie était perdue, elle se résolut à appeler son mari.

Lorsqu'il revint, Diégo affichait une colère explosive. Il sortit de la Porsche comme un diable en boite et se précipita vers Morgan, le poing levé, hurlant toutes sortes d'injures en espagnol.

En matière de combat rapproché, la colère était toujours mauvaise conseillère. Morgan le cueillit d'un violent uppercut au menton qu'il n'eut pas le temps d'esquiver. Il s'effondra, KO.

Cinq minutes plus tard, lorsqu'il reprit connaissance, Perez entendit les hurlements de sa femme, toujours dans la Mercedes en équilibre précaire à trois mètres de haut. Il s'aperçut de son côté qu'il était ligoté, adossé au tas de gravats.

— Vous êtes complètement cinglés, émit-il, en tentant de se

frotter le menton avec l'épaule. On va vous retrouver ! Vous êtes mort !

Il ne comprenait pas qui était l'homme debout en face de lui. Un cinquantenaire qu'il avait manifestement sous-estimé. Morgan se tenait les jambes écartées, les bras croisés, il attendait patiemment que l'état de Diégo redevienne compatible avec une discussion posée.

— Monsieur Perez, dit-il au bout d'une minute. Je connais parfaitement votre mode opératoire concernant les véhicules que vous achetez. Vous avez essayé de faire la même chose avec notre voiture de sport, et cela me contrarie fortement.

— C'est de l'argent que vous voulez ? J'avais prévu de vous payer le solde, de toute façon ! Faites descendre ma femme et on s'explique entre hommes.

Morgan le regarda, désolé. Perez était peut-être courageux, vaniteux, provocateur, combattif, ou toute autre épithète dont on peut affubler les hommes habitués aux rapports de force. Mais il était stupide. Il n'était en aucune manière en situation de « s'expliquer entre hommes ».

— Je suis contrarié, disais-je. Alors, si vous voulez éviter que mon courroux ne se transforme en colère, et que je vous enfouisse, votre Mercedes, votre femme et vous sous ce tas de gravats, vous devez à présent me dire ce que je veux savoir.

— Vous êtes malade ! Ma famille vous retrouvera !

— Tss, tss, tss... pas de menaces, s'il vous plaît. Vous n'êtes pas en position.

Perez aperçut alors le morceau de tuyau qui dépassait de la poche de l'horloger. Une sorte de matraque artisanale qui contenait une tige de fer noyée dans du mastic durcissant.

— OK, qu'est-ce que vous voulez savoir ?

— À qui avez-vous vendu une Audi noir mat, il y a une dizaine de jours ? Vous me donnez un nom et une adresse et je vous laisse partir.

— Vous êtes flic, c'est ça ? Je peux voir votre carte ?

Ce type était définitivement un idiot, pensa Morgan. Au lieu de se concentrer sur le moyen de se sortir d'une situation délicate, il persistait à vouloir « comprendre ». C'était fréquent chez les gens acculés, mais ce n'était jamais la meilleure façon d'agir. Il fallait cesser de penser et se comporter comme un mammifère en danger.

— Je vous pose une dernière fois la question, monsieur Perez : à qui avez-vous vendu cette Audi ?

Il attrapa la matraque et fit un pas en avant.

Comprenant enfin que la partie était perdue, Diégo Perez s'avachit sur lui-même. Il secoua la tête, désespéré, et donna à Morgan un nom et l'endroit où la transaction avait eu lieu.

L'identité de l'acheteur de l'Audi stupéfia Morgan. Il mobilisa ses ressources morales pour ne pas exploser. Quiconque s'en prenait à sa fille déclenchait invariablement une furie dévastatrice chez L'horloger. Mais qu'il puisse s'agir d'un individu que personne ne soupçonnait jusqu'à présent provoqua en lui une colère indicible. Une colère en vérité tournée contre lui-même : une fois n'est pas coutume, il n'avait pas vu venir le danger.

Il comprit également que la tentative d'assassinat de Roxane était bien liée à l'affaire Leclerc. En un instant, un raisonnement se fit jour dans les méandres de son cerveau. Il commença à comprendre ce qu'il avait pu se passer dix ans plus tôt, et quel avait été le rôle des différents protagonistes. Il manquait encore quelques pièces au puzzle de la vérité, mais ce n'était plus qu'une affaire d'heures à présent.

Il tenta de maîtriser sa fureur en inspirant profondément plusieurs fois. Diégo Perez le regardait, inquiet.

Sans prononcer une parole, Morgan le libéra finalement. Il ordonna à Viktor de descendre la Mercedes, puis s'assura que Perez remonte dedans sans faire d'histoire.

Le gitan était choqué, mais il n'avait pas perdu sa morgue.

— J'espère pour vous que je ne vous recroiserai jamais !

aboya-t-il, encore furieux. La prochaine fois, je vous troue la peau !

— Ça n'arrivera pas, répliqua calmement l'horloger. Nous ne nous recroiserons jamais.

Perez eut un doute. Rien dans le ton de cet homme n'indiquait qu'il éviterait son chemin à l'avenir.

— Vous feriez mieux de quitter la région définitivement ! menaça-t-il.

— ... nous ne nous recroiserons jamais, continua Morgan, poursuivant son idée, parce que la prochaine fois que vous aurez affaire à moi, j'arriverai dans votre dos.

33

L'horloger ne prévint personne de ses intentions. Ni Anne-Laure, à qui il expliqua avoir besoin de quelques jours pour aider Roxane à boucler son enquête, ni Viktor. Il empaqueta quelques vêtements dans un sac de voyage, puis prit la direction de l'ouest.

Lorsqu'il était plus jeune, il se serait précipité chez l'acheteur de l'Audi, dont il connaissait à présent l'adresse, et il l'aurait cuisiné jusqu'à ce qu'il avoue. Mais il avait gagné en sagesse. Il savait à présent quel était le bon moment pour arrêter un coupable. Ni trop tôt ni trop tard. La personne qu'il avait identifiée n'opposerait pas beaucoup de résistance, il en était certain, mais il lui manquait encore des informations pour mesurer les ramifications de cette affaire. Et puis, il tenait à ce que la résolution de l'enquête soit attribuée à Roxane. Pour sa première investigation au sein de la DIANE, il voulait qu'elle recueille tous les lauriers.

Il monta dans un train jusqu'à Narbonne, emprunta une correspondance, puis enfin un bus jusqu'à sa destination finale : Port-Leucate.

Il n'avait pas non plus prévenu Roxane de son arrivée, mais

celle-ci ne fut pas surprise. Son père avait la manie de surgir n'importe où et n'importe quand, dès lors qu'il pensait que son intervention était nécessaire. Il établit le contact devant le petit hôtel de bord de mer dans lequel elle était descendue.

— Tu as terminé ta mission ? demanda-t-elle, faisant référence à leur dernière conversation téléphonique.

— Parfaitement ! Je suis maintenant entièrement disponible pour t'aider à boucler cette affaire.

— Tu veux m'en parler ?

— Pas tout de suite, dit-il simplement. Cherchons d'abord la trace du bateau dans lequel ont été aperçus Marc Leclerc et ses acolytes.

— Ses complices, tu veux dire !

— Je ne suis pas sûr, ma grande.

— Qu'est-ce que tu veux dire ?

Morgan ne répondit pas. Il avait lâché cette remarque sibylline par réflexe, mais en réalité, il avait besoin de vérifier une chose avant de livrer son hypothèse à Roxane. Il ne voulait pas lui encombrer l'esprit avec des faits encore incertains.

— Viens, on va chercher du côté de la capitainerie.

Roxane expliqua que les responsables étaient absents lorsqu'elle s'était présentée la veille. Mais à force d'insistance, bien aidée par sa carte de gendarme, elle avait obtenu un rendez-vous avec le capitaine de port.

L'homme chargé de veiller au bon déroulement des opérations de plaisance était un marin pur jus. La soixantaine, les cheveux d'un blanc éclatant coiffés en arrière, il possédait des traits rugueux marqués par de profondes rides. Arborant un bronzage caramel sur les jambes et les bras, il se distinguait de ses homologues bretons toujours emmitouflés dans un ciré.

— Qu'est-ce qui me vaut la visite de la police ? demanda-t-il d'un ton abrupt, une fois que Roxane se fut présentée.

— J'enquête sur une affaire vieille de dix ans. Vous étiez déjà à Port Leucate en 2013 ?

— En effet, ma jolie, mais je ne suis pas certain de me souvenir de tout. C'est qu'il en passe des bateaux par ici !

Le ton charmeur du capitaine agaça Morgan, mais il se contrôla. C'était habituel dans le sud de la France, et ce type n'avait pas l'air d'être un mauvais bougre.

— Bien, reprit Roxane, je cherche un *Jeanneau Prestige* qui a quitté le port avec trois hommes à bord. Ce devait être aux alentours du 12 juin. Entre le 12 et le 15, disons. L'un de ces hommes était recherché par la police.

Le capitaine la regarda avec scepticisme. Il passa une main noueuse dans ses cheveux et prit son temps avant de répondre.

— Comment voulez-vous que je me souvienne d'un *Jeanneau Prestige* passé ici il y a dix ans. C'est un modèle très courant. J'aimerais bien vous aider...

— Vous ne consignez pas les mouvements de bateaux dans un registre ?

— Si, bien sûr, on note théoriquement ça là-dedans, répliqua-t-il en désignant une sorte de grimoire épais à la couverture jaunie par le temps. Comme vous le constatez, nous ne sommes pas informatisés. Et puis, si le mouvement a eu lieu en été, avec l'affluence, c'est possible que nous ne l'ayons pas noté. On n'inscrit pas toutes les sorties des bateaux qui possèdent un anneau à l'année.

— On peut toujours vérifier, l'encouragea Roxane. Vous avez encore le registre de 2013 ?

— C'est-à-dire... On les garde trois ans, et après on les jette. Je suis désolé.

L'homme se montrait raisonnablement coopératif, il n'avait aucune raison de ne pas collaborer avec la gendarmerie. En outre, il aurait bien aimé donner satisfaction à cette jolie lieutenante.

— Il y a peut-être un autre moyen, reprit-il au bout d'un moment. Pour des raisons fiscales, nous conservons plus longtemps les factures émises par la capitainerie pour l'amarrage, l'eau, l'électricité, et tous les autres services portuaires. Je dois pouvoir chercher là-dedans si nous avons reçu un *Jeanneau Prestige*. Aux alentours du 12 juin 2013, vous dites ?

Morgan était resté silencieux. Tandis que le capitaine donna instruction à une secrétaire d'aller chercher la comptabilité de 2013 aux archives, il fit le tour de la vigie. À vrai dire, la capitainerie consistait en un bâtiment de deux étages, de type hangar, dont les fenêtres donnaient sur un seul des bassins. Il n'y avait aucune chance que quelqu'un soit affecté à l'observation des bateaux comme dans un port commercial accueillant de plus gros navires. Depuis qu'il avait appris le nom de l'acheteur de l'Audi, il savait ce qui s'était produit au mois de juin 2013. Il n'était pas capable de décrire précisément les deux hommes qui étaient montés à bord du *Jeanneau Prestige* avec Marc Leclerc, mais il était certain de leur allure générale. Il décida de se taire pour le moment, le capitaine ayant peu de chance de s'en souvenir après dix ans.

— Voilà, voilà, reprit l'homme, toutes les factures de 2013 ! » Il posa sur une table métallique le gros classeur que son assistante venait d'apporter. « Elles sont classées par ordre chronologique. »

— Va faire un tour pendant que j'épluche ça, suggéra Roxane à son père.

Le travail sur des documents n'avait jamais passionné l'horloger. Il s'y était astreint chaque fois que c'était nécessaire, mais au fond, il n'appréciait rien d'autre que l'action sur le terrain. Il sortit sur le quai et huma l'atmosphère.

Un port de plaisance n'était pas un endroit réputé pour sa dangerosité ou son animation débridée. Pourtant, pensa-t-il, il passait par ici des milliers de marins tous les jours, chacun possédant une histoire singulière. Certains faisaient escale à l'occasion d'un tour du monde entrepris à la cinquantaine. L'aventure de leur vie. D'autres se livraient à de petits trafics depuis l'Espagne toute proche, et profitaient de l'absence de surveillance pour débarquer armes, drogue ou marchandises de contrebande au nez et à la barbe des autorités. Quoi qu'il en soit, c'était bien ici que Marc Leclerc avait embarqué pour un voyage qui avait probablement été sans retour.

Il s'assit sur un banc et contempla l'horizon. Le dénouement de cette affaire n'allait plus tarder à présent, il en était certain. Roxane allait sortir de la capitainerie, porteuse d'un indice qui les conduirait à Marc Leclerc. Il faudrait alors chercher un peu pour délimiter la zone, puis ils trouveraient le père de famille. Sa confiance en Roxane était totale. Elle allait résoudre en moins de deux mois la première affaire qui lui avait été confiée par la DIANE. Cela ferait d'elle une enquêtrice encore plus chevronnée. Il espérait sincèrement qu'elle soit rapidement promue au grade de capitaine. De son côté, il poursuivrait sa vie avec Anne-Laure, en attendant d'être sollicité pour une nouvelle intervention. Mais auparavant, il aurait deux ou trois pendules à remettre à l'heure.

Roxane réapparut comme prévu au bout d'une heure. Elle brandissait fièrement une petite liasse de bordereaux comptables.

— Je crois que j'ai trouvé, déclara-t-elle. Un *Jeanneau Prestige* a bien été ravitaillé ici, le 13 juin 2013.

Morgan lui sourit tendrement.

— Tu sais donc par qui ?

— C'est là que ça se complique. Il appartient à un loueur. C'est lui qui a fait le plein pour le compte de son client.

— Ah ! On ne connaît pas l'identité du locataire ?

Morgan avait l'air déçu.

— Pas encore, mais la société est sur le port. On va les interroger. Je sens qu'on brûle !

Loca Prestige était visiblement établie à Port-Leucate depuis de nombreuses années. Dans un bâtiment rouillé et vieillissant qui contrastait avec la dénomination de la société, ils tombèrent sur une femme, entre deux âges, chargée de l'accueil des plaisanciers.

— Nous voudrions parler au patron, déclara Roxane sans préalable.

— Vous avez une réservation ? C'est pour quel bateau ?

— Je suis inspectrice de gendarmerie. Où puis-je trouver monsieur Salvani ?

La femme ne prit pas la peine de vérifier la carte brandie par Roxane sous son nez. Comme toutes les personnes qui n'avaient rien à se reprocher, une coopération immédiate était la seule voie possible.

— Monsieur Salvani est en train de vérifier un bateau qui part cet après-midi. Vous le trouverez sur le quai B.

Roxane remercia l'assistante et précéda son père en direction du bassin. À l'extrémité de celui-ci, un marin bronzé était en train de passer au jet le pont d'un très joli bateau à moteur. Pieds nus, en équilibre sur le plat-bord, il leur sourit d'emblée.

— Vous êtes intéressés par une location ? demanda-t-il, après avoir compris que ce couple venait pour lui.

— Pas vraiment. Je cherche des informations au sujet d'un bateau vous appartenant.

Salvani n'exprima pas sa déception, Après avoir jeté un coup d'œil à la carte de Roxane, il sauta avec agilité sur le quai.

— Il y a eu un problème avec un de mes clients ? Quelqu'un n'a pas respecté la vitesse dans la bande des 300 mètres ?

— Je ne suis pas de la « maritime », précisa Roxane. Je suis enquêtrice en affaires criminelles. Je cherche les personnes qui vous ont loué un *Jeanneau Prestige*, au mois de juin 2013. Le 13, précisément.

Salvani hésita un bref instant. Roxane constata à son

expression que pour une raison ou pour une autre, il se souvenait fort bien de ces clients.

— Ah, cette affaire... Je me demandais s'il y aurait une suite, un jour... De mon côté j'ai été clair depuis le début.

Il avait l'air inquiet, mais pas paniqué. Roxane pensa qu'il allait se montrer coopératif. Elle ressentait l'excitation du chasseur qui voit le piège se refermer sur sa proie. Elle jugea inutile de rajouter une couche formelle à cet interrogatoire improvisé.

— Vous n'êtes évidemment pas en cause, monsieur Salvani. Expliquez-moi tout.

— Eh bien, comme je l'ai dit à mon assureur, les clients se sont présentés en fin d'après-midi. Ils étaient deux d'après mon assistante. L'air pas tout à fait net, mais ils ont présenté leur permis bateau, et ils ont réglé la location d'avance, ainsi que le dépôt de garantie en liquide.

— D'après mes informations, interrompit Roxane, trois personnes sont montées à bord.

— Peut-être, mais Nathalie est formelle : seul deux d'entre eux ont procédé aux formalités de location.

— Très bien. Que s'est-il passé ensuite ?

— Ils m'ont loué un *Jeanneau Prestige* pour deux jours. Ils ont déclaré vouloir faire une partie de pêche pour fêter la promotion récente de l'un d'eux. Nathalie n'a pas posé plus de questions. Elle leur a juste indiqué les zones autorisées pour la pêche de nuit. Le problème c'est qu'ils ne sont jamais revenus.

L'information ne surprit pas Roxane outre mesure. Elle imaginait que si ces gens avaient loué un bateau pour s'enfuir avec Marc Leclerc, ce n'était pas pour le rendre le lendemain. Elle s'interrogea sur la distance que pouvait parcourir un *Jeanneau Prestige* avec le plein.

— Ils ont donc volé votre bateau. Vous avez porté plainte ? À votre avis, jusqu'où ont-ils pu aller ?

Salvani marqua sa surprise.

— Vous n'êtes pas au courant ? Sur quoi enquêtez-vous exactement ?

Roxane se morigéna intérieurement. Toujours laisser parler son interlocuteur avant de se dévoiler, se reprocha-t-elle, avant de rattraper le coup :

— Je vous l'ai dit, j'enquête sur une affaire criminelle. Pas sur la disparition de votre bateau. Que s'est-il passé après le signalement du vol ?

— Je comprends, se rasséréna Salvani.

Il expliqua alors qu'il ne s'agissait pas réellement d'un vol, dans la mesure où les clients avaient appelé vingt-quatre heures après la date prévue pour la restitution. Ils avaient déclaré que le bateau avait connu une avarie lorsqu'ils se trouvaient au mouillage. Un court-circuit avait provoqué un incendie et le bateau avait coulé en quelques secondes. Après un appel de détresse au CROSS MED, ils avaient été secourus et avaient regagné le rivage sains et saufs. Ils en étaient quittes pour une belle frayeur et espéraient que Salvani pourrait faire jouer l'assurance.

— Ce fut le cas ?

— Oui bien sûr, le sinistre était officiel, puisque déclaré également par les secouristes. J'ai été rapidement indemnisé.

— Vous n'avez jamais retrouvé l'épave ? demanda Roxane, à tout hasard.

— À quoi bon ? Ce sont des choses qui arrivent et j'ai été dédommagé. Vous pensez que mon bateau a servi pour un crime sur lequel vous enquêtez ?

Roxane ne répondit pas directement. Le scénario prenait forme dans son esprit. Marc Leclerc, aidé par ses complices, avait dû utiliser le *Jeanneau Prestige* pour rejoindre un navire à l'autonomie plus importante, peut-être le voilier qu'il avait acheté afin de gagner sa destination finale. Cette exfiltration en deux temps avait été soigneusement exécutée afin de brouiller les pistes, et c'est ce qui expliquait qu'on ne l'ait jamais retrouvé. À l'heure actuelle, Leclerc devait se trouver aux confins de l'Asie ou de l'Amérique du Sud en train de couler des jours heureux dans sa nouvelle vie...

Elle remercia Salvani et s'apprêta à prendre congé. Morgan intervint à cet instant.

— Vous connaissez la zone où a eu lieu le sauvetage ? demanda-t-il.

— Pas précisément, mais si vous demandez au CROSS MED, je suis sûr qu'ils ont ça dans leurs archives.

En quittant le ponton, Roxane, tourna et retourna dans sa tête les révélations de Salvani. Elle sentit monter le découragement à l'idée que Marc Leclerc se soit sans doute montré plus malin qu'elle ne le pensait pour mettre sur pied son projet. Au lieu de se rapprocher du dénouement, elle s'en éloignait.

— Tu as l'air déçue, ma grande, nota Morgan, tandis qu'ils regagnaient la voiture.

— Évidemment, papa ! Leclerc a bien réussi son coup. Il s'est servi du *Jeanneau Prestige* pour gagner le large et rejoindre un autre navire vers sa destination finale. C'est frustrant !

Morgan la regarda avec tendresse.

— Dans ce cas, pourquoi ses complices n'auraient-ils pas simplement rendu le bateau ? Pourquoi avoir pris le risque de le faire couler ? Non, Roxy, tu te trompes... Ce n'est pas ce qui s'est passé.

PARTIE VI
UNE INNOCENCE COUPABLE

34

Les archives du CROSS MED étaient mieux tenues que celles de la capitainerie de Port-Leucate. Parmi les missions du Centre Régional des Opérations de Surveillance et de Sauvetage en Mer Méditerranée, les actions de secours prenaient une part prédominante. L'organisme était habilité à utiliser tous les moyens militaires ou civils nécessaires pour venir en aide aux personnes. Roxane appela le commandant de la Brosse, basé près de Toulon, qui ne mit pas longtemps à retrouver la trace de cette opération spécifique.

Le 14 juin 2013, vers trois heures du matin, le CROSS avait reçu un appel de détresse, et un hélicoptère de la Sécurité Civile avait aussitôt été dépêché sur zone. D'après le rapport, lorsque les secours étaient arrivés, le *Jeanneau Prestige* avait fini de sombrer et ses passagers attendaient dans l'eau, leur gilet de survie orange passé autour du cou.

La zone de l'intervention était parfaitement circonscrite, aux environs de 42, 83 degrés de latitude nord et 3,08° de longitude est.

Morgan insista pour se rendre sur place.

— Nous allons retrouver l'épave et nous saurons alors ce qu'il s'est passé, affirma-t-il.

Roxane n'était pas convaincue.

— Papa, Marc Leclerc est plus que certainement monté à bord d'un autre navire. Même si on retrouve l'épave du bateau de location, il ne restera aucun indice après toutes ces années passées dans l'eau !

— Je comprends que tu ne veuilles pas mobiliser les moyens de ton service pour une opération aléatoire, mais fais-moi confiance, il ne faut négliger aucune piste. Ce n'est qu'une petite plongée à dix ou quinze mètres.

À court d'arguments, Roxane accepta de louer un bateau et des équipements de plongée. Suivre l'horloger était encore la meilleure façon de faire cesser sa lubie. Et puis, au point où elle en était, avec toutes ces pistes qui s'écroulaient les unes après les autres, elle n'avait pas grand-chose à perdre. Au fond, une escapade en mer avec son père n'était pas pour lui déplaire. Ça lui changerait les idées, pensa-t-elle.

Lorsque l'horloger jeta l'ancre, le sonar indiquait une profondeur de douze mètres. Ils se trouvaient à sept kilomètres de la côte. À cet endroit, le plateau méditerranéen ne plongeait pas encore vers les grandes profondeurs.

— Les coordonnées géographiques à deux décimales indiquent en réalité une zone de plusieurs centaines de mètres de côté, expliqua l'horloger. On va plonger ici et nager lentement vers le sud. Si on ne trouve rien, on poursuivra vers l'est. Tu es prête ma grande ?

Roxane cracha dans son masque, le rinça, puis plaça le détendeur dans sa bouche. Elle attendit que Morgan soit dans l'eau, puis, d'un mouvement calme, elle se laissa basculer en arrière.

Une fois sous la surface, la quiétude des fonds marins la saisit instantanément. Le paysage était loin de celui, idyllique, d'un banc de coraux tropicaux. Les eaux de la Méditerranée étaient modérément polluées, mais surtout, aucun massif rocheux ni aucun banc de poissons multicolores n'accrocha son regard. L'eau était bleu pâle, par endroit légèrement troublée par le courant.

L'horloger consulta la montre louée pour l'occasion. La *Garmin Instinct* n'était pas un de ces modèles mécaniques que Morgan appréciait, mais elle disposait d'une boussole numérique et d'une fonction de suivi de parcours. Il pointa deux doigts en direction du nord. Roxane acquiesça d'un léger mouvement de tête, puis ajusta son gilet stabilisateur.

Ils nagèrent plusieurs minutes côte à côte, progressant lentement, guidés par la boussole. À chaque coup de palme, la masse sombre de la mer semblait se refermer sur eux, les plongeant dans une atmosphère irréelle. Roxane avisa quelques anémones solitaires, leurs tentacules ondulant doucement au gré des courants. Parfois, un poisson isolé passait furtivement devant eux, comme une ombre dans l'immensité bleue.

Morgan jetait de rapides coups d'œil à sa montre-boussole. Malgré la tension provoquée par la mission, il ressentait une grande tranquillité. Les sons étaient rares et réguliers. Le battement de son cœur, le sifflement léger des bulles d'air qui s'échappaient de son équipement, provoquaient chez lui un sentiment de paix intérieure. Sous l'eau, l'horloger se sentait étrangement chez lui, comme si l'immensité silencieuse de la mer reflétait l'univers dont il avait besoin. Dans cet élément, il n'y avait aucune place pour la précipitation, seulement de la méthode et de la précision.

Après plusieurs minutes de nage en ligne droite, il jugea qu'ils étaient sur le point de sortir de la zone de recherche. Il posa sa main sur le torse de Roxane et lui indiqua une direction à quatre-vingt-dix degrés. Une minute plus tard, il sentit une pression sur son mollet. Roxane s'était arrêtée de nager. Elle pointait le bras en direction d'une légère variation dans le bleu de la mer. Il enregistra sur sa montre les coordonnées de l'endroit, puis orienta le mouvement de ses palmes en direction de la masse.

Roxane avait vu juste. Bientôt, une forme sombre se précisa lentement. Ils nageaient à présent à une quinzaine de mètres sous la surface, rasant le plancher sous-marin. L'objet était visiblement posé sur le fond. À mesure qu'ils s'approchèrent, la forme devint plus distincte.

C'était une épave, couchée sur le flanc, partiellement enfouie dans le sable.

Morgan adressa un mouvement de tête approbateur à sa fille. Ils avaient trouvé ce qu'ils cherchaient : le bateau était manifestement un engin à moteur échoué ici depuis longtemps. Les hublots étaient brisés et des algues avaient colonisé le pont et la coque, enveloppant l'épave d'un linceul verdâtre.

Roxane sentit son cœur s'accélérer. Elle observa les détails visibles, cherchant un nom gravé, une inscription, quelque chose qui confirmerait le modèle de l'embarcation. Elle laissa son père faire le tour par la gauche et s'approcha du flanc qui lui faisait face. Sur la poupe, à moitié recouvertes de végétation marine, des lettres avaient été apposées sur la coque. Roxane s'approcha encore, retira les algues avec précaution, et déchiffra l'inscription partiellement effacée par les années : *Jeanneau Prestige*.

Ils avaient mis dans le mille.

Morgan consulta une nouvelle fois sa montre. Leur réserve d'air s'épuisait rapidement, mais il disposait encore de quelques minutes pour explorer l'intérieur.

Jeanneau avait construit de nombreux modèles du *Prestige*. Certains mesuraient plus de vingt mètres. Heureusement, la version autrefois possédée par le loueur de Port-Leucate était plus modeste. Il plaça deux doigts devant les yeux, puis il indiqua la porte d'accès au carré.

Pour éviter de rester coincé si le panneau de bois venait à se refermer sur eux, il arracha la charnière qui maintenait la porte. Jambes en avant, il s'introduisit dans l'habitacle.

Il constata d'abord les traces d'un incendie qui avait dévasté le flanc bâbord. Les naufragés n'avaient pas menti sur ce point, mais à bien observer, le trou dans la coque était trop régulier pour avoir été provoqué par le feu. Le plastique des sièges n'avait pas complètement fondu, et le bord de la voie d'eau était symétrique, comme s'il avait été effectué à l'aide d'un outil. Manifestement le feu avait été déclenché a posteriori pour donner une explication naturelle au sinistre. Morgan sentit un mouvement dans son dos et s'aperçut que Roxane l'avait suivi à l'intérieur. Il arrondit son pouce et son index, formant le geste de sécurité des plongeurs. Elle confirma calmement.

Les minutes étaient comptées avant que leur réserve d'air se tarisse. Il décida toutefois de terminer l'inspection. Pour mieux coordonner ses mouvements dans l'espace restreint et encombré par le naufrage, il retira ses palmes. Il les tendit à Roxane, puis il prit appui sur la table à carte. D'une poussée aussi forte que possible, il enfonça la porte d'accès à la cabine avant. Celle-ci ne résista pas.

C'est alors qu'ils découvrirent avec effroi l'homme qui occupait les lieux depuis plus de dix ans...

En fait d'occupant, Roxane et Morgan avaient devant eux un amas informe d'os humains et de morceaux de tissus. L'eau de mer et les poissons ayant fait leur œuvre, aucun morceau de chair ne recouvrait plus le squelette.

Ils constatèrent que les bras et les jambes de la victime avaient été entravés par des cordelettes en nylon qui avaient résisté aux outrages du temps.

Une fois remontée à l'air libre, à la verticale de l'épave, Roxane retira brusquement son détendeur et son masque de plongée.

— Dis-moi que ce que l'on a vu n'était pas réel ! dit-elle à son père qui émergea juste à côté d'elle.

— Hélas, si, ma grande. Je te parie trois ans de ma solde de retraité que nous avons découvert le corps de Marc Leclerc.

Les idées se bousculaient dans la tête de Roxane. Bien sûr, elle avait imaginé depuis longtemps que dix ans après ses crimes, le fugitif puisse être décédé. Elle comprenait à présent qu'il était probablement mort quelques jours à peine après avoir entamé sa cavale. Et manifestement d'une mort violente.

— Putain, s'emporta-t-elle, ça veut dire que ses complices l'ont tué ! Pourquoi ?

— On ne sait pas encore, mais on ne va pas tarder à le découvrir. Allez, viens, on retourne au bateau. On débriefera à terre.

À cent cinquante mètres de là, ancrée sur le fond de la mer, leur embarcation oscillait doucement, ballotée par les vaguelettes. Ils mirent trois minutes à l'atteindre.

Roxane retira sa combinaison. Elle s'emmitoufla dans un drap de bain, puis elle interrogea son père :

— Si tu me disais ce que tu as appris lors de ta dernière « mission » ? Pourquoi ai-je l'impression que tu ne m'as pas tout dit ?

L'horloger mit le moteur en marche et dirigea le bateau à allure modérée vers le port. Le mystère était sur le point de se dissiper, mais un élément continuait de le tracasser. Il hésitait à en parler à sa fille, sachant que cela impliquerait une action de sa part qui risquait fort de lui déplaire.

— À l'évidence, Marc Leclerc n'a pas joué le rôle que nous pensions dans cette affaire. Il n'a probablement même pas assassiné sa famille, entama-t-il.

— Ce n'est peut-être pas lui, le squelette dans le bateau.

— J'imagine que tu vas faire repêcher le corps dans les jours qui viennent. On aura alors la confirmation de son identité... Fais-moi confiance, il s'agit bien de Marc Leclerc.

Roxane commençait à le croire aussi, mais elle avait besoin de connaître le raisonnement de son père. Il avait l'air d'être catégorique.

— Papa, c'est une question de confiance entre nous. Dis-moi ce que tu sais.

Morgan fixa sa fille en cherchant ses mots. Il se souvint de sa promesse, faite il y a plusieurs années, de ne plus lui dissimuler ses activités occultes. Dieu qu'il était difficile de tenir parole, lorsque sa première motivation était de protéger Roxane. Un flot de sentiments contradictoires se bouscula dans sa tête. Au bout d'une minute, il s'exprima d'une voix grave :

— Tu as raison. La confiance, c'est important... Alors, voilà, ma grande, je sais que je pourrais te dévoiler l'identité du responsable, mais il s'agit de ton affaire et tu touches du doigt la vérité. Tu as fait un travail remarquable. C'est à toi de mener cette enquête à son terme. De mon côté, en attendant que tu rassembles les preuves nécessaires pour que cet individu soit confondu, je dois m'assurer qu'il ne t'arrive rien et que tu sois en sécurité.

— Je ne comprends rien, papa ! De qui s'agit-il ?

— Cela fait des semaines que tu te rapproches d'une vérité bien différente de la version officielle. Et ça ne plaît pas du tout au commanditaire de ces crimes. Comme toujours, il a engagé des hommes de main pour faire le sale boulot. La voiture qui a failli te renverser, il l'a obtenue par un petit délinquant du coin, mais ce n'est pas lui qui était au volant. Il ne se salit pas les mains. C'est un manipulateur, un donneur d'ordres. Il se contente de diriger et de payer, sans jamais passer lui-même à l'action.

— Bon sang, assez de mystères ! Dis-moi de qui il s'agit !

Roxane était sur le point d'exploser. Pourtant, l'horloger poursuivit ses explications comme s'il était le seul à décider de ce qu'elle pouvait savoir ou ne pas savoir.

— À chaque étape de cette histoire, on retrouve des

hommes louches qui exécutent les sales besognes de celui qui tire les ficelles. Il a fallu plusieurs personnes pour immerger les corps, il y a dix ans. Deux types sont montés à bord du bateau avant de tuer Marc Leclerc. Et même maintenant, alors que tu es sur le point de découvrir la vérité, ce sont encore des voyous que tu croises sur ta route : celui qui a jeté la lettre de menace dans ton jardin, et celui qui conduisait l'Audi qui a failli te renverser. Le commanditaire commence à paniquer et il fait des erreurs. La dernière, c'est d'avoir lui-même détruit la voiture...

— Alors donne-moi son nom, et nous l'arrêtons immédiatement ! C'est aussi simple que ça !

— Pas encore ma grande. Il y a ce dont je suis certain, et ce que nous sommes capables de prouver. Si nous voulons mettre cet homme derrière les barreaux jusqu'à la fin de ses jours, il faut que ton dossier soit en béton. Donne-toi quelques jours pour recevoir les réponses des pistes que tu as lancées. Et alors, tu découvriras toi-même l'identité du coupable. Fais-moi confiance, je suis là pour surveiller que tu ne fais pas fausse route, et je t'affirme que tu es sur la bonne voie.

Une fois de plus, l'horloger suivait sa propre logique. Celle-ci demeurait inaccessible pour le commun des mortels, et parfois même pour sa fille.

— C'est insupportable, papa. Tu me prends pour une gamine, tout juste capable d'exécuter les ordres de son père. Je n'ai plus dix ans, bon sang ! Si tu n'es pas capable de me considérer comme une adulte, on n'a plus rien à se dire. Je vais terminer cette enquête, en effet, et toi, tu vas retourner à tes montres et me foutre la paix !

L'horloger porta son regard vers le rivage. Une expression de colère s'empara de ses traits. Il n'en voulait pas à Roxane de sa charge bien compréhensible. Il s'en voulait beaucoup à lui en revanche, de ne pas être capable de faire pour une fois ce que lui demandait sa fille. Elle découvrirait de toute façon le nom du coupable en ouvrant l'enveloppe de l'INPI. Pourquoi alors, son intransigeance l'empêchait-elle d'anticiper cette révélation de quelques heures ?

À la réflexion, il comprit que le sentiment qui dominait était précisément son désir de ne plus être indispensable à Roxane. Il devait préparer dès maintenant le jour où il ne serait plus là.

Protéger sa fille ou la laisser s'envoler, tel était le dilemme qui ravageait le cœur de l'horloger.

Sur sa joue, une larme de frustration se mêla aux embruns.

35

En haut de la ruelle qui conduisait au vallon des Auffes, coincé entre deux immeubles à la façade colorée, un terrain de boules municipal avait été mis à la disposition des habitants. Encadré d'une clôture métallique, son portillon n'était presque jamais verrouillé. Viktor aimait bien y flâner de temps en temps, lorsque l'ambiance chez lui était survoltée. Alicia faisait de son mieux pour que Tom et Lou se tiennent calmes lorsque leur père était là. Mais le cabanon de pêcheur n'avait pas été conçu pour constituer la résidence principale d'une famille de quatre personnes.

Viktor était assis sur le dossier d'un banc en bois. Les écouteurs vissés dans les oreilles, il fredonnait les paroles du vieux titre d'un groupe de rap marseillais des années 90.

« Toujours vif, comme au premier jour de cours,
Où tour à tour les mecs te matent, claque pas des genoux
T'es viré d'la cour, tenir le coup, regard froid »

Les paroles de Shurik'n lui rappelaient ses jeunes années. Comme tous les enfants nés dans les quartiers, il avait vécu la difficile condition des familles défavorisées. Renvoyé plusieurs fois de l'école, séjour à l'hôpital après des bagarres au pied des immeubles, il avait également passé quelques années en prison. Le parcours des jeunes élevés dans la rue, qu'ils soient issus de l'immigration ou pas, était immuable. Mais Viktor était un battant. Il avait rencontré Alicia qu'il aimait sincèrement. Elle lui avait donné Tom et Lou qui donnaient un sens à sa vie d'adulte. Et puis il y avait eu l'horloger. Cet homme était un cadeau de la vie, imaginait-il. À la fois attentionné et dur, toujours à la limite des règles de la société, il constituait un référent pour Viktor. Un homme auquel il voudrait ressembler et qui le maintenait dans le droit chemin.

Un chemin pas tout à fait droit, en réalité, pensait-il en tirant sur sa cigarette.

« *Souvent on bute sur le pied du voisin*
Espace restreint
On gueule souvent, on en vient aux mains
Pour tout et rien
Ça finit devant témoins
Et va savoir combien de temps on peut rester sans voir les siens »

La nuit était tombée à présent. Le vallon retrouvait sa quiétude. La terrasse de *Chez Jeannot* se vidait petit à petit, les Marseillais du centre-ville laissant place aux autochtones qui fermaient leurs volets.

Viktor n'entendit pas ses agresseurs arriver.

Ils étaient trois. Le plus grand mesurait près d'un mètre quatre-vingt-dix. Nourri aux protéines de synthèse, il devait soulever des poids dans une salle de musculation au moins quatre heures par jour. Les deux autres étaient plus petits, mais tout aussi menaçants. Ils descendirent la rue sans même chercher à se dissimuler. Viktor prit conscience de leur présence lorsqu'ils franchirent le portillon du boulodrome. Il retira prestement l'un de ses écouteurs.

— Ça va les gars ? demanda-t-il, légèrement inquiet devant leur attitude.

Le plus grand esquissa un sourire froid, presque carnassier. Ses deux acolytes s'arrêtèrent de part et d'autre de Viktor, bloquant toute issue. L'atmosphère se chargea d'une tension électrique.

— Ça va, ça va... On est venus pour discuter, répondit le chef d'une voix traînante.

Viktor se redressa, essayant de dissimuler sa nervosité. Mais son cœur s'emballa. Il connaissait ce genre de type. Ils n'étaient pas là pour discuter. Ils étaient là pour régler des comptes, et il était évident qu'il en était la cible.

— Discuter de quoi ? demanda-t-il en essayant de maîtriser sa voix.

— Toi et l'un de tes amis vous vous êtes intéressés à une caisse d'occasion. On n'aime pas ça...

Le type laissa sa phrase en suspens. L'un des deux autres, un type trapu au visage couturé de cicatrices, ricana en s'avançant légèrement. Ses yeux brillaient d'une lueur sadique.

— Écoutez, on voulait juste savoir à qui elle avait été vendue. Pas à vous, d'après ce que je sais. Il est où le problème ?

— Où on peut trouver ton collègue ? Le vieux qui a menacé Perez.

Viktor réalisa que le gitan avait parlé, mais qu'en plus, il s'était adressé à des gars connus pour pratiquer l'intimidation sur ordre. Ces types n'étaient pas des voyous ordinaires. Ils exécutaient des contrats contre quelques milliers d'euros. Et le fait qu'ils agissent à visage découvert en disait long sur la nature du contrat qu'ils étaient venus remplir. Il avisa un renflement sous la veste de jogging du grand.

— Si vous êtes venu pour me buter, pourquoi n'avez-vous

pas tiré tout de suite ? demanda-t-il crânement. Vous voulez nous choper tous les deux, c'est ça ?

— Je compte jusqu'à trois et tu nous dis où on peut trouver ton collègue, prononça l'homme en dégainant ostensiblement son révolver. Un...

— Allez vous faire foutre ! Dans tous les cas, mon collègue, comme vous dîtes, va s'occuper de vous un par un. Et de votre boss, aussi.

C'était désespéré, mais Viktor était certain qu'ils ne le buteraient pas avant de savoir où se trouvait Morgan. Il vit tout de même défiler dans sa tête l'image de Tom, Lou et Alicia.

Les trois hommes l'encerclèrent un peu plus, le contraignant à reculer jusqu'à ce que son dos heurte le grillage du boulodrome. Ses yeux cherchèrent désespérément une échappatoire, mais il n'y en avait pas.

Sans terminer son décompte, le grand type envoya un coup de poing dans l'abdomen de Viktor. Le souffle coupé, celui-ci s'effondra à genoux, tentant désespérément de reprendre sa respiration. Les deux autres se jetèrent sur lui, enchaînant coups de pied et coups de poing, sans lui laisser la moindre possibilité de se défendre. La violence de l'attaque n'était pas un simple passage à tabac, c'était un message clair : l'homme derrière tout ça avait les moyens de faire taire quiconque se mettait en travers de sa route. Dut-il pour cela employer les pires crapules de la cité phocéenne. Viktor tenta de se protéger en ramenant ses bras contre son visage, mais les coups pleuvaient de toute part.

— Ne le finis pas tout de suite, entendit-il ordonner l'un des hommes.

Le troisième passeur à tabac l'empoigna par le tee-shirt, l'obligea à se relever, puis le força à s'asseoir sur le banc.

— Autant abréger ton problème, reprit le grand. Où se trouve ton collègue ?

— Dans ton cul ! brava Viktor.

Une nouvelle volée de coups s'abattit sur sa tête, ses bras et ses côtes.

Au moment où ses forces menaçaient de l'abandonner, et où il commençait à croire qu'il allait mourir sur ce morceau pittoresque de terre marseillaise, il distingua furtivement une ombre derrière ses trois agresseurs.

— Arrêtez-vous ou je tire, annonça une voix déterminée.

Viktor était en train de perdre connaissance. Les trois lascars se retournèrent comme un seul homme.

— T'es qui toi ? interrogea l'un des petits, presque amusé.

Il était trop tôt pour que la police arrive sur les lieux et la voix ne pouvait pas être celle du collègue de Viktor arrivé en sauveteur providentiel.

— Maintenant, vous quittez les lieux, ou je tire, réitéra Anne-Laure.

Elle faisait face à la scène avec le calme d'une ancienne gendarme d'élite habituée aux opérations contre des forcenés. Campée sur ses jambes, légèrement de profil, elle tenait à deux mains un Glock 17 visiblement chargé. Le chef du groupe mit plusieurs secondes à réagir. Il toisa d'abord cette femme apparemment déterminée, mais qui ne portait pas d'uniforme. Puis il dirigea la main vers l'intérieur de sa veste.

Anne-Laure tira une première balle qui vint se ficher entre les pieds de la brute. Dix centimètres à peine devant ses orteils.

— La prochaine est pour ton genou, annonça-t-elle. Et les suivantes, pour vous, messieurs.

Elle fit lentement passer le canon du Glock devant les trois agresseurs.

Le chef du commando jugea que le risque était trop grand. Le bon déroulement d'un contrat, à priori facile à exécuter, ne justifiait pas qu'ils prennent une balle. Il ignorait qui était cette dingue, mais son regard ne laissait planer aucun doute sur le fait qu'elle n'hésiterait pas à tirer encore.

— On s'arrache les gars, ordonna-t-il.

Sans demander leur reste, les trois hommes passèrent devant Anne-Laure en courant. Puis ils accélérèrent dans la montée de la ruelle pour atteindre la voiture qu'ils avaient laissée plus haut.

Anne-Laure se précipita sur Viktor, essayant de juger de l'étendue des dégâts. Il était salement amoché, mais il s'agissait seulement de contusions.

— Il faut vérifier que tu n'as rien de cassé. Viens, je t'emmène à l'hôpital.

— Merci... grogna Viktor, du sang envahissant sa bouche, altérant son élocution. Co... comment as-tu su que j'étais en danger ?

— Morgan m'a appelé en chemin. Il rentre de Port-Leucate. Il m'a demandé de l'attendre chez lui, et de veiller sur sa maison. Et sur toi...

Elle passa ses bras sous les épaules de Viktor, et l'aida à se relever. Le garçon était solide, mais Anne-Laure voulait s'assurer qu'il ne souffre pas de traumatisme crânien.

— On file à la Timone, dit-elle en le soutenant jusqu'à sa voiture.

Plus haut dans la ruelle déserte, les trois hommes ralentirent l'allure. Ils étaient essoufflés autant par la course que par la peur rétrospective d'être passés à deux doigts de se faire buter. Le chef extirpa la télécommande de la voiture et la déverrouilla à distance. Cinquante mètres plus haut, les clignotants d'une berline de couleur mate s'allumèrent brièvement.

— C'était qui cette meuf ? demanda le petit balafré.

— J'en sais rien, moi ! avoua le chef. En tout cas, on s'occupera d'elle ! On la retrouvera, cette conne !

— On aurait dû finir Viktor tout de suite, putain.

— Nan, les instructions sont claires : les deux en même temps. On reviendra.

Le balafré monta à l'avant, tandis que l'autre grimpa sur la banquette arrière. Le chef s'installa au volant. Il ne remarqua pas le léger dévers que marquait la berline par rapport à la pente naturelle de la ruelle. Il actionna le démarreur, enclencha une vitesse, puis accéléra doucement.

Mais rien ne se produisit. Les roues tournèrent dans le vide.

Au même moment, surgi de l'ombre d'un porche, Morgan se pencha à la portière. Il braquait à son tour un Glock sur le visage du conducteur.

— Alors comme ça, vous me cherchiez ? dit-il d'une voix calme. Le problème c'est que je vous ai trouvés avant que vous ne me trouviez.

— Putain, l'horloger, jura le chef. Tu joues avec ta vie. On vient de donner une leçon à ton jeune collègue. Dégage où on te bute tout de suite.

— Vous auriez dû faire le tour de la voiture. Vous vous seriez aperçu que j'ai placé un cric à l'avant. Décidément pour des professionnels, vous m'avez l'air bien empotés.

— Bute-le ! cria le petit à l'arrière.

— Ta gueule, tu vois bien qu'il est armé. » Puis s'adressant à Morgan : « on fait quoi maintenant ? Tu tires en premier ou tu me laisses le temps de dégainer ?

— Courageux... siffla l'horloger. Vous n'êtes pas vraiment en position de négocier. Vous êtes des professionnels, tout comme moi, alors je vais vous expliquer ce qui va se passer...

Morgan s'exprima d'une voix calme, sans jamais détourner son arme du visage du conducteur. Il expliqua que si leur mission était de se débarrasser de Viktor et de lui-même, la sienne était de s'assurer que le salopard qui leur avait donné cet ordre soit bientôt sous les verrous. Il pourrait les punir de s'en être pris à sa fille, quelques jours plus tôt, mais il n'était plus ce genre d'homme. Ce qu'il voulait réellement, c'est qu'ils comprennent que la mission qu'on leur avait confiée était tout simplement irréalisable. Comme de bons soldats, ils devaient admettre que leur donneur d'ordre n'était plus qualifié pour leur assigner des missions. « Même s'il vous paye, ses ordres sont manifestement irréalistes », conclut-il, souriant.

Le chef du commando garda son sang-froid pendant toute la tirade de Morgan. Il était partagé entre la frustration de devoir renoncer à un contrat juteux, et l'admiration devant la ruse de ce vieux soldat. Il était un tueur à gages implacable, mais loin d'être idiot. Il savait reconnaître une affaire qui devenait foireuse.

— Ça va, l'horloger, on te laisse tranquille. Dégage avant que je change d'avis.

— J'ai une dernière question pour toi... Il y a dix ans, pour la famille Leclerc, c'était déjà vous ?

L'homme le regarda avec défi. Sa bouche se crispa dans un rictus méprisant.

— Marseille a changé, l'horloger, les types qui montaient sur des coups, il y a dix ans, ils sont tous en prison ou à la retraite, maintenant. Ça ne fait pas si longtemps que je suis dans le business.

— Tant mieux, je préfère ça, soupira Morgan. Dans le cas contraire j'aurais été obligé d'appuyer sur la détente.

Il rangea son arme, tourna les talons et descendit tranquillement la ruelle vers le vallon. Il avait hâte d'avoir des nouvelles d'Anne-Laure et de Viktor.

36

Les plongeurs de la gendarmerie furent sollicités pour inspecter l'épave. Roxane avait passé les quarante-huit dernières heures à organiser l'opération de repêchage. Elle *savait* que le corps qui se trouvait à une quinzaine de mètres sous l'eau était celui de Marc Leclerc, pourtant ce n'est qu'une fois les analyses ADN effectuées qu'elle pourrait se servir de cette information dans le cadre de la procédure. Elle se tenait assise sur le bord d'un zodiac, à une trentaine de mètres de l'endroit où avait été fixée une bouée matérialisant la présence de l'épave.

— C'est vraiment du bon boulot, approuva Marianne, une nouvelle fois descendue de Paris.

La patronne de la DIANE portait elle aussi un gilet de sauvetage orange sur une parka bleue.

— Cette affaire n'est pas terminée. J'aurais préféré le retrouver vivant. Il aurait pu nous expliquer pourquoi Sophie, Anaïs et Quentin ont été assassinés.

La remarque était frappée au sceau du bon sens, elle rappelait toutefois à Marianne Brunel qu'elle avait fait fausse route en 2013. Elle avait mis toute son énergie à traquer Marc, le seul membre de la famille Leclerc manquant à l'appel. Elle l'avait cherché *vivant* en s'appuyant sur les signalements reçus, pourtant il était probablement déjà mort. Elle ressentit une bouffée de satisfaction à l'idée qu'il ait enfin été retrouvé. Ça avait pris dix ans, mais c'était chose faite grâce à la pugnacité d'une jeune enquêtrice, nouvellement recrutée. Marianne était fière de cela.

— Vous avez mentionné avoir une piste sérieuse pour retrouver ceux qui ont fait ça, dit-elle. Quelle est-elle ?

Roxane ne répondit pas tout de suite. Une chose à la fois, pensait-elle. D'abord vérifier formellement que le cadavre qui n'allait pas tarder à être remonté était bien celui de Marc. Puis s'occuper des assassins de la famille Leclerc.

Elle ordonna au pilote du zodiac de se rapprocher de la bouée.

Le gendarme accéléra doucement, dirigeant l'embarcation vers l'endroit où se trouvaient déjà trois autres bateaux oscillant au rythme des vagues. Roxane sentit le souffle de l'air salin sur son visage. À mesure qu'ils approchaient, elle aperçut les bulles d'air qui remontaient depuis l'épave. Un officier coordonnait la manœuvre de ses hommes sous l'eau depuis une vedette sur laquelle se trouvait également un médecin légiste.

La surface de l'eau se brisa brusquement lorsqu'un plongeur émergea, suivi par deux autres. Ils entouraient une grande toile blanche, maintenue par des flotteurs, sur laquelle reposait la forme d'un corps enveloppé dans un filet de récupération.

Roxane se leva instinctivement et posa son regard sur le cadavre repêché. Elle était préparée à cette découverte, pourtant, une partie d'elle-même continuait d'espérer contre toute logique qu'il ne s'agisse pas de Marc Leclerc.

Le corps fut maintenu quelques instants sous la surface de l'eau, le temps que le médecin légiste plonge et procède aux premières constatations dans le milieu dans lequel il avait séjourné plus de dix ans. Il écarta les bords du filet.

Le cadavre était évidemment méconnaissable. En réalité, il

s'agissait d'un ensemble d'ossements humains retenus entre eux par les pièces d'étoffe qui avait constitué la dernière tenue de Marc Leclerc. Il était impossible de l'identifier à ce stade, mais Roxane était certaine que les os et les cheveux résiduels contiendraient suffisamment d'ADN pour le faire. Le légiste procéda aux prélèvements, puis, d'un signe de la tête, ordonna que l'on hisse la dépouille à bord de la vedette.

Les réflexions de Roxane s'échappèrent de la scène. Elle pensa à Sophie, Anaïs et Quentin, aux vies brisées, et au fait que Marc ne pourrait jamais plus leur donner de réponses. Elle se força à refouler sa frustration. Elle n'avait pas le droit de se laisser submerger. Pas encore.

Marianne l'observait. Elle posa une main sur son épaule.

— Vous avez fait ce qu'il fallait, Roxane. Vous avez rattrapé mes erreurs. Parlez-moi de vos indices.

Le légiste poursuivait ses constatations, notant chaque détail dans son carnet. Roxane fit signe au pilote de regagner la côte. Ils s'éloignèrent rapidement de la « scène de crime ». Le sifflement du vent et le bruit du moteur empêchaient les deux femmes de tenir une conversation normale, aussi Roxane dut littéralement hurler à l'oreille de sa cheffe. Elle expliqua que la clé du mystère se trouvait dans un document que quelqu'un lui apportait en ce moment même, à Port-Leucate.

Trente minutes plus tard, le Zodiac franchissait la passe du port. Roxane avait les yeux rivés vers le ciel.

— Vous attendez le père Noël et son traîneau ? s'amusa Marianne, tandis que la vitesse réduite de l'embarcation rendait à nouveau possible la conversation.

— Presque...

Au moment où leur bateau approchait de la jetée, un oiseau rouge et jaune qui ressemblerait en effet au traîneau du père

Noël survola l'étang de Leucate vers le sud. Passant à leur hauteur, le Canadair effectua un léger battement d'ailes.

— Il nous dit bonjour, dit Roxane, sa voix tremblant légèrement.

— J'ai compris. C'est votre mari ! Il détient les informations qu'il nous manque, n'est-ce pas ?

Ce n'était pas tout à fait ça, mais Roxane ménagea le suspense vis-à-vis de sa patronne. En réalité, plus tôt dans la matinée, elle avait demandé à Thomas de lui apporter le pli reçu à leur domicile deux jours auparavant. Celui-ci avait prétexté le besoin de former une jeune recrue aux amerrissages sur l'ancienne base d'hydravions Latécoère située sur l'étang de Leucate, et il avait légèrement détourné les moyens de la Sécurité Civile pour jouer à l'aéropostale.

Les deux femmes observèrent le Canadair effectuer un virage sur l'aile à cent quatre-vingts degrés puis s'aligner face au nord. Le gros oiseau se posa bientôt sur le ventre, ses deux hélices projetèrent de fines gerbes d'eau dans son sillage. Roxane demanda au pilote du Zodiac de s'approcher, ce qu'il fit en passant à vive allure sous le pont routier de Port-Leucate.

Trois minutes plus tard, le bateau de la gendarmerie se positionna contre le flanc du Canadair, maintenant immobile.

— Bel amerrissage, commandant, approuva Marianne, lorsque Thomas de Lartigue apparut par le fenestron ouvert de l'avion.

— Tout le mérite en revient à mon élève, colonelle.

À l'aide d'une ficelle, il fit descendre un petit panier artisanal dans lequel se trouvait une enveloppe fermée, solidement attachée.

Roxane était fière de son homme. Bien sûr, il s'agissait d'un vol sans enjeu et d'un amerrissage comme il en avait effectué des milliers, mais une part d'elle-même admirait profondément ces hommes qui volaient comme d'autres respiraient. Et puis, Dieu qu'il était beau dans sa belle combinaison orange, son regard azur se confondant avec le ciel.

— Tu seras là pour le dîner, ma chérie ? demanda-t-il en souriant, le ton empreint d'une pointe d'ironie.

— Oui, je m'arrêterai prendre du pain sur le chemin du retour, mon amour, plaisanta Roxane en lui adressant un baiser avec la main.

Bientôt, le Canadair manœuvra pour reprendre les airs en direction de Nîmes sous les yeux admiratifs de Roxane et de sa cheffe.

Plus tard, sur le port où commençaient à arriver les bateaux de la gendarmerie engagés dans l'opération de récupération, les deux femmes s'isolèrent dans le véhicule de la lieutenante.

— Allez-vous vous décider à me dire ce que contient ce mystérieux pli ? pressa Marianne.

— C'est l'autre volet de l'enquête. Vous vous souvenez que je doutais que l'argent puisse être un mobile dans cette affaire ? La théorie qui voulait que Marc Leclerc ait assassiné sa femme et ses enfants à cause de ses problèmes financiers, pour recommencer sa vie, ne tenait pas. En réalité, je suis arrivée à la conclusion que l'argent n'était pas une motivation pour Marc Leclerc, mais qu'il pouvait en être une pour les gens qui avaient monté ce complot sordide.

— Je ne suis pas certaine de comprendre. Où voulez-vous en venir ?

— Marc Leclerc n'était pas acculé financièrement. Il gagnait correctement sa vie. De plus, il venait de mettre au point un logiciel innovant dans le domaine du *fast trading*.

— Du quoi ?

— Ce serait trop long à expliquer en détail. En gros, il s'agit d'un logiciel utilisé par les financiers pour leurs opérations en bourse. Un système qui fait gagner des tonnes d'argent à ceux qui l'utilisent.

— Et Marc Leclerc faisait des opérations de bourse ?

— Lui non, mais il était sur le point de vendre son invention à une société spécialisée. Cette transaction devait le mettre à l'abri du besoin, lui et sa famille, pour des dizaines d'années. Il avait déjà touché la première partie de la vente.

Roxane expliqua comment elle avait été mise sur la piste du logiciel financier par Louis Bouvier, le beau-père de Marc, qui ne croyait pas depuis le début au mobile financier. Elle précisa ensuite que l'acompte avait bien été versé, mais que, à sa connaissance, le solde n'avait jamais été réglé. Du moins pas à Marc Leclerc.

— Vous savez ce qu'est devenu l'argent de l'acompte ? interrogea Marianne.

— Absolument. Véronique Leclerc en a hérité lorsque son frère a été officiellement déclaré mort. C'est comme cela qu'elle a rénové le domaine de l'Aube Bleue.

Marianne tiqua.

— Je n'ai pas vu passer de procès-verbal d'interrogatoire de Véronique Leclerc, nota-t-elle.

— C'est exact. Ce n'est pas moi qui l'ai interrogée. Ce sont mon père et sa compagne.

La patronne de la DIANE ne commenta pas. Depuis le début, elle avait accepté le mode opératoire de Roxane. Son père était à la fois un mentor et un assistant dans chacune de ses enquêtes. Sur un plan procédural, c'était extrêmement contestable, mais c'était aussi une des raisons pour lesquelles elle l'avait recrutée dans sa division spécialisée dans les *cold cases*. Ne jamais oublier, ne jamais abandonner... Quels que soient les moyens à utiliser, avait-elle ajouté à la devise de la DIANE.

— Et le solde de la vente du logiciel, alors, il n'a jamais été versé ?

— C'est là qu'intervient mon idée, dont la confirmation se trouve dans cette enveloppe.

Elle brandit sous le nez de Marianne la lettre apportée par Thomas.

— Eh bien ouvrez-là, alors !

— Auparavant, je dois vous faire part de la logique que j'ai suivie.

À trente mètres du quai où elles se trouvaient, les opérations de déchargement continuaient. Le médecin légiste coordonnait le transbordement de la bâche chargée du corps. Il y avait une chance minuscule qu'une autopsie parvienne à déterminer les causes de la mort, mais le praticien prenait d'infimes précautions pour que les restes du squelette soient acheminés vers son laboratoire sans corruption extérieure. Roxane lui adressa un signe de la tête et porta son pouce et son auriculaire à son oreille. Elle serait prévenue à la minute où l'ADN résiduel contenu dans les os aurait parlé.

Puis elle se concentra à nouveau sur ses explications à Marianne.

— L'hypothèse selon laquelle des complices auraient aidé Marc Leclerc à assassiner sa famille, puis à les faire disparaître, et enfin à prendre la fuite, m'a dès le début paru la plus vraisemblable. En revanche, j'ai mis du temps à comprendre que ces tiers n'étaient pas des complices, mais en réalité les véritables coupables. L'assassinat de Sophie et des enfants par Marc, suivi de sa fuite, était un scénario logique et séduisant. C'était du reste la thèse que voulait nous faire avaler le vrai responsable. Mais une autre manière d'aborder ce mystère m'est venue lorsque je me suis penchée sur le mobile possible.

— Marc ne serait pas l'assassin, mais plutôt une victime... commenta Marianne, comme pour elle-même. Si c'est le cas, pourquoi ne pas l'avoir tué et enterré avec sa femme et ses enfants ?

— C'est le crime parfait ! Pendant dix ans, on a recherché le père de famille en le croyant coupable. Tous les moyens d'investigation ont été concentrés sur sa traque. Si l'on avait retrouvé son corps avec ceux des trois autres, l'enquête aurait pris une tout autre tournure. On se serait penché sur celui ou ceux qui avaient une raison de s'en prendre aux Leclerc. Et on serait sans doute arrivé à ma conclusion beaucoup plus tôt. Non, je vous l'affirme : faire passer l'une de ses victimes pour le coupable du meurtre des trois autres était un coup de génie !

— J'ai du mal à parler de génie, s'agissant d'un quadruple meurtre !

— Vous avez raison, se reprit Roxane. Toujours est-il que lorsque j'ai envisagé les choses sous cet angle, j'ai dû me pencher sur le mobile. Comme souvent, il s'agissait bien de l'argent.

— Quel argent ?

— Celui qui était dû à Marc Leclerc au titre de la vente de son logiciel. La seconde partie de la transaction !

— Vous savez qui l'a encaissé ?

— À vrai dire, je ne le saurais pas encore, si cet homme n'avait pas eu l'imprudence de me menacer, et de s'en prendre à mon père et à ses amis.

Devant l'air estomaqué de sa cheffe, Roxane continua ses explications. Elle détailla comment l'horloger avait suivi la piste du commanditaire de son agression. Voilà plusieurs jours qu'il avait un nom, mais pour des raisons qu'elle avait toujours du mal à comprendre, il avait fait durer le suspense, ce qui leur avait valu de se brouiller. En revanche, lorsque l'homme avait commis la bêtise de commanditer une agression contre Viktor, Morgan s'était décidé à parler. Une fois n'est pas coutume, il avait lui-même appelé sa fille pour s'excuser. Il lui avait donné le nom de l'homme qui était derrière les assassinats des Leclerc, mais certainement aussi derrière ceux du courtier et du vendeur du *Baravia*.

— Mon père a peur que le responsable de tout ça s'en

prenne à moi, ajouta Roxane. Enfin, pas lui directement, mais les tueurs à gages auxquels il fait appel depuis le début.

— Mais qui est-ce, à la fin !? s'emporta Marianne. Pourquoi ne pas le faire arrêter sur le champ ?

— Ce sera fait dès que j'aurais eu confirmation de la théorie de mon père... avança Roxane dans un ultime sous-entendu mystérieux. Je suis prête à parier ma solde que cette confirmation se trouve là-dedans.

Elle tenait entre ses doigts, pliée en deux, l'enveloppe de l'INPI.

37

Morgan pensait que l'homme ne serait pas assez stupide pour dormir chez lui, à présent. Après l'échec de l'opération contre Viktor et lui-même, il devait se douter que l'étau se resserrait. Voilà tout le problème lorsque l'on faisait appel à des tueurs à gages. S'ils ne parvenaient pas à exécuter leur mission du premier coup, ils renonçaient à leur « gage » et disparaissaient dans la nature. Le pouvoir de l'argent était bien réel, mais il n'était pas suffisant pour faire taire des professionnels du crime. Leur besoin de sécurité les rendait versatiles.

Sur le point d'être démasqué et arrêté, le coupable allait certainement paniquer, pensait l'horloger. Dans un ultime et vain espoir pour sauver sa peau, il allait probablement solder ses affaires en France, pour prendre ensuite la poudre d'escampette. Pour le coup, il en avait largement les moyens.

Morgan se présenta seul, sans arme, devant la grande demeure nichée dans la campagne montpelliéraine. Comme la première fois, le vieil homme était assis sous son arbre, semblant attendre. En réalité, il attendait la mort, estima l'horloger, ou peut-être la vérité sur ce qui était arrivé à sa fille et à ses petits-enfants. Morgan comptait bien lui révéler le fin mot de l'histoire, mais il doutait que cela lui apporte le réconfort espéré.

— Vous êtes revenu, soupira Louis Bouvier en l'apercevant.

Il avait énoncé ce constat comme une considération sur l'état de la météo. Lors de leur première rencontre, Morgan avait promis de découvrir la vérité. Apprendre au vieillard ce qui était arrivé à sa famille parviendrait peut-être à le soulager, pensait-il à ce moment-là. Il en doutait à présent. Il pensait même que Louis ne survivrait pas à la nouvelle.

Tiraillé entre son devoir et son humanité, il le fixait comme un médecin sur le point d'annoncer à un patient qu'il était condamné.

— Je cherche votre fils, monsieur Bouvier. Vous avez une idée de l'endroit où il se trouve ?

— Je vous l'ai déjà dit. Adrien vit en Asie, mais je ne sais pas où. Je n'ai pas de nouvelles.

— Pas lui, monsieur Bouvier... votre autre fils... Simon.

Louis ne comprit pas tout de suite. Simon vivait dans les environs et il menait une vie tranquille. Partageant son temps entre la voile et sa clinique, il n'était pas très difficile à trouver.

— Vous avez son adresse, murmura-t-il, sa voix trahissant une profonde lassitude. Au besoin, vous pouvez demander son emploi du temps à sa secrétaire.

— C'est-à-dire... J'ai déjà essayé. Simon est introuvable depuis vingt-quatre heures. C'est pourquoi je suis venu vous voir. J'ai besoin de vous pour le retrouver.

Une pensée sombre traversa le cerveau du vieil homme. Il avait déjà perdu sa femme, sa fille et ses petits-enfants, l'un de ses fils vivait à l'autre bout du monde, il se demandait à présent si l'on n'allait pas lui annoncer la mort du second. Il fixa l'horloger de ses yeux clairs, mais aucune émotion ne s'y dessina. Son corps avait épuisé depuis longtemps sa capacité à ressentir l'anxiété ou la tristesse.

— Il a dû prendre quelques jours pour naviguer. Vous

pouvez toujours demander à la capitainerie de Port-Camargue. C'est là qu'il est amarré.

Morgan hésita une nouvelle fois. Il devait se précipiter à Port-Camargue pour déterminer si Simon avait déjà pris la mer. Mais il pouvait auparavant passer quelques minutes à informer Louis de la fin de l'enquête sur la mort de Sophie et des enfants. Lui expliquer le plan machiavélique et criminel dont était responsable son fils aîné, qui n'avait pas hésité à faire assassiner sa sœur. Une fois n'est pas coutume, l'horloger se montra lâche. En y réfléchissant, le vieil homme ne méritait pas de rester seul face à l'effroyable vérité. S'il devait l'apprendre un jour, mieux valait que ce soit par quelqu'un qui pourrait ensuite veiller sur lui.

— Merci, Louis, je vais attendre son retour, dit-il doucement.

❅

Roxane conduisit Marianne chez elle. Elle lui fit faire le tour du propriétaire, puis les deux femmes s'enfermèrent dans le bureau.

— Alors, c'est d'ici que vous travaillez. Je vous envie, les locaux de la DIANE ne sont pas aussi calmes.

— Il y a des avantages et des inconvénients. Bosser en équipe me manque parfois, mais je dois dire que disposer d'un endroit comme celui-ci permet de rester concentrée.

— C'est donc là que vous avez découvert l'implication de Simon Bouvier ?

Ce n'était pas tout à fait le cas. Roxane avait sillonné les endroits où s'étaient déroulés les événements de l'affaire Leclerc. Elle avait assemblé les différents morceaux de son enquête en rencontrant les protagonistes. En agissant avec son père, également. Mais c'était bien depuis sa retraite campagnarde qu'elle avait découvert comment s'organisait la propriété intellectuelle d'un logiciel. Elle l'expliqua à Marianne.

— En France et à l'international, plusieurs mécanismes juridiques permettent de protéger un logiciel. Un logiciel est considéré comme une œuvre de l'esprit. À ce titre, il est automatiquement protégé par le Code de la Propriété Intellectuelle, sans besoin d'enregistrement formel. Pour les pays étrangers, le droit français est étendu grâce à la Convention de Berne. Bref, l'invention de Marc Leclerc lui appartenait par le seul truchement de sa création. Il était parfaitement en droit d'en accorder un droit d'exploitation à cette société financière américaine.

— Mais alors, comment Simon Bouvier s'en est-il accaparé la propriété après la mort de Marc ?

— Après l'avoir assassiné, vous voulez dire ! Regardez le courrier de l'INPI, il fait état d'une demande de brevet déposée le 8 juin 2013. C'est la seconde façon de protéger un logiciel, d'après ce que j'ai appris. Vous devez effectuer une demande auprès de cet organisme qui examine si votre invention remplit les conditions de brevetabilité, telles que la nouveauté ou l'activité inventive par exemple. Cette demande a été formulée aux deux noms de Marc Leclerc et de Simon Bouvier... et elle a été rejetée.

— À quoi bon, dans ce cas ?

— C'était un moyen de prouver aux acheteurs que Simon Bouvier était également détenteur des droits de propriété intellectuelle sur le logiciel. Et qu'il pouvait prétendre au versement du solde de l'acquisition par la société américaine.

— Mais il est chirurgien, pas informaticien ! Comment a-t-il pu faire croire à son implication dans le développement ?!

— Souvenez-vous de la chronologie des événements, Marianne. Marc Leclerc a d'abord perçu un acompte avec lequel il s'est acheté un voilier. Au même moment, ou juste après, sa famille est assassinée et il disparaît. Je pense qu'il a été enlevé par Simon Bouvier et ses hommes. Ils l'ont retenu, menacé et sans doute torturé pour qu'il signe cette demande de brevet. C'était suffisant pour que les Américains acceptent de lui régler le solde après l'évaporation de Leclerc. Bouvier a peut-être poussé le vice jusqu'à dire à Marc qu'il risquait d'être accusé du meurtre de sa famille, et que le seul moyen de s'en sortir était de partager la propriété du logiciel avec lui, puis de disparaître à l'autre bout du monde.

Marianne assemblait à son tour les pièces du puzzle.

— Il a été victime d'une extorsion et d'un chantage. Auquel il a cédé, dit-elle d'une voix sombre.

— Exactement. Il est possible qu'il ait même cru que ces hommes allaient le conduire en sécurité ! Alors qu'ils l'ont en réalité assassiné, et noyé avec le bateau, laissant Simon seul à la barre de l'exploitation du logiciel. Depuis toutes ces années, Simon Bouvier perçoit les redevances d'une invention qui n'est pas la sienne. Et au moins six personnes sont mortes pour ça !

— Six ?

— La famille Leclerc, plus le courtier en assurance et le vendeur du bateau de Marc. Cet homme ne recule visiblement devant aucune atrocité.

— Pourquoi, à votre avis, a-t-il également fait assassiner les deux derniers ? demanda Marianne qui suivait pas à pas le raisonnement de Roxane.

— Parce qu'ils détenaient un morceau de la vérité. Je ne serais pas surprise d'apprendre que Simon Bouvier est à présent propriétaire d'un *Baravia Cruiser* de trente-sept pieds...

❄

De fait, un splendide *Baravia Cruiser* aux voiles claires était amarré au bout de la jetée. Le pont en teck venait visiblement d'être astiqué, tandis qu'un homme s'affairait fébrilement à l'arrière. Il empoignait un à un de gros sacs de toile qu'il faisait entrer dans la cale.

Port-Camargue était une marina gigantesque dont les quais avaient été construits en formes géométriques sur des îlots artificiels. Des centaines de bateaux à moteur et de voiliers attendaient leurs propriétaires pour prendre la mer, à l'occasion d'une virée en Méditerranée, ou pour un voyage au long cours.

Morgan avait mis un peu de temps à localiser le *Baravia Cruiser*. Il avait eu de la chance aussi. Trois jours s'étaient écoulés depuis l'altercation au vallon des Auffes, et Simon Bouvier aurait très bien pu avoir déjà pris la mer. La fuite étant sa seule issue, il avait toutefois eu besoin de plusieurs jours pour préparer sa cavale. Il lui avait fallu rendre liquide une partie de sa fortune, entreposée à présent dans les sacs de toile, et il avait tenté de se donner un peu d'avance en demandant à son assistante d'annuler ses interventions programmées durant les deux prochaines semaines. Il avait besoin de naviguer seul pour se ressourcer, avait-il avancé pour essayer de brouiller les pistes.

L'horloger s'approcha du voilier d'un pas lent. Il observa Simon Bouvier qui s'agitait sur le pont. C'était un cinquantenaire athlétique. Les cheveux poivre et sel, légèrement ondulés, il possédait une musculature fine et allongée. Il était vêtu d'un tee-shirt rayé à manches longues et d'un bermuda bleu délavé. Cet homme devait être capable de tuer quelqu'un de ses mains, pensa Morgan. Pourtant, il avait choisi d'utiliser des tueurs à gages... L'espace d'un instant, il se demanda si l'un d'eux ne traînait pas encore dans les parages pour protéger la fuite du chirurgien.

— Simon Bouvier ? entama l'horloger en se campant au pied du pont arrière.

L'homme se releva et dévisagea l'horloger. Il secoua la tête.

— Vous devez faire erreur, cher monsieur. Je ne connais pas de Simon Bouvier.

Morgan ne se contenta pas de cette réponse. Il attrapa le filin d'acier qui tendait le mât et sauta à bord.

— Vous n'avez rien à faire sur mon bateau ! Descendez immédiatement !

— Pas avant de vous avoir posé une ou deux questions. Vous ne pouvez plus vous échapper.

Morgan vit une lueur étrangère dans les yeux de Simon Bouvier. Un éclair dans lequel se mêlaient de la haine et un soupçon de crainte. Il lui fit face sans se démonter.

— Qui êtes-vous ?

— Il y a quelques jours, vous avez tenté de faire assassiner une lieutenante de gendarmerie, répliqua Morgan. Vous avez échoué et je suis son père. Ce n'est pas bon pour vous.

Il jugea inutile de faire également mention du contrat placé sur sa tête et celle de Viktor. Il se contenta de fixer Simon de son regard magnétique.

Dix ans de mensonges et de crimes crapuleux défilèrent visiblement dans la tête de Simon Bouvier. Il avait compris que l'étau se resserrait lorsque cette flic s'était introduite dans son cabinet en prétendant être une patiente. Mais il n'était pas préparé à la confrontation si longtemps après les faits. Et il avait commis l'imprudence de la mettre sur la piste de l'assureur du bateau. C'était une erreur, il le savait, mais il n'était pas parvenu à l'éviter. Il avait dû lâcher quelque chose. Or, Simon Bouvier était un calculateur né. Il détestait l'impréparation et planifiait chacune de ses actions avec une minutie de chirurgien.

De chirurgien ou d'horloger, pensa Morgan à cet instant.

— Je ne pense pas que vous ayez quoi que ce soit pour prouver vos affirmations, dit-il d'un ton froid. Descendez de mon bateau, maintenant.

Morgan s'avança encore. Il était maintenant à quelques centimètres de Bouvier. En moins d'une seconde, il pouvait le démolir, puis appeler Roxane en lui disant qu'il avait neutralisé le suspect. Il pouvait aussi tuer cet homme coupable d'avoir fait assassiner sa propre sœur et ses neveux. Qu'est-ce qui n'allait pas dans la tête d'un type qui tuait sa propre famille par appât du gain ? se demanda-t-il brièvement. La réponse était pourtant évidente : il existait dans l'espèce humaine des cerveaux qui n'avaient aucune conscience du bien et du mal, aucune empathie. Des esprits malades pour lesquels la vie se résumait à une lutte à mort pour être le plus riche, le plus grand ou le plus fort. Simon Bouvier appartenait manifestement à cette engeance.

— Où croyez-vous pouvoir aller avec ce voilier ? reprit Morgan. L'enquête sur vos crimes est sur le point d'être bouclée. Le corps de Marc Leclerc a été repêché, et la manière dont vous vous êtes accaparé ses biens est maintenant connue.

Simon Bouvier eut un sourire mauvais. Il comprenait parfaitement ce que lui disait l'horloger, pourtant, l'ex-gendarme n'était pas aussi malin que lui, pensa-t-il. En venant l'arrêter seul et sans document officiel, il avait commis une erreur. L'effet de surprise allait jouer à son avantage.

— Vous ne pourrez rien prouver, dit-il.

Puis il inclina la tête en avant et ferma les yeux.

Morgan ressentit un violent choc à l'arrière du crâne. Il s'effondra.

Dix minutes plus tard, il reprit connaissance, ligoté au fond de la cale, sous la menace d'un homme armé.

« Il faut parfois sacrifier un pion pour forcer l'adversaire à se dévoiler », murmura-t-il comme pour lui-même.

38

Depuis la vigie de Port-Camargue, une femme n'avait rien manqué de la scène. Coincée là sans pouvoir intervenir, une paire de jumelles à la main, ce qui venait de se passer lui avait arraché le cœur. Elle détestait l'idée que Morgan prenne le risque d'être tué, simplement pour matérialiser le flagrant délit à l'encontre de Simon Bouvier. Il lui avait pourtant ordonné de ne pas bouger.
Elle décrocha son téléphone.
— C'est moi, Roxane. Ça y est, il est à bord. Top intervention !
— Comment ça s'est passé ?
— Ils l'ont assommé, expliqua Anne-Laure. Je n'aime pas ça. Dépêche-toi !
— Sois tranquille, l'équipe est en place. Je t'appelle dès que c'est terminé.
Anne-Laure n'était pas non plus prévue dans le dispositif d'intervention. Son rôle s'était limité à observer la rencontre entre l'horloger et Simon Bouvier, à filmer, et à recueillir les échanges à l'aide d'un microphone longue portée. Elle aurait bien aimé participer à l'assaut, comme à l'époque du GIGN,

lorsqu'elle était sous les ordres de Morgan. Mais son implication opérationnelle était compromise du fait de ses liens avec l'otage... Elle devait laisser faire ses jeunes collègues.

Elle descendit sur le port et observa de loin le *Baravia Cruiser* gris qui s'éloignait lentement en direction du large.

Rapidement après, elle aperçut trois *Zodiacs Hurricane* se rapprocher du voilier à très vive allure. À bord des deux premiers, une douzaine d'hommes armés absorbait avec souplesse les rebonds provoqués par les vagues. Les commandos du GIGN, vêtus de combinaisons noires et de casques tactiques, étaient une incarnation de la précision et de la discipline. Dans la dernière embarcation, Roxane, concentrée, priait de toutes ses forces pour que l'opération se déroule sans accrocs.

Les Zodiacs se rapprochèrent par l'arrière du *Baravia* en formation serrée, l'encerclant comme une meute de prédateurs sur une proie. À la barre du voilier, les yeux fixés sur l'horizon, Simon Bouvier ne les entendit pas approcher.

Le premier *Huricane* aborda le voilier par tribord. À l'aide d'un bélier portatif, un agent du GIGN fit exploser le hublot. Puis, un second pointa son fusil d'assaut à travers l'ouverture. À l'intérieur, le complice de Bouvier lâcha son révolver.

À bâbord, la deuxième embarcation se colla à la coque. Les agents lancèrent des grappins, puis en quelques secondes, trois hommes montèrent à bord avec une agilité millimétrée.

Le premier groupe sécurisa le pont supérieur, leurs armes pointées vers l'avant, prêt à neutraliser Bouvier s'il résistait. Simultanément, d'autres hommes se faufilèrent vers les entrailles du voilier.

Roxane, tendue comme jamais, observait la scène.

Elle entendit le chef du commando crier en direction de Bouvier : « GIGN ! Pas un geste ! Mains en l'air ! ». Celui-ci perdit instantanément sa froide arrogance. Quelque part dans son cerveau malade, un orage électrique venait de lui signifier qu'il avait perdu.

Quelques instants plus tard, les commandos ressortirent de la cale en poussant sans ménagement le complice menotté. Puis Roxane vit un dernier agent émerger. Il soutenait Morgan, affaibli mais indemne. Ils avancèrent prudemment vers le bord, puis montèrent dans le Zodiac d'évacuation.

Roxane se précipita vers son père, l'émotion menaçant de la submerger.

— Tu es vivant, papa ! J'ai détesté chaque seconde de cette opération, putain !

— Ne jure pas, ma grande. J'ai confiance en mes hommes. Ils n'échouent jamais.

Puis, Roxane prit son téléphone. Anne-Laure décrocha à la première sonnerie.

— C'est fini, dit-elle. Il s'en tire avec une belle bosse et un mal de crâne, mais il va bien.

Elle passa l'appareil à son père après une ultime mise en garde : « tu as intérêt à te montrer rassurant avec elle, maintenant ! »

L'horloger sourit. Il avait pris des risques, certes, mais ceux-ci étaient calculés. Il avait lutté pied à pied pour convaincre Marianne Brunel que le meilleur moyen de confondre Simon Bouvier était de le prendre en flagrant délit. En flagrant délit d'enlèvement, ce qui prouvait sans conteste sa culpabilité dans les assassinats de la famille Leclerc. Morgan se méfiait comme de la peste de ces avocats retors qui auraient pu faire durer la procédure pendant de longues années. Au moins, avec le kidnapping devant témoins d'un officier supérieur, suivi de coups et blessures, les prochaines années de Bouvier se passeraient en prison. Et Roxane aurait tout le temps de réunir les preuves nécessaires et de lui faire avouer ces crimes. L'horloger avait connu trop d'enquêtes frustrantes où les quarante-huit heures de garde à vue n'avaient pas suffi à faire craquer un suspect. Alors, il avait décidé de servir lui-même d'appât. Un risque nécessaire, selon lui.

Et puis, il était persuadé qu'en mettant sa vie entre les mains de ses anciens hommes du GIGN et entre celles des deux « femmes de sa vie », il ne courait en réalité aucun danger mortel.

Pontoise, siège de la DIANE

Le général Paul Euvrad dirigeait le Pôle Judiciaire de la gendarmerie nationale. La Division des Affaires Non Élucidées n'était que l'un des services qu'il commandait, mais il avait tenu à présider personnellement la réunion de clôture de l'affaire Leclerc. Roxane y participait en compagnie de sa cheffe et des agents des différentes unités qui avaient contribué à son épilogue.

« La gendarmerie est une grande famille, et c'est dans les moments les plus difficiles que nous montrons notre véritable force. L'affaire Leclerc a été l'un de ces moments. Pendant dix ans, cette enquête a hanté nos unités, pesant sur nos consciences et nous rappelant constamment que justice devait être rendue. Aujourd'hui, grâce à votre détermination, à votre persévérance et à votre sens du devoir, nous avons enfin pu mettre un terme à cette tragédie. Il est facile de se perdre dans les méandres des affaires non élucidées, de se sentir submergé par l'incertitude et le poids des échecs passés. Mais vous avez su relever le défi, surmonter les obstacles et travailler ensemble, avec un esprit de corps qui fait la fierté de notre institution. Chaque membre de cette équipe a joué un rôle crucial, que ce soit sur le terrain, dans l'analyse, ou en apportant son soutien logistique. Vous avez prouvé que, même face à l'adversité, nous pouvons accomplir l'impossible. Vous avez rétabli la confiance des familles, vous avez donné une voix aux victimes, et vous avez montré à tous que la gendarmerie n'abandonne jamais. Nous n'oublions jamais, et nous n'abandonnons jamais. Aujourd'hui, nous tournons une page, mais ce n'est pas la fin de notre mission. Il reste encore des réponses à trouver, des responsables à traduire en justice. Mais ce que vous avez accompli jusqu'ici est une victoire. Une victoire pour la justice, une victoire pour la vérité. Et je sais que la famille Leclerc, bien que meurtrie, trouvera un peu de paix grâce à votre travail. Merci à vous tous. »

L'horloger participait également à cette réunion. Son rôle, bien que non officiel, était connu du général. Il avait tiqué, comme d'autres avant lui, en apprenant que le colonel de réserve Morgan Baxter avait pris part à l'enquête. Il connaissait les méthodes peu conventionnelles utilisées par l'horloger lorsqu'il intervenait dans les investigations de sa fille. Il faisait partie de ceux qui pensaient qu'en matière de justice, la fin pouvait parfois justifier les moyens. Il tint toutefois à fixer un cadre.

« Je veux féliciter la lieutenante Roxane Baxter, et à remercier également le colonel Morgan Baxter. En tant qu'observateur expert, il a su transmettre à nos équipes son expérience et son savoir-faire. Il a également su rester à l'écart des opérations, ce qui permet que son nom n'apparaisse à aucun moment dans la procédure... »

Personne n'était dupe, mais tout le monde approuva la façon de présenter les choses. Les visages se tournèrent vers Morgan qui conservait un masque impassible. Il finit par esquisser un sourire entendu. Puis il observa Roxane. Elle était la véritable architecte de cette enquête couronnée de succès. C'était la première fois qu'elle était félicitée en public par un général et Morgan espéra que ce ne serait pas la dernière.

Plus tard dans son bureau, Marianne Brunel précisa ce qu'avait voulu dire le général.

— Morgan, c'est un honneur que vous ayez accepté de nous aider, mais je dois vous dire aussi que cela n'est pas sans nous poser quelques difficultés d'ordre procédural. À l'avenir, j'aimerais être informée de votre implication dans les enquêtes que je confierai à Roxane. Nous pouvons convenir de cela ?

L'horloger comprenait, mais il n'avait aucune intention de s'engager. Il imagina une réponse sibylline.

— Je suis et demeurerai un artisan au service de la justice. J'ai quitté opérationnellement notre grande famille, afin de n'avoir de comptes à rendre qu'à celles et ceux que je choisirai. Vous appartenez à cette catégorie, colonelle, vous pouvez donc compter sur moi pour aider ma fille, et par là même, l'unité que vous dirigez, dans la stricte mesure de mes attributions. » Puis il changea brusquement de sujet : « Avez-vous identifié l'ADN de Marc Leclerc sur le cadavre du bateau ? »

Marianne dut se contenter de cette réponse. Elle hocha la tête, légèrement dubitative, puis elle enchaîna.

— C'est vrai, le dossier n'est pas complètement clos. Le magistrat attend de nous certains actes de procédure avant d'inculper officiellement Simon Bouvier. À commencer par l'analyse ADN qui devrait nous parvenir d'un jour à l'autre. Bouvier a été inculpé et incarcéré pour votre enlèvement, mais il n'a pas encore avoué ses autres crimes. Roxane doit l'interroger.

— Ce genre d'individu n'avouera que s'il est confronté à des faits incontestables. Mais vous pouvez aussi le brutaliser un peu.

— Ce ne sera pas nécessaire, répliqua Marianne, souhaitant prévenir toute velléité d'interrogatoire musclé. Et puis, il sera condamné pour enlèvement et séquestration sur votre personne. Sans compter le vol du *Baravia Cruiser* qui appartenait à Marc Leclerc. Comme vous l'aviez prévu, cela nous laisse quelque temps pour obtenir ses aveux.

— Il faut aussi qu'il nous dise à qui il a confié l'assassinat et l'enfouissement des corps de Sophie, Anaïs et Quentin, en 2013, intervint Roxane. C'est l'instigateur de tout ça, mais il a eu des complices à chaque étape.

— Tu as raison, ma grande, tous les coupables de ces crimes doivent être châtiés, approuva Morgan. En tout cas, si vous avez besoin de moi...

Marianne évacua cette possibilité d'un geste de la main. Roxane, en revanche, saisit la balle au bond.

— Je commence à avoir une idée précise de la manière dont se sont déroulés les faits, enchaîna-t-elle. Marc n'a pas tué sa famille, il est parti tôt le matin du 4 juin pour rencontrer le vendeur du *Baravia*. Je pense que les tueurs engagés par Bouvier sont intervenus à ce moment-là. Ils ont assassiné Sophie et les enfants, puis se sont débarrassés des corps pendant que Marc négociait l'achat de son voilier. Plus tard dans la matinée, Simon Bouvier a dû lui tendre un piège.

— Exact, intervint Morgan, le mode opératoire de ce salaud est clair : il était au courant du rendez-vous de Marc. Il savait aussi probablement que l'argent de la vente du logiciel n'était pas arrivé, et il a proposé à Marc de lui prêter de quoi acquérir le voilier...

— C'est ça ! s'exclama soudain Roxane. Il existe dans le dossier, un témoignage qu'on a négligé ! Celui du voisin qui a vu Marc partir le matin du 4 juin. Il a aussi affirmé l'avoir aperçu devant son glacier aux environs de 9 h 30. Or, ce glacier se trouve précisément à Palavas-les-Flots, je l'ai appris par la suite.

— Donc Simon Bouvier donne rendez-vous à Marc juste après la transaction, au motif qu'il peut lui prêter l'argent. En réalité, il le fait kidnapper et l'oblige à exécuter la suite de son plan...

— L'acquisition du *Baravia*, deux jours plus tard, et le dépôt de la demande de brevet... Une fois tout cela accompli, il n'a plus qu'à le faire embarquer depuis Port-Leucate, et à s'en débarrasser en mer. Je me demande si Marc était au courant de l'assassinat de sa famille.

— Il est clair que Bouvier n'a reculé devant aucune extrémité pour obtenir de Marc ce qu'il voulait. Il l'a sans nul doute fait torturer. Peut-être même l'a-t-il menacé de lui mettre le meurtre de sa famille sur le dos... En revanche, en faisant appel à des hommes de main, il a commis des erreurs.

— Lesquelles ? intervint Marianne, qui aimait de plus en plus la façon de raisonner de l'horloger.

— Le chien, d'abord. Si Bouvier avait été présent, ou s'il avait suffisamment briefé ses tueurs à gages, ils n'auraient pas oublié de s'occuper d'Hector. C'est l'animal qui a permis de retrouver les corps bien trop tôt selon le plan de Simon.

— Si on avait suivi une autre piste, on aurait peut-être pu sauver Marc Leclerc... soupira la patronne de la DIANE.

— Il ne sert à rien de vous en vouloir. Ce qui est passé ne peut être changé. Et puis, selon ce que l'on sait, Marc était déjà mort lorsque vous avez retrouvé les corps des siens. Tout s'est joué à quelques jours près. En revanche, vous pouvez maintenant arrêter ceux qui ont fait ça... Les complices de Bouvier.

Roxane avait anticipé le cheminement logique de son père. Ces deux-là étaient fusionnels lorsqu'il s'agissait de raisonner.

— Bien sûr ! s'exclama-t-elle. Les types qui ont embarqué Marc pour s'en débarrasser en mer...

— Ils ont appelé les secours...

— Et leur nom est certainement consigné quelque part ! Je n'ai rien vu dans le rapport du CROSS, mais ils ont été déposés à l'hôpital de Toulon...

— Qui a certainement gardé l'identité sous laquelle ils se sont fait examiner... Autre erreur du plan de Bouvier.

Marianne regardait alternativement Roxane et Morgan. Ils jouaient une sorte de partie de ping-pong logique qui suscita son admiration. Comme si leurs deux cerveaux connectés entre eux produisaient des effets démultipliés. Elle en fit la remarque :

— On dirait un numéro de duettiste, dit-elle, amusée. Vous vous êtes entraînés longtemps ?

Morgan la regarda, amicalement, puis il posa les yeux sur sa fille.

— Le sang des Baxter coule dans nos veines, dit-il en souriant légèrement. Il y a quelque chose dans notre ADN, peut-être. Certains héritent d'un talent pour la musique, d'autres pour les chiffres... Peut-être possédons-nous, de notre côté, une capacité à dénouer les fils du chaos. Ce n'est pas juste une question d'entraînement, même si l'expérience aide, bien sûr. C'est instinctif.

Il marqua une pause, cherchant les mots pour expliquer pour la première fois ce lien invisible.

— Lorsque l'on travaille ensemble, c'est comme si nos esprits s'ajustaient, se répondaient naturellement. Roxane voit des choses que je ne vois pas, et inversement. Nous abordons les problèmes sous des angles différents, mais quelque part, cela converge toujours. Nous nous complétons. Je crois que c'est plus qu'un duo bien rodé. Il y a quelque chose de profond, une sorte de connexion qui va au-delà de la simple logique. Peut-être que cela vient de nos racines communes, ou simplement de la même obsession pour les mécanismes bien huilés.

Il regarda Roxane, qui l'écoutait attentivement, son visage marqué par une complicité silencieuse.

— Ce n'est pas seulement une question de génétique, au fond, conclut-il. C'est une question de confiance absolue. Nous savons que nous sommes là l'un pour l'autre, quoi qu'il arrive.

ÉPILOGUE

Anne-Laure et Morgan s'envolèrent pour l'Extrême-Orient à bord d'un vol de Malaysian Airlines. Depuis Kuala Lumpur, ils prirent une compagnie *low cost* pour rejoindre leur destination finale. Durant les quinze heures de voyage, Morgan eut du mal à se détendre. Anne-Laure ne s'en offusqua pas : elle savait que son homme luttait contre une peur irrationnelle de se trouver enfermé aussi longtemps dans une caisse d'acier qu'il ne maîtrisait pas.

Dès qu'ils posèrent le pied à Bali, il redevint l'homme, un peu rigide, mais sincèrement heureux de passer dix jours de vacances tropicales avec elle.

Elle l'avait convaincu de couper avec les événements des dernières semaines, et avait proposé un séjour au Maroc. Mais l'horloger avait insisté pour qu'ils partent beaucoup plus loin.

Ils se firent déposer dans une villa balinaise où l'atmosphère semblait suspendue entre luxe discret et sérénité naturelle. Le bungalow, niché au cœur d'une végétation luxuriante, était entouré de jardins exotiques soigneusement aménagés. Des bambous élancés, des palmiers majestueux et des frangipaniers aux fleurs blanches embaumaient l'air. Le bâtiment en lui-même était une merveille architecturale. Construit en matériaux locaux, avec des toits de chaume qui se fondaient harmonieusement dans le paysage, il respirait l'authenticité et l'élégance. De grandes baies vitrées laissaient entrer la lumière dorée du soleil. Au centre de la villa, une piscine à débordement s'étirait sous les arbres.

— Tout ce luxe pour nous deux, c'est un peu trop, commenta Morgan.

Elle le fit taire en posant un long baiser sur ses lèvres. Deux minutes plus tard, ils se lancèrent dans un ballet échevelé, à même le tapis tressé qui recouvrait le sol en pierres volcaniques. Le bruit de l'eau qui s'écoulait des petites cascades alentour accompagna leurs soupirs de plaisir.

Le lendemain matin, tandis qu'ils prenaient leur petit-déjeuner sur la terrasse ouvrant sur les rizières, Morgan avoua la raison de son choix de Bali.

— Nous devons rencontrer quelqu'un, dit-il simplement. Ça ne prendra qu'une heure ou deux, puis je serai tout à toi. Je te le promets.

Anne-Laure ne posa pas de question. Elle avait depuis un moment deviné les motivations de son homme. La confiance grandissait jour après jour dans leur couple. Elle savait que pour profiter de Morgan, elle devait le laisser aller au bout de ses idées. Elle se sentait suffisamment aimée pour savoir qu'une fois l'ordre des choses rétabli, il évacuerait définitivement cette question de son esprit.

Un visiteur sonna à la porte de la villa en début d'après-midi. D'aspect négligé, la peau tannée par le soleil, il portait un lot de bracelets balinais, ainsi que plusieurs tatouages rituels. Anne-Laure le dévisagea avec l'impression de le connaître depuis longtemps.

— Je suppose que vous êtes Adrien ? fit-elle en français.

— Ma chérie, je te présente Adrien Bouvier, intervint Morgan. Le frère de Simon... il est ici pour nous raconter la fin de l'histoire. Après, il s'en ira.

Ils prirent tous trois place autour de la table basse.

Adrien Bouvier n'avait pas l'air dangereux. Rendu calme par la torpeur d'une vie tropicale, et sans doute par quelques substances interdites qu'il fumait régulièrement, il répondit sans détour aux questions de l'horloger.

Anne-Laure réalisa que Morgan ne s'était pas contenté de laisser la fin de l'enquête à sa fille. Peu après son retour du siège de la DIANE, il avait rendu une ultime visite à Louis Bouvier. Le vieil homme avait déjà appris la responsabilité de son fils Simon dans la mort de sa fille et de ses petits-enfants. Loin de le détruire, cette révélation l'avait au contraire convaincu de se confier à Morgan. Il lui avait indiqué qu'il savait où se trouvait son dernier fils « à peu près digne ». Adrien avait prétexté des ennuis avec la justice en France, et demandé à son père de ne jamais dévoiler où il vivait en Asie. Après l'arrestation de Simon, Louis avait compris qu'Adrien avait surtout peur de son frère. Ce dernier étant à présent en prison, il avait communiqué ses coordonnées à Morgan.

— Simon vous avait menacé ? demanda Morgan avec compassion.

— Indirectement. Par l'intermédiaire de Véronique, mon ancienne fiancée. Même s'il ne nous a jamais avoué ses crimes, la manière dont il a acheté le silence de tout le monde m'a fait supposer qu'il était derrière tout ça.

La voix d'Adrien tremblait.

— Mon frère est une ordure de la pire espèce, reprit-il. Il a toujours été subjugué par l'argent et la réussite. Pour notre malheur à tous, un manipulateur comme lui a besoin de vampiriser les autres pour exister. De les vampiriser et de les tuer lorsqu'ils ne lui servent plus à rien. J'ai compris son plan, il y a peu. Ce qui est horrible, c'est qu'il a eu besoin d'assassiner Sophie et les enfants...

— Pourquoi ? demanda Anne-Laure.

— Pour toucher l'intégralité des redevances du logiciel, raisonna Morgan. S'il s'était contenté de la seconde partie de son plan — de s'approprier la moitié de la propriété intellectuelle — les enfants de Marc auraient hérité de l'autre partie des droits. Il devait les tuer pour être le seul bénéficiaire.

— Faire passer Marc pour l'auteur des meurtres de notre sœur et des enfants a permis de faire diversion pendant toutes ces années, soupira Adrien.

— Comment l'avez-vous compris ?

— Il y avait un problème dans le plan de Simon : il existait un compte en banque au nom de Marc. Le compte sur lequel avait été versée la première partie de la vente du logiciel. Tant que Marc était considéré comme un fugitif, cela ne posait pas de problème. Mais la loi française prévoit que lorsqu'une personne disparaît, au bout de dix ans, elle est déclarée morte...

— Quelqu'un devait alors hériter du solde de ce compte en banque ! réagit Morgan. Simon le savait.

— Oui, il n'avait aucun moyen de s'approprier cette somme, alors il a préféré utiliser cet état de fait pour contrôler Véronique. C'était un moyen de la dissuader de parler des soupçons qu'elle avait sur lui.

— Parce qu'elle le soupçonnait ?

— À la mort de Sophie et des enfants, tout le monde pensait que Marc les avait tués, d'autant que l'hypothèse la plus probable était qu'il avait pris la fuite. Mais Véronique refusait de croire son frère coupable. Elle savait qu'il était sur le point de vendre son logiciel et elle a imaginé que les crimes avaient un rapport avec cet argent.

— Pourquoi n'a-t-elle rien dit à la police ? interrogea Anne-Laure.

— Elle a mis plusieurs années à envisager que le coupable puisse être un membre de la famille. En réalité, elle a commencé à avoir des doutes lorsque Simon lui a parlé de sa situation patrimoniale. Il lui a rendu visite à l'improviste et expliqué que Marc n'ayant toujours pas été retrouvé, elle hériterait de l'argent qui dormait à la banque au bout de dix ans. Il a même proposé de lui prêter de quoi acquérir et rénover le domaine de l'Aube Bleue. Prêt qu'elle pourrait rembourser au moment de l'héritage...
— Pourquoi ne pas avoir fait part de ses doutes, à ce moment-là ? insista Anne-Laure.
— Véronique est fragile, soupira Adrien. Son centre de yoga a été la seule chose capable de la maintenir en vie... Alors elle a accepté la proposition de Simon...
Un détail chiffonnait Anne-Laure.
— Attendez ! dit-elle. Comment savez-vous tout cela ? C'est Véronique qui vous en a parlé ? N'était-elle pas censée ne rien dire à personne ?
Un voile de tristesse passa sur le visage d'Adrien. Ses épaules s'affaissèrent.
— Oui, en effet, elle m'en a parlé parce que je suis la seule personne qui compte encore pour elle. J'ai été lâche, mais nous n'avons jamais cessé de nous aimer. Lorsque j'ai moi aussi envisagé que Simon puisse être derrière tout ça, j'ai décidé de fuir en Asie. J'étais persuadé que nous n'étions pas assez fort pour le faire tomber.
Anne-Laure tiqua une nouvelle fois.
— Vos sentiments pour Véronique ne vous empêchaient pourtant pas de fréquenter les clubs libertins... commenta-t-elle sans agressivité.
— On commet tous des erreurs. Je croyais que le sexe était au-dessus des sentiments, à l'époque. Mais c'est l'inverse. Il n'y a rien au-dessus du sentiment amoureux. J'ai eu tout le temps de le comprendre depuis que je suis ici.

Il embrassa du regard la nature luxuriante et les rizières alentour.

Morgan éprouva de l'empathie pour cet homme qui avait été embarqué à son insu dans une histoire inimaginable. La nature humaine est faible, mais cela ne l'empêche pas d'être sincère, pensa-t-il.

— Vous n'avez jamais cessé d'être en lien avec Véronique durant toutes ses années ?

— Jamais... Mais tant que Simon était libre, il était beaucoup trop dangereux de nous retrouver. Vous savez, il est difficile de construire sa personnalité à l'ombre d'un grand frère cynique et manipulateur. Je sais depuis longtemps de quoi il est capable...

— Il s'en est déjà pris à vous ? demanda Anne-Laure, saisie d'une intuition.

— Pourquoi croyez-vous que je sois tombé dans tous les excès ? se contenta de répondre Adrien.

Morgan estima utile d'expliquer la procédure actuellement conduite contre Simon. Il détailla les différentes étapes de l'enquête qui avait débouché sur son arrestation. Puis il rassura Adrien sur le fait que son frère ne ressortirait jamais de prison, et qu'il n'avait donc rien à craindre s'il décidait de retourner en France pour retrouver Véronique.

Une dernière interrogation le taraudait, toutefois.

— J'entends que vous étiez terrorisé par votre frère, que vous soupçonniez d'avoir tué votre sœur et vos neveux, mais pourquoi ne jamais avoir fait part de vos doutes aux enquêteurs ? Après tout, vous êtes à l'abri ici. Il ne pouvait pas s'en prendre à vous.

Adrien se redressa. Il avait été lâche et peu courageux, mais il avait bien tenté de faire quelque chose. Il pouvait l'avouer à cet homme, à présent.

— Lorsque Véronique m'a dit qu'elle avait été interrogée

par une nouvelle enquêtrice, je l'ai convaincue de prendre une initiative.

— Laquelle ?

— Je lui ai suggéré d'adresser une lettre de menace à cette enquêtrice... votre fille. J'ai pensé qu'en lui signifiant que le responsable de tout ça était encore en vie, dans le coin, et qu'il avait peur d'être démasqué au point de menacer la police, elle en arriverait tôt ou tard à soupçonner Simon. C'est bien ce qui s'est produit, non ?

Morgan hocha lentement la tête. De son point de vue, il existait une méthode plus efficace et plus rapide pour arriver à la vérité, mais l'esprit humain empruntait parfois des méandres qu'il ne maîtrisait pas. Il commençait à l'admettre.

— Vous avez bien fait, Adrien, approuva-t-il. La lumière survient parfois des plus faibles d'entre nous.

À cause du décalage horaire, Morgan dut attendre plusieurs heures avant d'appeler Roxane. Celle-ci profitait d'une magnifique journée ensoleillée pour parcourir la Camargue avec Thomas. Elle prit le temps de noter les ultimes explications de son père, avant de conclure :

— Tu vas pouvoir oublier cette affaire et te changer les idées, papa. Je suis certaine qu'Anne-Laure apprécierait que tu t'occupes d'elle pendant le reste de votre voyage au paradis... Grâce à toi, je vais pouvoir boucler mon enquête. Tu peux profiter de la plage, maintenant !

L'horloger trouva étrange que sa fille lui donne des conseils sur sa relation avec sa compagne. Mais il ne s'en offusqua pas. À quelques mètres de là, Anne-Laure était juchée sur une balançoire géante oscillant au-dessus des rizières. Dieu qu'elle était belle, pensa-t-il sincèrement.

Et Dieu qu'elle méritait en effet qu'il lui consacre pleinement les dix prochains jours.

Fin

VOUS AVEZ AIMÉ CE ROMAN ?

Envie de percer les secrets de Roxane et Morgan avant l'Horloger ?
Recevez gratuitement la nouvelle exclusive « *À l'Origine* » en rejoignant ma liste privée.
Inscrivez-vous dès maintenant sur
https://www.pierreschreiber.com/
et plongez dans les coulisses de leur lien si particulier.

L'HORLOGER

Une série de « détective thriller » dans laquelle un ancien gendarme d'élite aide sa fille, enquêtrice à la section de Recherches de Marseille, à résoudre des mystères complexes. Plongez dans cette série passionnante qui compte déjà des dizaines de milliers de lecteurs.

Découvrir tous les tomes de l'HORLOGER sur AMAZON

Déjà 6 épisodes (série en cours)

- HORS-CIRCUIT (juillet 2022)
- COULISSES MORTELLES (janvier 2023)
- FAUX-SEMBLANT (octobre 2023)
- JUSTICE CLANDESTINE (juin 2024)
- AFFAIRE CLASSÉE (novembre 2024)
- L'ILLUSIONNISTE (automne 2025)

DEEP IMPACT
(série d'aventure et d'espionnage)

Un homme d'affaires que rien ne destinait à devenir espion, va petit à petit quitter les voyages en business-class pour servir les intérêts de son pays.

Voyagez aux quatre coins de la planète dans cette série profondément humaine.

Découvrir tous les tomes de DEEP IMPACT sur AMAZON

5 épisodes (série en cours)

- CHOISIR DE VIVRE (décembre 2020)
- DEVIENS CE QUE TU ES (juin 2021)
- HÉRITAGES (mars 2022)
- DETOURNEMENT (mai 2023)
- CANAL HISTORIQUE (Juin 2025)

THRILLERS PSYCHOLOGIQUES

Découvrir la collection THRILLERS PSYCHOLOGIQUES sur AMAZON

- QUELQU'UN SAIT (novembre 2020)
- LE PRIX À PAYER (novembre 2021)
- UNE DERNIÈRE CHANCE (février 2024)

Mail : contact@pierreschreiber.com
Site : www.pierreschreiber.com

facebook.com/pierre.schreiber.auteur
instagram.com/pierre_schreiber_auteur

REMERCIEMENTS

Comme à chaque fois que je termine un roman, je pense à celles et ceux qui m'ont accompagné tout au long de son écriture.

L'idée du fugitif qui n'est pas aussi coupable qu'on pourrait l'imaginer m'a été soufflée par Matis. Qu'il en soit affectueusement remercié.

J'ai pris un plaisir particulier à écrire une scène spécifique, celle de la transaction automobile entre l'Horloger et un trafiquant provençal. La version originale m'a été racontée par Didier. Merci pour cette inspiration, Didier. Je suis certain que ce n'est pas la dernière anecdote que je te devrai.

La DIANE existe véritablement. Je ne connais pas encore les femmes et les hommes qui la composent. Pourtant, mon cerveau de romancier a commis un acte manqué : je m'étais documenté sur son fonctionnement bien avant d'entamer l'écriture et, lorsqu'il s'est agi de nommer sa patronne, je l'ai appelée Marianne Brunel. Or, à l'heure où je boucle ce roman, la DIANE est dirigée par la Lieutenante-Colonelle Marie-Laure Brunel-Dupin. Cette proximité patronymique avec mon héroïne est fortuite, mais lorsque je m'en suis aperçu, j'ai décidé de ne rien changer. En hommage à ces gendarmes qui n'oublient jamais, qui n'abandonnent jamais...

L'écriture est un art solitaire. Pourtant, je ne parviendrais jamais à vous emporter dans les histoires de Morgan et de Roxane sans l'aide quotidienne de mon éditrice, qui fait bien plus que cela. Merci du fond du cœur, Christelle, pour ta bienveillance, ton affection, mais aussi ton extrême rigueur dans la relecture de mes romans. La dernière lecture de mes histoires est effectuée par Lisbeth. Penchée de longues heures sur mon manuscrit, équipée de manuels de grammaire et d'orthographe, elle s'assure que les toutes dernières coquilles seront impitoyablement chassées. S'il en reste encore, c'est entièrement de ma faute. Merci infiniment, maman.

Enfin, je tiens à vous exprimer, chers lecteurs, toute mon immense gratitude. Depuis quatre ans, vous me suivez fidèlement dans mes aventures littéraires. C'est grâce à vous que j'ai pu réaliser mon rêve : devenir romancier. Un million de fois merci.

Pierre Schreiber
Eygalières – novembre 2024

Printed in Dunstable, United Kingdom